Diogenes Taschenbuch 22682

Celia Fremlin

Parasiten-Person

Roman

Aus dem Englischen von Monika Elwenspoek

Diogenes

Die deutsche Erstausgabe erschien 1991
im Diogenes Verlag
Titel der 1982 bei
Victor Gollancz Ltd. London
erschienenen Originalausgabe:
›The Parasite Person‹

Umschlagillustration unter
Verwendung einer Graphik von
Georges Lepape

Veröffentlicht als Diogenes Taschenbuch, 1994

150/94/24/1
ISBN 3 257 22682 9

I

Es war ein Hilfeschrei«, erklärte ihm die junge Frau und schmiegte sich genüßlich in ihre Kissen. »Sind Selbstmordversuche doch fast immer, meiner war jedenfalls einer. Also los. Helfen Sie mir.«

Martin blickte von seinen Notizen auf und sah sein Objekt unbehaglich an. So war es ganz und gar nicht gedacht.

»Hören Sie«, sagte er, »ich bin kein Sozialarbeiter. Ich dachte, das hätte man Ihnen erklärt? Hier geht es um eine *Studie*. Ich arbeite für das Sozialpsychologische Institut an einem Forschungsprojekt über Depressionen, und es wäre eine enorme Hilfe für uns, wenn Sie...«

»Ich will keine enorme Hilfe für Sie sein. Warum sollte ich? Schließlich hab *ich* den Selbstmordversuch gemacht – oder? Also bin ich es, der man helfen muß. Nicht Sie.«

Von der wohlbestückten Obstschale auf ihrem Nachttisch suchte sie sich eine schöne dicke Traube aus und steckte sie in den Mund, dabei beobachtete sie ihn die ganze Zeit unter halbgeschlossenen Lidern. Er kramte in seinen Papieren, auf der Suche nach ihrer Karteikarte.

> *»Ledbetter, Ruth. Alter neunzehn, arbeitslos. Ehemalige Studentin der Psychologie am Mendel College, Abbruch des Studiums im zweiten Jahr. Einlieferung: Montag, 2. Februar, 2 Uhr 30, nach Einnahme einer Überdosis Mogadon...«*

Mogadon. Das machte die Geschichte von Anfang an unglaubwürdig. Jeder weiß – also jedenfalls eine Psychologiestudentin, selbst eine ausgestiegene, sollte wissen – daß es absolut unmöglich ist, sich mit Mogadon umzubringen. Im Grunde war die ganze Sache wunderbar typisch, fast ein Schulbeispiel. Das typische Alter, die typisch unstete Lebensweise und die typische Wahl des nicht letalen Mittels. Eigentlich hätte es ein phantastisches Interview geben müssen, wenn sie nur kooperativer wäre. Martin überlegte, ob es sich nach diesem unglückseligen Einstieg überhaupt lohnte weiterzumachen. Wenn sie ein derartiges Affentheater vollführte und erwartete, daß man die Antworten Silbe für Silbe aus ihr herausquetschte, dann war es vielleicht besser, sie gleich abzuhaken? Sie unter die ›Weiß nichts‹ einzuordnen, und damit fertig?

»Also?« sagte sie. Ihr blasses, spitzes kleines Gesicht, noch gelblich von der Überdosis, war ihm herausfordernd zugewandt, und wegen dieser winzigen Ermutigung beschloß Martin, weiterzuackern.

»Hören Sie«, fing er an, »hören Sie ... äh ...« (Wie zum Teufel hieß die Göre bloß noch? Ruth. Richtig.) »Hören Sie, Ruth, ich will Sie nicht beunruhigen, wenn Sie lieber in Ruhe gelassen werden möchten; aber wenn Sie sich entschließen könnten, nur ein oder zwei Fragen zu beantworten. Zum Beispiel – also ... Was war es genau, das Sie letztendlich zu diesem ... nun ja ... diesem recht drastischen Schritt ... ?«

»Können Sie nicht ›Selbstmord‹ sagen? Lispeln Sie, oder was? Selbstmord, Selbstmord, Selbstmord! Los, sagen Sie's schon! Deshalb sind Sie doch hier, zum Donner, weil ich ein Selbstmordfall bin! Deshalb reden Sie doch überhaupt nur mit mir. Bißchen spät, jetzt so zu tun, als hätten Sie das Wort noch nie gehört!«

Mit leicht gerunzelter Stirn schrieb Martin alles wortwörtlich auf. Nichts davon würde sich in einer von seinen Kategorien unterbringen lassen, aber wenigstens redete sie, das war die Hauptsache. Er machte sich daran weiterzubohren und benutzte dabei die für ein Tiefeninterview vorgeschriebene Methode, nämlich sich an das zu halten, was der Befragte selbst vorgegeben hat.

»Also dann Selbstmord. Sie haben völlig recht, wir sollten offen miteinander reden. Ihr Selbstmordversuch also, ja? Würden Sie sagen, es war ein plötzlicher Entschluß – ein plötzlicher, unkontrollierbarer Impuls? Oder waren Sie schon eine Zeitlang deprimiert ...«

»Deprimiert? Wer redet denn von deprimiert? Ich war nicht im mindesten deprimiert. Ich war einfach auf dem Selbstmord-Trip, das ist alles.«

Martin runzelte noch ein bißchen mehr die Stirn, bewahrte aber seine Haltung – seine wissenschaftliche Distanz, wie er es gern nannte.

»Auf dem Selbstmord-Trip«, zitierte er, wie es sich bei einem Tiefeninterview gehört, in neutralem, wertfreiem Tonfall ihre eigenen Worte. »Und was hat Sie, Ihrer Meinung nach, ursprünglich auf den ›Selbstmord-Trip‹ gebracht?«

»Tja«, sie überlegte einen Moment. »Ich glaube, hauptsächlich wollte ich irgendwas machen, worüber es keine Volkshochschulkurse gibt. Das ist gar nicht so einfach heutzutage. Wissen Sie, Tarot gibt's schon, am Houndsditch Institute, und wie ich gehört habe, starten die im September einen Kurs über Levitation. Man muß heute schon ganz schön weit laufen, wenn man außen vor sein will; da kann man bloß noch über die Kante springen.«

»Über die Kante springen«, wiederholte Martin ernsthaft und kritzelte eifrig in sein Notizbuch, während er sprach; seine wertfreie Haltung kam einen Moment ins Wanken, und unversehens protestierte er: »Aber wissen Sie, Ruth, man kann nicht auf den Selbstmord-Trip gehen, wie man Yoga anfängt. Es ist – na ja – zu endgültig.«

»Zu endgültig für wen? Hören Sie, Prof, wenn ich mich auf Selbstmord einlasse, dann lasse ich mich auf Endgültigkeit ein, oder? Ich sage Ihnen, ich bin von der Endgültigkeit abhängig als wär's Valium, man kriegt mich nicht mehr weg davon. Und wie heißt es so schön? Nicht mit Alkohol einnehmen. Also hab ich Alkohol dazu genommen, und da ging's aber ab! Das war ein Ding! Ehrlich! Uiiii ... iiii ...!«

Die letzten Töne mit dieser schrillen, langgezogenen Note des Übermuts konnte man in Steno unmöglich wiedergeben, und so ließ Martin etwas Platz frei, in der Hoffnung, daß ihm dann wieder einfiel, wofür die Lücke stand. Als er noch selbst getippt hatte, war das alles nicht so wichtig gewesen; aber jetzt, wo er bei Helen wohnte, die ihn so leidenschaftlich liebte, und die sich so ernsthaft bemühte, ihm für seine Karriere jene Hilfe zu sein, die seine Frau ihm nie gewesen war, erschien alles etwas komplizierter. Bewundernswerterweise hatte sie das Abtippen seiner Interviews als ihre ureigene, besondere Aufgabe übernommen, und sie war so übereifrig in dem Bestreben, alles genau richtig zu machen, daß es manchmal schon peinlich wurde.

»Heißt das hier pervertiert oder peripher«, fragte sie dann etwas unsicher, und meist wußte er es ums Leben nicht mehr. Noch konnte er sich dazu durchringen, ihr zu erklären – so gewissenhaft war sie und so voller Vertrauen in ihn – daß es wirklich nicht die geringste Rolle spielte, daß beides ging, Interview war Interview, und das Entscheidende war, vierundsechzig davon bis zum 4. Mai im Kasten zu haben.

Der 4. Mai. Inzwischen nur noch knapp drei Monate bis dahin, und schon hinkte er arg hinter dem Terminplan her. Erst ein knappes Dutzend Interviews bis heute, und über fünfzig standen noch aus.

Konzentrier dich, Martin, konzentriere dich, *mach* das blöde Ding. Eins mehr ist eins mehr...

»Endgültigkeit«, wiederholte er, das Schlüsselwort in der bewährten Manier aufgreifend. »Sogar die Endgültigkeit des Todes, meinen Sie? Ihres eigenen Todes?«

»Hören Sie, Prof, der Tod ist *das* Ding, wissen Sie? Sagt man euch das nicht da oben, bei den Hirn-Freaks? Tod ist *in*, Bruder! Tod ist *die* Sache. Ofenfrischer, fettfreier, problemangereicherter Tod. Achten Sie mal im Werbefernsehen drauf: Der Tod wäscht weißer. ›Also, man hat mir ja gesagt, daß ich mit allem rechnen muß‹, erklärt die Blonde im Bikini, als sie plötzlich vor Gottes Thron steht...«

Martin hatte noch nicht einmal die Hälfte notiert. Es war immer schwieriger, wenn sie vom eingefahrenen Weg abwichen so wie jetzt. Seine Schreibgeschwindigkeit in Steno, das er erst ziemlich spät gelernt hatte, war eher solchen Interviews angepaßt, in denen der Befragte antwortete, wie es von ihm erwartet wurde, und die Gefühle leicht und natürlich in die eine oder andere von Martins fünf sorgsam ausgedachten Kategorien fielen.

Nicht, daß er sich von all seinen Interviewpartnern die erwarteten Antworten unbedingt wünschte, nicht ernsthaft. Im Gegenteil, wie jeder andere Sozialwissenschaftler lebte er in der Hoffnung, mit Resultaten aufwarten zu können, die so erstaunlich waren, so beispiellos, daß sie etablierte Meinungen glatt auf den Kopf stellten. Vielleicht käme er dann sogar noch ins Fernsehen und könnte dort vor Millionen Zuschauern die eine oder andere verehrte Berühmtheit entschieden in ihre Grenzen weisen...

Oder wenigstens hoffte er (nicht ganz so ehrgeizig), daß sich vielleicht doch einmal etwas ergab, was immerhin ein kleines bißchen neu war und ihm eventuell – *sehr* eventuell – einen Forschungsbereich eröffnete, den noch nicht Herden von Vorgängern abgegrast hatten.

Also sagte er: »Einen Moment«, und kritzelte wild drauflos, um nachzukommen. Jetzt, wo er es hinschrieb, merkte er, daß sie ihm eigentlich überhaupt nichts gesagt hatte. Trotz aller Selbstdarstellung hatte sie genaugenommen gar nichts von ihren Problemen enthüllt. Sie hatte keine seiner Fragen beantwortet und nicht das geringste Licht auf die wahren Motive für ihren Selbstmordversuch geworfen. Und was die Depression betraf, um die es bei der ganzen Forschungsarbeit schließlich gehen sollte, die hatte sie schlicht geleugnet.

Na ja, auch egal. Immerhin waren ein paar gute Zitate dabei. Gute Zitate konnte man immer einbauen, irgendwie und irgendwo.

Weiter also, zu Frage fünf. Der konnten nur wenige widerstehen, auch wenn sie vorher ein bißchen verklemmt gewesen waren:

> *»Glauben Sie, daß es in Ihrer Umgebung jemanden gegeben hat, der Ihnen durch diese schlimme Phase hätte helfen können, wenn er nur etwas liebevoller gewesen wäre... etwas verständnisvoller...?«*

»Wie wer zum Beispiel?« Sie war auf der Hut. »Worauf wollen Sie hinaus?«

Ja, worauf eigentlich? Martin schrieb energisch, um Zeit zu schinden. »Also, ich wollte damit sagen, ob es nicht jemand unter Ihren Freunden gibt, der…?«

»Freunde! Ach, Sie reden von Freunden. Das haben Sie nicht gesagt. Wissen Sie, Professor, ich habe Freunde, wie Sie Schuppen haben – jede Menge, grad so zum Abbürsten.«

Hatte er Schuppen? Nervös suchte Martin einen Blick auf die Schultern seines dunklen Anzugs zu erhaschen und verdrehte die Augen, bis er das Gefühl hatte, sie seien ausgerenkt.

Er konnte absolut nichts sehen. Er mußte den Anzug später begutachten.

»Nur noch ein oder zwei Fragen, Ruth, dann sind wir durch. Ich möchte Sie nicht ermüden, meine Liebe, oder in Bereichen Ihres Lebens herumschnüffeln, die Ihnen vielleicht schmerzlich sind; aber haben Sie – wie soll ich es nennen? – haben Sie einen Partner? Einen Sexualpartner – einen Freund?«

»Hab ich doch gesagt: Schuppen. Leiden Sie unter Gedächtnisschwund, oder was?«

»Tut mir leid…« Martins Blick glitt unbehaglich über die letzten drei Fragen, die alle so etwas wie eine Bejahung von Frage sechs voraussetzten. Haben Sie sich ihm anvertraut? Hatten Sie das Gefühl, er hätte Ihnen mehr helfen können, als er es getan hat? Glauben Sie, daß er Sie auf irgendeine Weise im Stich gelassen hat?

Meist blühten sie bei solchen Fragen auf wie Blumen in der Frühlingssonne und kamen mit Kümmernissen, Ressentiments und Problemen heraus, die man wie Spielkarten in Martins vorgegebene Spalten einordnen konnte. Schuldgefühl, Feindseligkeit, Selbstgerechtigkeit, Rache – es gab für alles eine Schublade.

Aber keine für Schuppen. Der Computer konnte damit nichts anfangen. Martin nagte am Ende seines Kugelschreibers und beschloß, die Sache zum Abschluß zu bringen.

»Also, Ruth«, sagte er und legte so etwas wie einen abschließenden Ton in seine Worte, um ihr zu zeigen, daß sie gleich am Ende waren, »ich bin Ihnen wirklich sehr dankbar, daß Sie mir all diese Fragen beantwortet haben.« (In Wirklichkeit hatte sie keine einzige beantwortet, aber sei's drum.) »Es war sehr interessant. Bevor wir nun zum Schluß kommen, möchten Sie mich vielleicht auch gern etwas fragen?« Ganz schön listig, diese Tour. Es war überraschend, wie oft sie statt einer Frage einen ganzen Schwung neuer Vertraulichkeiten auslöste.

Aber dieses Mal nicht. Das Mädchen betrachtete ihn argwöhnisch von oben bis unten, dann nahm sie die Herausforderung an.

»Sagen Sie mir, wie Sie auf mich gekommen sind«, forderte sie ihn auf. »Ich meine, klar, Sie sammeln Selbstmorde wie ein Kind Kastanien. Aber warum gerade ich? Wir sind alle Todes-Freaks in dieser Abteilung hier, oder? Wir haben alle einen Anlauf genommen. Warum also knöpfen Sie sich gerade mich vor?«

Weil du weiblich, Klasse C und unter fünfundzwanzig bist. Weil du in den letzten zwei Jahren mindestens einmal wegen Depressionen in Behandlung warst. Weil dieses Krankenhaus, in dem du hier gelandet bist, günstig für mich liegt. Weil der Psychologe, der die Klinik leitet, zufällig ein alter Bekannter von mir ist und mich deshalb hin und wieder mal einen Blick auf seine vertraulichen Unterlagen werfen läßt...

»Es ist eine spezielle Technik, die man Zufallsauswahl nennt«, erklärte Martin kühl. »Ein bißchen zu technisch für den normalen Laien, aber...« Er ließ seine Stimme abebben und fing an, seine Papiere zusammenzupacken, um anzudeuten, daß ihre Unterhaltung beendet war.

»Also dann Wiedersehen, Ruth«, sagte er, stand mit einer endgültigen Bewegung auf und hielt ihr die Hand hin. »Ich habe mich sehr gefreut, Sie kennenzulernen, und ich bin Ihnen äußerst dankbar für Ihre Hilfe. Ich nehme an, in ein, zwei Tagen sind Sie hier raus, was?«

Sie hätte inzwischen seine ausgestreckte Hand ergreifen und etwas murmeln müssen wie, daß sie es doch sei, die dankbar sein müsse... eine Möglichkeit, sich alles von der Seele zu reden... daß sie sich schon besser fühle... oder so ähnlich. Das breite, herzliche Lächeln, mit dem er seine kleine Ansprache begonnen hatte, erstarrte ihm langsam auf dem Gesicht; und sie rührte sich immer noch nicht.

»Wie kommen Sie darauf, daß ich in ein oder zwei Tagen hier raus sein werde?« fragte sie. »Sie wissen überhaupt nichts darüber. Schließlich könnte ja auch meine Leber wieder Ärger machen.« Es klang wie eine Drohung.

»Hm. Tja.« Martin wußte nicht recht, was er darauf antworten sollte. Was sagte man denn bloß über eine Leber, die wieder Ärger machte? Oder – noch schwieriger – eine, die nur vielleicht wieder Ärger machte?

Es war alles sehr kompliziert. Außerdem war es schon nach sechs, und in einer guten Stunde hatte Helen eines ihrer leckeren Abendessen für ihn fertig – ein Drei-Gänge-

Menü, mit einer Suppe vorneweg. Seine Frau hatte sich nie die Mühe gemacht, Suppe aufzutischen, außer wenn Besuch kam, und selbst dann nur eine aus der Dose. Als Martin das einmal Helen gegenüber erwähnte, ganz zufällig, bei einem ihrer vertrauten Gespräche über Beatrices Unzulänglichkeiten, hatten ihn die unmittelbaren und beispiellosen Konsequenzen verblüfft und entzückt. Suppe als Auftakt zu jedem Essen, das Helen seitdem kochte. Selbstgemachte Suppe noch dazu. Jeden Freitag brachte sie in großen, ausgebeulten Tüten vom Fleischer Knochen mit, aus denen sie übers Wochenende die Grundlage einer wunderbaren Auswahl köstlichster Suppen für jeden Tag der Woche bereitete. Linsensuppe würde es heute wahrscheinlich sein, mit ein paar delikaten Blättchen frischgehackter Minze darüber. Er hatte die Schüssel mit den eingeweichten Linsen heute morgen gleich als erstes gesehen. Kluges Mädchen!

»Wenn meine Leber echt Ärger macht –« unterbrach die piepsige, eindringliche Stimme seine kulinarische Träumerei »– wenn meine Leber Ärger macht, würden Sie dann kommen und noch mehr Fragen stellen?«

Den Teufel würde er tun! Das Interview war so schon zu lang, und dazu noch praktisch nutzlos. Sie wollte nur noch mehr Affentheater machen und den Computer mit ihrer hochgestochenen Besserwisserei veralbern.

»Leider nein, Ruth, das kann ich nicht«, sagte er, ließ endlich seine ausgestreckte Hand sinken und trat einen Schritt vom Bett zurück. »Ich habe andere Interviewtermine, verstehen Sie.« (Liebe Güte, wenn es bloß so wäre!) »Und bei dieser Arbeit müssen wir uns an einen strikten Zeitplan halten. Andernfalls ...« Er hangelte nach einem plausiblen Ausweg: »Andernfalls ... na ja ... Befangenheit, wissen Sie. Wir müssen sehr vorsichtig sein, daß wir Befangenheit ausschließen ...«

Ein non-sequitur, wie es im Buche stand: und damit sie ihn nicht noch dabei ertappte (immerhin war sie ja eine Ex-Psychologiestudentin und hatte mindestens ein oder zwei Jahre gelernt, wie man anderen Psychologen auf die Schliche kommt), redete er hastig weiter:

»Sie verstehen also, Ruth, es tut mir sehr leid, aber ich fürchte, ich werde Sie nicht mehr sehen ...«

Den Kopf fest gegen die Kissen gepreßt, das dunkle Haar darüber ausgebreitet, starrte sie ihn weiter mit ihren großen, grüngefleckten Augen an, die noch etwas blutunterlaufen waren von der Anstrengung, die sie ihrem Körper zugemutet hatte.

»Wollen wir wetten?« forderte sie ihn heraus; und dann mit erhobener Stimme, während er sich anschickte zu gehen: »Wußten Sie schon, Prof, daß man uns hier die Mißglückten nennt? Gut, was? Die Mißglückten! Und unten im Untergeschoß haben sie die Geglückten! Vielleicht treffen wir uns nächstes Mal *da* – haben Sie daran schon gedacht? Was, wenn ich zum Beispiel heute nacht einen neuen Versuch starte, und Sie waren der letzte Mensch, der mit mir geredet hat? Mir all diese Fragen gestellt hat? Dann säßen Sie drin, Prof, bis zum Hals, stimmt's? Sie haben ne fifty-fifty-Chance, weil fünfzig Prozent von uns *echt* einen zweiten Versuch starten, und das ist Statistik. Sie können's nachprüfen, ist aber nicht nötig, wir Bekloppten kennen die Zahlen. Sollten wir wohl, oder? Wo wir doch die Fans sind!«

Ihr Lachen, klar wie das eines Kindes, folgte ihm über den Flur der ganzen Abteilung und verebbte erst, als die schweren Türen sanft hinter ihm zurückschwangen und die Mißglückten mit all ihren verlorenen Belangen in ihre geziemende Klause einschlossen, weit weg von der geschäftigen wichtigen Welt draußen.

2

Martin fuhr rückwärts aus der Parklücke auf dem Besucherparkplatz, und während er den Kopf nach links und rechts drehte, war er sich der jungenhaften Locke bewußt, die auf seiner Stirn hin- und herwippte. Es war inzwischen ein Anflug von Grau darin, aber sie stand ihm wohl noch genauso, wie sie damals dem brillanten, aufmüpfigen Studenten zu Gesicht gestanden hatte, der irgendwo in ihm noch immer kauerte, reglos geworden mit der Zeit und auf ewig verfolgt von einer frühen Verheißung, die doch nie in Erfüllung gegangen war.

Ein Begabtenstipendium für Oxford. Eine Eins im Hauptfach, gefolgt von einem bemerkenswert erfolgreichen Forschungsjahr und dann, noch vor seinem zweiundzwanzigsten Geburtstag, ein Vortrag vor der renommierten Durkheim-Gesellschaft, der daraufhin an hervorragender Stelle in ihrem Jahresbericht veröffentlicht wurde.

Was war aus all dem geworden? Wohin waren die Jahre, daß er, unversehens vierzig, nichts vorzuweisen hatte als einen mittelmäßigen Dozentenjob an einem mittelmäßigen Polytechnikum? Wohin waren nur all die vielversprechenden Aussichten von früher, diese ganze hochtrabende Sturm- und Drangzeit?

Die Antwort darauf kannte er. Es war alles immer noch da, direkt hier in ihm, ungenutzt und unvermindert. Die Frage, die es zu stellen galt, war nicht, wo das alles geblieben war – das war einfach – sondern wann genau diese vielversprechenden Aussichten angefangen hatten, ihm nichts mehr zu nützen. Vielversprechend zu sein war sein Kapital gewesen, solange er zurückdenken konnte, davon hatte er gezehrt, sich darin gesonnt, es so selbstverständlich genommen, daß er gar nicht recht gemerkt hatte, wie die Jahre daran nagten, es verminderten, bis er unversehens diese schreckliche Grenze im Leben überschritten haben mußte, wo die Verheißung durch Leistung ersetzt werden muß. Erst als sein vierzigster Geburtstag bedrohlich näherrückte – ziemlich plötzlich, so war es ihm vorgekommen, aus dem heiteren Himmel der Jugend heraus – hatte ihn wie ein vergifteter Pfeil die Erkenntnis getroffen, daß es nichts nutzt, mit vierzig ›vielversprechend‹ zu sein. Man muß etwas *erreicht* haben.

Inzwischen hätte er mindestens irgendwo eine Professur ergattert haben müssen. Inzwischen hätte er kontroverse Artikel in den einschlägigen Fachzeitschriften veröffentlicht haben müssen, gar nicht zu reden von mehreren Büchern, wissenschaftlichen wie populärwissenschaftlichen. Den Kollegen und Rivalen landauf, landab müßte sein Name ein Begriff sein – Martin Lockwood, das *enfant terrible* der Sozialpsychologie, der nicht unterzukriegende Senkrechtstarter, der rebellische Neuling, dessen revolutionäre Ansichten das gesamte Establishment gegeneinander aufbrachten.

Aber er war kein Neuling mehr. Seine Ansichten waren nicht länger revolutionär. Inzwischen waren ganze Bücher darüber geschrieben worden, allerdings nicht von ihm.

Was war geschehen? Wer war schuld? Irgend jemand mußte schuld daran sein. Beatrice war schuld, natürlich. Er hätte sie nie heiraten dürfen.

Erst seit er Helen kannte, war ihm richtig klargeworden, welch eine hoffnungslos unzureichende Ehefrau Beatrice ihm gewesen war, von Anfang an. Bis dahin hatte er vage angenommen, alle Frauen seien so – jedenfalls alle Ehefrauen – voller Selbstmitleid, nur mit sich beschäftigt, von der Karriere des Ehemannes gelangweilt, mißmutig gegenüber seinen Kollegen und ohne Verständnis für seine Ambitionen. Da hatte erst Helen kommen müssen, um ihm zu zeigen, wie schief er da lag – hatte ihm zeigen müssen, daß eine Frau, die herrlich weiblich und liebenswürdig ist, einem Mann gleichzeitig ein Turm an Stärke sein kann, eine echte Hilfe in Notfällen und eine fähige Mitarbeiterin bei der Förderung seiner Karriere. Genaugenommen all das, was Beatrice nie gewesen war.

Nicht daß Helen es je ausgesprochen hätte, dazu war sie viel zu lieb. Sie hatte es nie auch nur angedeutet. Im Gegenteil, sie hatte sich stets bemüht, Beatrice gegenüber eine freundliche Haltung einzunehmen, hatte nie ein Wort der Kritik über ihre Lippen gelassen und die verschlungensten Pfade eingeschlagen, um den Standpunkt ihrer Rivalin zu sehen – sogar gelegentlich Martin überzeugen wollen, ihn ebenfalls zu sehen.

»Aber nein, Liebster, du weißt doch, wie sehr Beatrice es verabscheut, abends allein zu sein; ich glaube wirklich, du solltest jetzt zu ihr gehen.« Oder: »Schau mal, Schatz, es ist nicht ganz fair, von Beatrice zu erwarten, daß sie es sieht wie wir, wo sie doch aus so konventionellen Verhältnissen kommt.«

Etwa in der Art. Und das Paradoxe war, daß für Martin gerade Helens unerschütterliche Großmut gegenüber ihrer Rivalin die Fehler seiner Frau in einem Maße hervorhob, das sie ihm nicht mehr länger erträglich machte. Helens Toleranz und ihr fehlender Groll brachten ihn offenbar dazu, noch intoleranter und noch ärgerlicher zu sein, als er sich je hätte träumen lassen. Geborgen im Umfeld der milden Weisheit seiner Geliebten, konnte er sein eigenes Gemüt mit solcher Wut gegen seine Frau brodeln und spucken lassen, wie er sie bei sich nie vermutet hatte. Und wenngleich Helen ob seiner Ausbrüche gelegentlich sanft mit ihm schimpfte und ihn erinnerte: »Sie kann nichts dafür, Schatz«, oder: »Ich bin sicher, sie tut ihr Bestes, soweit sie eben kann«, tat sie es auf eine Art, die ihm nie das Gefühl gab, zu weit gegangen zu sein oder sich mit seinen Tiraden ins Unrecht gesetzt zu haben. Helen verstand ihn, wie niemand es je getan hatte; sie verstand, daß er sich die lange unterdrückten Enttäuschungen und Frustrationen seiner Ehe einmal von der Seele reden mußte, und was konnte dafür geeigneter sein als ihr mitfühlendes Ohr?

Und als sei das alles nicht genug, erwies sie sich auch noch als phantastische kleine Hausfrau. Heute abend zum Beispiel, sosehr er sich auch zwangsläufig verspätete, würde es kein Theater geben, keine Beschuldigungen; kein: »Wo bist du bloß die ganze Zeit gewesen?« oder: »Also, meine Schuld ist es nicht, wenn alles angebacken ist!« Nein, ein leckeres, perfekt gekochtes Drei-Gänge-Menü erwartete ihn, egal um welche Zeit er heimkam; und höchstwahrscheinlich waren sogar Kerzen auf dem Tisch, die sie anzündete, sobald sie seinen Schlüssel im Schloß hörte.

Was für eine Frau! Zu der fuhr man gern durch den Februarnieselregen heim! Wie konnte er sich doch noch zu guter Letzt glücklich schätzen!

Zuerst mußte er allerdings zu Hause vorbeifahren und sich ein paar Hemden holen. Oder besser in Hadley Gardens Nummer 16 vorbeifahren – Helen mochte es ganz und gar nicht, wenn er ›zu Hause‹ sagte von einem Haus, das er bis vor wenigen Wochen mit Beatrice geteilt hatte. Er konnte Helens Abneigung natürlich verstehen – in gewisser Weise war sie schmeichelhaft – aber dennoch, es ist schwierig, an ein Haus nicht als Zuhause zu denken, wenn man beinah vierzehn Jahre darin gewohnt hat.

Es war ein seltsames Gefühl, vor dem vertrauten Haus, in dem er nicht mehr wohnte, vorzufahren; seltsam auch, denselben alten Schlüssel in dasselbe alte Schloß zu stekken, als sei überhaupt nichts geschehen.

Drinnen lag alles im Dunkel. Automatisch streckte er die Hand nach dem Schalter neben der Eingangstür aus, und einen Moment stand er blinzelnd in der plötzlichen Helligkeit und wartete voller Unbehagen, daß seine Frau von irgendwoher auftauchte. Er merkte, wie sich sein Körper schon gegen das Aufeinandertreffen wappnete, welche Form es auch annehmen mochte. Tränen? Vorwürfe? Eine Handvoll Rechnungen?

»Beatrice«, rief er nach ein paar Sekunden die dunkle Treppe hinauf. »Wo bist du, Bea?«

Das war eine andere Sache, die Helen nicht mochte, wenn er von seiner entfremdeten Frau als ›Bea‹ sprach, aber Teufel noch mal, ein Mann kann nicht ständig auf der Hut sein, und schließlich war Helen ja momentan auch gar nicht hier, oder?

»Bea!« rief er noch einmal lauter, und trat an den Fuß der Treppe. »Bea, ich bin's! Ich wollte meine...« Seine Stimme verlor sich in den Echos, und er wußte jetzt sicher, daß er in einem leeren Haus stand. Dennoch, irgendein ungutes Gefühl trieb ihn, erst diese, dann jene Tür zu öffnen, Licht zu machen, um in jedem Zimmer die leere, unbewohnte Atmosphäre eines Hauses zu spüren, in dem die Frau plötzlich allein lebt, und das viel zu groß für sie ist. Er schaute sogar die Kellertreppe hinunter und rüttelte an der Klinke der Außentoilette – wieso sie allerdings dort sein sollte, wenn die Hintertür von innen fest verriegelt war, konnte er sich nicht im mindesten vorstellen.

Wo zum Teufel war sie denn hingegangen? Der wilde Zorn, der in ihm aufkeimte, überraschte ihn selbst, und er stand einen Moment lang in der kühlen, weiß erleuchteten Küche und versuchte das Gefühl zu analysieren. Warum um alles in der Welt sollte es ihn kümmern, ob sie da war oder nicht? Er wollte nur seine Sachen holen und wieder gehen. Es war sogar besser so; am wenigsten konnte er jetzt eine neue tränenreiche Szene gebrauchen. Oder weitere Nachrichten vom Anwalt, oder etwas von Geld, egal was. Diese Geldangelegenheiten machten ihn krank, er hatte keine Lust mehr, über Geld nachzudenken, wollte keine Briefe über Geldangelegenheiten mehr bekommen... und am allermeisten kotzte es ihn an, wenn Beatrice über Geld jammerte, den Mund kummerverzerrt, die farblosen Augen unter den sandfarbenen Wimpern rotgerändert, während sie die Hände immer wieder zu Fäusten ballte und dabei verzweifelt nach neuen Möglichkeiten suchte, ihn zu verletzen. Das war gar nicht mehr so leicht, seit er ausgezogen war. Die alten Tricks, wie beispielsweise sein Essen anbrennen zu lassen oder nicht mit ihm schlafen zu wollen, waren ziemlich überholt, seit er Helen hatte.

Aber trotz allem, so froh er auch war, daß er eine neue Szene vermeiden konnte, Martin fühlte sich doch merkwürdig gekränkt, daß Beatrice nicht da war, um – na ja, nicht gerade, um ihn zu begrüßen, das war lächerlich – aber, um etwas zu tun oder zu sein, *irgend etwas*. Um seine

Anwesenheit zur Kenntnis zu nehmen, und wenn nur durch die Weigerung, mit ihm zu reden. *Irgendwas.* Er hatte ein Recht darauf, in gewisser Weise.

Pfeifend, um sich selbst Gesellschaft zu leisten, stieg Martin die Treppe hinauf und betrat das Gästezimmer, das ihm vor seinem endgültigen Auszug viele Monate als Schlaf- und Arbeitszimmer gedient hatte. Auf seine eigene Bitte hin waren inzwischen die meisten seiner persönlichen Habseligkeiten in diesem Zimmer gestapelt, bereit für den Umzug zu Helen; und jetzt, wo er an der Tür stand und seine Siebensachen begutachtete, merkte er, wie ihn erneut eine unerklärliche Wut packte.

Unerklärlich deshalb, weil er selbst verfügt hatte, daß sie hier sein sollten, ja mit eigenen Händen einige Dinge aus verschiedenen Teilen des Hauses hierher getragen hatte. Warum machte ihn dann der Anblick dieser ganzen Sammlung jetzt so wütend?

Alles in ein Zimmer zu bringen war eine gute Idee gewesen. Seine Idee. Wie konnte er ahnen, daß seine kostbarsten Besitztümer – seine Bücher, sein Aktenschrank, seine Stereo-Anlage, selbst sein brandneues Abendjackett – in der Masse aussehen würden wie die Überbleibsel eines Kirchenbazars?

Kartons, deren Inhalt die Deckel sprengte; Haufen von Schuhen, Stapel von Pullovern, Pyjamas, Unterwäsche – konnte es angehen, daß er wirklich Besitzer all dieser Kleidungsstücke war, die Beatrice (auf sein Geheiß) mißmutig aus allen Schubladen und Schränken im ganzen Haus ausgegraben hatte?

Und seine teure, hypermoderne Leselampe. Er hatte sie erst kürzlich gekauft, und hier lehnte sie wie betrunken gegen eine Packkiste, als sei sie ein Penner an der Embankment. Ebenso seine Bilder, seine gerahmten Fotografien von den Cricketteams aus der Schule und Universität; da waren sie alle, gebündelt und verschnürt. Sogar seine neue Liege war auseinandergenommen und gegen die Wand gekippt, die Federkernmatratze mit einem Seil umwickelt zu einer großen Biskuitrolle, die das halbe Fenster verdeckte.

Es war schrecklich. Es war monströs. Martin stand fast wie unter Schock da, als sei er eben nach Hause gekommen und habe alles von Vandalen verwüstet vorgefunden. Und daß es in Übereinstimmung mit seinen eigenen Anweisungen so gekommen war, milderte den Horror keinen Deut.

»Beatrice!« kreischte er schon fast, denn irgendwer mußte verdammt noch eins irgendwas tun; aber natürlich war es sinnlos. Diese verdammte Beatrice war verdammt noch mal nicht da.

Nach sieben. Helen erwartete ihn nun schon eine Weile, und er wollte ihr, wenn es sich machen ließ, seinen Besuch zu Hause – äh, in Hadley Gardens 16 – möglichst verschweigen. Nicht, daß sie es anders als lieb und verständnisvoll aufgenommen hätte, aber dennoch ...

Die Hemden mußten doch *irgendwo* sein. Beatrice hatte sie natürlich nicht selbst gewaschen, sondern in die Wäscherei geschickt, also mußte er nach einem rutschigen blauen Plastikpaket Ausschau halten, mit der Aufschrift: *Sunfresh Laundry* darauf und einer angehefteten Rechnung über Gott-weiß-wieviel. Verärgert begann er zwischen all den Sachen herumzusuchen, schob Stapel von Kleidungsstücken hier- und dorthin.

Unten schlug eine Tür. Die Haustür, ein kalter Luftzug wirbelte durchs ganze Haus, und es hallte wie nach einem Kanonenschuß. Einen Moment hockte Martin unbeweglich da, ein Einbrecher, der sich auf frischer Tat ertappt fühlt. Dann richtete er sich vorsichtig auf und schlich auf Zehenspitzen zur Tür. Wenn es Beatrice war – und natürlich war es Beatrice, wer sollte es denn sonst sein? – dann war es besser, er versetzte ihr den Schock, indem er nach unten schlich, statt daß sie ihm einen versetzte, wenn sie nach oben geschlichen kam. Das würde die richtige Reihenfolge des Vorgehens im darauffolgenden Streit festlegen.

Denn natürlich würde es einen Streit geben. Den gab es immer. Irgend etwas fiel Beatrice garantiert ein.

Und jetzt hörte man noch ein anderes Geräusch. Ein Lachen diesmal, ein Frauenlachen, laut und ein bißchen spöttisch; und als Echo dann Beatrices zaghaft erfreutes Kichern, das bedeutete, jemand hatte eben etwas Ungeheuerliches gesagt, das sie, Beatrice, liebend gern selbst gesagt hätte, wenn sie sich getraut hätte.

Martin wußte nur zu gut, wer dieser jemand sein mußte, aber um sich zu vergewissern, schlich er über den Flur und beugte sich übers Geländer.

Das Licht in der Diele brannte noch, und von seinem Beobachtungsposten blickte er auf die beiden Frisuren, von denen eben dünne, feucht glitzernde Kopftücher abgenommen worden waren: Beatrices fadenscheinige Dauerwelle und das dunkel glänzende, hochaufgetürmte Gebilde, das zu Marjorie Pocock gehörte, Beatrices teuflischem Genius von gegenüber. Nicht zufrieden damit, ihrem eigenen Ehemann das Leben zur Hölle zu machen, ging Marjorie hier ein und aus, um Beatrice anzufeuern, es ihr gleichzutun... Martin beobachtete, wie die beiden Köpfe auseinanderdrifteten, während Mäntel aufgehängt wurden, und wieder zusammenkamen, als das Gespann, immer noch kichernd, seine Schritte in die Küche lenkte. Durch die offene Tür hörte er, wie Hähne aufgedreht wurden, ein Kessel gefüllt wurde, das Klappern von Geschirr... die stille, weißerleuchtete Küche erwachte zum Leben, für diese...

Schritte. Gedämpftes Bummern und Klappern. Neues Kichern. Das Scharren eines Stuhles... die Kühlschranktür... auf, dann wieder zu... leises Gemurmel... und dann ein fröhliches Quietschen von Beatrice.

Wie konnte sie es wagen! Für ihn hatte sie nichts als Beschwerden und Tränen und häßliche, weinerliche Anschuldigungen, und hier kreischte sie vor Vergnügen, mit diesem naseweisen, Unheil stiftenden Luder!

Luder! Alle beide, Luder!

Und obendrein konnte er sich denken, über wen sie da herzogen. Über *ihn*.

3

Martin, Liebster, hör mal. Dieses Ledbetter-Mädchen – an der Stelle, wo sie abstreitet, je unter Depressionen gelitten zu haben. Ich überlege nur – wenn du vielleicht ein bißchen eindringlicher nachgehakt hättest …? Ich meine, wir wissen schließlich, daß sie wegen Depressionen in Behandlung war, es steht in ihrer Akte …«

Helen hatte sich auf ihrem Drehstuhl vor der Schreibmaschine zu ihm umgedreht und strich sich mit einer entschuldigenden Geste das weiche blonde Haar aus der Stirn, als wolle sie damit andeuten, daß ihre Kritik lediglich eine blonde, wuschelig-leichte Art von Kritik sei und der Aufmerksamkeit eines bedeutenden Mannes eigentlich unwürdig. Wobei ihr Einwand in Wahrheit nichts dergleichen war, sondern den Nagel auf den Kopf traf.

»Ich weiß nicht – vielleicht bin ich ja nur dumm?« fuhr sie fort, wohl wissend, daß sie es nicht war. »Vielleicht habe ich irgendwelche Daten übersehen …?«

Sie hatte natürlich nicht das Geringste übersehen. Martin, der noch am Frühstückstisch lümmelte, noch im Morgenmantel, noch beim Essen, fühlte sich ganz bös im Nachteil. Es war kaum zehn nach acht, und da saß sie, fertig angezogen, geschminkt, und ganz wild darauf, die Reinschrift seines Interviews fertigzutippen, bevor sie zur Arbeit ging. Ihr Eifer, ihm um diese frühe Stunde eine Hilfe zu sein, war beängstigend und drehte ihm den Magen um, aber natürlich konnte er das nicht sagen, weil es doch so wunderbar von ihr war, es überhaupt zu tun, es noch irgendwie einzuschieben, bevor sie in ihre ziemlich schreckliche Schule fuhr, wo sie pünktlich um neun zu erscheinen hatte.

Zögernd trank Martin den Rest seines Kaffees hinunter und sah mit verquollenen Augen hoch. Er konnte einfach nicht denken um diese Tageszeit, die Abende waren seine Zeit zum Denken. Intelligente Fragen, während er noch Orangenmarmelade auf sein letztes Stückchen Toast strich, machten ihn schlicht krank. Warum konnte sie nicht in der Wohnung herumrennen und nach Handtaschen und solchen Sachen suchen wie andere Frauen?

»Ich will nicht sagen«, fuhr Helen fort, indem sie ihr Haar erneut zurückstrich und immer schneller redete, wie zum Anlauf für den Sprung über seine Morgenlethargie. »Ich will nicht sagen, daß *unbedingt* eine Diskrepanz besteht. Schließlich könnte es so einem – einem etwas labilen Mädchen – durchaus einfallen, selbst in ihrem eigenen Bewußtsein zu leugnen...«

Martins frühmorgendliches Gehirn schnarrte wie ein englisches Telefon, bevor man gewählt hat. Er konnte gerade noch soviel von dem, was sie sagte, aufnehmen, um zu ahnen, daß sie recht hatte, aber darüber hinaus war sein Hirn ein gähnendes Nichts.

Er beschloß, sich einen kleinen Anflug von Biestigkeit zu erlauben. Warum auch nicht? Immerhin lebten sie nun schon über einen Monat zusammen, und es mußte doch wohl nicht so verdammt idyllisch weitergehen? Nicht die ganze Zeit.

»Schreib einfach, was da steht«, wies er sie nachdrücklich an. »In diesem Stadium ist es noch nicht angebracht, nach Diskrepanzen zu suchen. Jedenfalls nicht für den, der tippt.«

Es tat ihm leid, sobald es heraus war; wie ihr Haar fiel,

als sie sich rasch wieder über die Maschine beugte, zeigte ihm, daß er sie gekränkt hatte. Das hatte er nicht gewollt, wirklich nicht; aber warum mußte sie ihn auch derart belämmern.

Um seine Unfreundlichkeit wiedergutzumachen, mußte er jetzt unbedingt hinübergehen, sich über ihre Schulter beugen und sie loben – übermäßig loben, genaugenommen – für ihre hervorragende Arbeit und ihr sagen, wie wunderschön sie eben ausgesehen hatte, hier an der Schreibmaschine, so süß und ernst, und alles für ihn.

Sie schmolz natürlich sofort, er küßte sie und verschmierte dabei ihren Lippenstift, so daß alles neu gemalt werden mußte. Er wußte, wie sie sich in so etwas sonnte: es gibt wahrscheinlich nicht viele Geschichtslehrerinnen, die sich *zweimal* die Lippen schminken müssen, bevor sie morgens zu ihrer ersten Schulstunde gehen.

Zwanzig Minuten später war sie fort, und beim Geräusch der zufallenden Wohnungstür spülte eine Welle derartiger Erleichterung über ihn hinweg, daß er stocksteif und völlig entsetzt stehenblieb.

Was ihn am meisten erschreckte, war die furchtbare Vertrautheit dieser Empfindung. Das war exakt und präzise das Gefühl, das ihn jedesmal überkommen hatte, wenn Türen hinter seiner Frau zuschlugen. Jede Tür, überall, immer. In ihrem Fall war es natürlich klar und richtig gewesen, so zu empfinden; beruhigend in gewisser Weise, ein Zeichen, daß die Ehe zusammenbrach, genau nach dem Muster, wie eine Ehe zusammenbrechen sollte. Fast wehmütig gedachte er dieser schlagenden Türen seines früheren Lebens, die ja auch wieder Zeiten wunderbarer Friedlichkeit und Stille einleiteten, während Beatrice im Schlafzimmer schluchzte, in der Küche grollte oder sich auch nur weigerte, mit ihm zu sprechen, wenn sie mit verquollenen Augen auf der Treppe an ihm vorbeiging, ohne ihn anzusehen. Ganz gleich, welche Form ihr Rückzug annahm, es war immer eine Verbesserung dessen, was vorausgegangen war, und brachte immer ein Gefühl der Erleichterung und Freiheit mit sich. Zweifellos war die Erleichterung bei solchen Gelegenheiten nur die sprichwörtliche Erleichterung derer, die aufhören, ihre Köpfe gegen eine Mauer zu schlagen, dennoch war es eine willkommene Atempause und sehr verständlich. Nicht ganz so verständlich war, weshalb genau dieselbe Erleichterung von einem erlebt wurde, der keine Mauer mehr hatte, gegen die er seinen Kopf schlagen konnte; einem, der ganz im Gegenteil ein Leben führte, das dem Paradies so nahe kam, wie ein Sterblicher nur hoffen durfte. Wie konnte es angehen, daß die Emotionen, die eine säuerliche und zänkische Exfrau auslöste, so in ihrer Gänze übertragen werden konnten auf das Bild einer angebeteten und anbetenden Geliebten? Wie konnte so etwas nur möglich sein?

Es konnte nicht, ganz offensichtlich nicht. Es mußte eine andere Erklärung geben; und für Martin, mit seiner ganzen psychologischen Ausbildung und all seinem Wissen, war die Erklärung ebenso klar wie beruhigend.

Was passierte, war ganz einfach dies: sein Nervensystem hatte sich in all den Jahren mit Beatrice darauf eingestellt, auf den Klang einer zuschlagenden Tür so zu reagieren, und nun war er, wie der Pawlowsche Hund, nicht in der Lage, anders zu reagieren.

Ja, das war es. Ein simples Reizreaktionsphänomen, das nichts mit Helen zu tun hatte oder damit, wie sehr er sie liebte.

Alles hatte sich geklärt. Seine grenzenlose und unbedingte Liebe zu Helen war noch intakt. Guten Gewissens konnte er sich nun diesem herrlichen Gefühl des Alleinseins, der Leichtigkeit und des wiedererlangten Wohlbefindens hingeben, in dem Wissen, daß es nur ein Scheingefühl war, ein Überbleibsel aus seiner unglücklichen Vergangenheit. Er konnte sich auch eine Tasse frischen Kaffee aufbrühen, von Hand, ganz wie er ihn mochte, statt in dieser blöden Kaffeemaschine. Stark und schwarz mit viel Zukker, vielleicht würde das seinen trägen Geist wieder so weit beleben, daß er an den Schreibtisch gehen und sich der Arbeit an dieser vermaledeiten Dissertation widmen konnte.

Das war ein anderes, ziemlich beunruhigendes Phänomen, das er an sich beobachtete – oder eher nicht beobachtete. Seine Doktorarbeit, die der Wendepunkt in seiner Karriere werden sollte, ging einfach nicht voran, oder fast nicht. Schon lag der Abgabetermin keine neun Monate mehr entfernt, und er hatte kaum die Einleitung fertig; während seine Vorstellungen für die folgenden Kapitel noch immer genauso vage – um ehrlich zu sein, genauso derivativ – waren wie zu dem Zeitpunkt, als er seinen ersten Abriß der Arbeit vorbereitet hatte. Er hatte gehofft – eigentlich darauf vertraut –, daß sein Kopf, sobald er erst wirklich angefangen hatte, nur so surren würde vor lauter neuen und revolutionären Ideen, genau wie in seiner Studentenzeit; daß eine neuartige und überraschende Hypothese ihn mühelos anfliegen würde, mitsamt den genialen Einfällen, wo und wie nach den untermauernden Beweisen zu suchen sei. Und wenn das erst einmal geschehen wäre, könnte er sich vorwärts kämpfen, mutig diese langweilige alte Gliederung hinter sich lassen, neues Terrain erobern, seine Kritiker verwirren und seinen Namen in Goldbuchstaben über die gesamte Geschichte seiner Arbeit stellen.

Aber es geschah nicht. Er beschäftigte sich nun schon – mal mehr, mal weniger – seit über einem Jahr damit, und nicht eine einzige neue oder aufregende Idee hatte sich eingestellt. Jeden Gedanken, der ihm gekommen war, hatten schon ein Dutzend andere vor ihm gedacht; jeder Forschungsansatz schien von Hunderten anderer Psychologen besetzt, die vor ihm darauf gekommen waren.

Die Inspiration war tot. Sein Gehirn surrte nicht von neuen und aufregenden Ideen, sondern von zunehmender Langeweile und Mutlosigkeit.

Was war mit ihm geschehen? Was lief da falsch?

Die Antwort war zuerst einfach erschienen. Es war der Druck seiner Routinearbeit am Polytechnikum, der ihn hemmte. Zwölf Stunden Vorlesungen in der Woche hatte man ihm dieses Jahr aufgebrummt, trotz seiner Proteste; und vor lauter Vorbereitungen dafür, und für Seminare und Tutorien, blieb ihm überhaupt keine Zeit mehr für seine eigene Arbeit. Dazu kam noch zu allem Überfluß die unbarmherzige Verfolgung durch seine Studenten, die stets und ständig ihre Arbeiten einreichten und von ihm erwarteten, daß er sie las, oder sie nicht einreichten und erwarteten, daß er sich ihre Katastrophengeschichten anhörte, wie dieses oder jenes sie davon abgehalten hatte, rechtzeitig fertig zu werden, woran sie natürlich nie schuld waren. Als wenn ihn das interessierte. Je weniger Arbeiten, desto besser, wenn es nach ihm ginge, und ob das Versäumnis ihrer Faulheit zu verdanken war, ihrer Dummheit oder ihrer toten Großmutter, das war doch ihm egal, warum ihn damit belämmern?

Die ganze Sache war sowieso ziemlich sinnlos. Es gab nichts, was er ihnen beibringen konnte, das sie nicht ebenso in irgendeinem Buch nachlesen konnten. Wozu gab es denn die Bibliothek? Eine halbe Million Pfund oder sowas hatte ihre Einrichtung gekostet, zu Stolz und Ehre der Institution sollte sie dienen; aber benutzten die Studenten sie? Nein; nicht, solange sie ihn statt dessen belästigen konnten, ohne den Hintern vom Stuhl zu heben. Dafür wurde er nun bezahlt, sich von ihnen belästigen zu lassen, und die kleinen Biester wußten das. Eine Molestur, das war die richtige Bezeichnung für seinen Job …

Jedenfalls schien es damals, angesichts all dieser Hindernisse und der Tatsache, daß auch noch trivialer Verwaltungskram die besten Stunden seines Tages fraß, ganz plausibel, die Blockierung seiner Kreativität dem Druck der Routinearbeit zuzuschieben.

Doch dann, vor ein paar Monaten, waren alle diese ewigen Hindernisse plötzlich fast wie durch ein Wunder beseitigt worden: er hatte die Bewilligung für sein lang erwartetes Forschungsjahr erhalten – ein ganzes Jahr, bei voller Bezahlung, in dem er keinen Lehrpflichten nachzukommen hatte. Statt dessen wurde von ihm erwartet, daß er sich ganz auf das konzentrierte, was er sich schon immer ersehnt hatte – das Schreiben und seine Forschungen.

Hurra! Endlich doch noch ein warmer Regen für Martin Lockwood!

Aber Martins Frohlocken war verfrüht. Kaum waren die Ablenkungen und Hindernisse, die ihm sein Job auferlegte, völlig beseitigt, als wie auf Kommando schon eine ganze Armee neuer Ablenkungen und Hindernisse angerückt kam, um ihren Platz einzunehmen; es war, als gäbe es eine Art Parkinsonsches Gesetz für Unterbrechungen, dem keiner entrinnen konnte. Just zu diesem Zeitpunkt näherte sich seine Affaire mit Helen dem Höhepunkt, und seine Ehe, schon lange todgeweiht, zerbrach endgültig. Von da an schien er keine Minute für sich zu haben. Das Werben um Helen, die Streitereien mit Beatrice; es war alles unglaublich zeitraubend; und obendrein schienen auch noch die ganzen Umstände der Auflösung seiner Ehe und des Umzugs zu Helen allein auf seinen Schultern zu lasten. Keine der beiden betroffenen Damen rührte auch nur einen Finger, um ihm zu helfen, Helen aus Schüchternheit, Beatrice aus Gehässigkeit, aber der Effekt war in beiden Fällen der gleiche, nämlich, daß er allein mit dem ganzen Kladderadatsch fertig werden mußte, angefangen bei der Unterbringung seiner Sachen in Helens Wohnung bis zur Suche eines Anwalts für Beatrice, die in ihrem triefenden Selbstmitleid absolut nichts für sich tat, außer sich am Telefon, für das er immer noch bezahlte, bei all ihren schrecklichen Freunden auszuweinen.

Dennoch, nichts dauert ewig, und inzwischen waren die meisten Probleme so gut wie gelöst. Er hatte den Umzug zu Helen zustande gebracht, hatte die letzten Streitereien mit seiner Frau erledigt, und der Rest war sicher in den Händen der Anwälte. Es gab nichts mehr zu tun. Nun stand er also da, mit seiner beendeten Ehe, seinem Urlaubsjahr in der Tasche und vor sich Monate herrlicher Ruhe; lange friedliche Tage ungestörter Arbeit in Helens bezauberndem Wohnzimmer, das mehr oder minder sein Arbeitszimmer geworden war – gefolgt von glückseligen Abenden in ihrer Gesellschaft, an denen sie zusammen Platten hörten, sich liebten oder sich mit seiner Doktorarbeit beschäftigten. Die Umstände konnten nicht idealer, oder einer inspirierten und kreativen Arbeit förderlicher sein.

Was lief also falsch? Was kam jetzt wieder in die Quere?

Denn *irgend etwas* stand im Weg. Jeden Morgen, sobald Helen aus dem Haus war und er die Wohnung für sich hatte, fing er den Tag an, indem er sich diese therapeutische Tasse starken schwarzen Kaffee machte; und dann saß er da, trank langsam und wartete mit sinkender Hoffnung darauf, daß ein winziger Funken Enthusiasmus sein bleiernes Hirn durchdringen und ihn entzünden möge.

Manchmal, wenn er noch einen Teil von Helens Tipparbeit durchzusehen hatte, war es nicht so schlimm. Das gab ihm so etwas wie eine Entschuldigung, den schöpferischen Moment noch einmal aufzuschieben. Gierig las er dann Zeile für Zeile durch und konnte sich einer grauenvollen Freude an allem, was sie auch nur im mindesten falsch gemacht hatte, nicht erwehren. Eine Änderung an ihrer Arbeit, selbst wenn es nur ein Komma war, gab ihm das Gefühl, wenigstens etwas zu tun.

Der heutige Morgen gehörte Gott sei Dank zu den nicht ganz so schlimmen. Sie hatte den Rest des Ledbetter-Interviews abzutippen gehabt, und noch ein paar Tabellen über das Auftreten von Depressionen in verschiedenen Altersgruppen. Letztere hatte sie für ihn aus einem dicken Wälzer abgeschrieben, der schon vor Tagen wieder in die Bibliothek zurückgemußt hätte. Und mit schon ein bißchen besserer Laune – denn da hatte er nun wieder mal so eine kleine Aufgabe, die kein Fünkchen Kreativität von ihm verlangte, sogar das Gegenteil, denn Kreativität beim Abschreiben von Statistiken kann zu allergrößtem Ärger führen – machte er sich daran, die Genauigkeit ihrer Abschrift zu überprüfen.

Kein Fehler weit und breit. Alles korrekt abgeschrieben, bis ins kleinste Detail, und ihn zwackte schuldbewußte Enttäuschung. Er merkte, wie sein Geist, der vorübergehend durch die Möglichkeit, einen fremden Fehler zu entdecken, aufgelebt war, wieder in Lethargie verfiel.

Halb elf. Zeit für die nächste Tasse Kaffee. Bis er die ausgetrunken, aus dem Fenster in den Februarregen geschaut und ans Barometer geklopft hatte, um sich zu vergewissern, daß das Wetter unverändert bliebe und er eine Entschuldigung hätte, den ganzen Tag im Haus zu bleiben – bis dahin war es nach elf. Dann bald vor zwölf, kurz danach war schon die Mittagspause in Sicht, und das Schlimmste war vorbei. Nachmittags fühlte er sich aus irgendeinem Grund meist besser – manchmal so viel besser, daß er sich sogar zu einem kurzen Spaziergang aufraffte, um einen klaren Kopf zu bekommen. Gelegentlich hatte das tatsächlich Erfolg, und sein Kopf wurde wirklich klarer. Er merkte dann, wie er auf dem Heimweg richtig forsch ausschritt, und mit etwas Glück saß er danach am Schreibtisch und schrieb tatsächlich etwas, bevor der kurze Energieschub wieder abebbte. Es war wie ein Wettlauf mit der Zeit: gerade so weit gehen, daß die geistige Energie zu fließen begann, aber nicht so weit, daß beim Nachhausekommen alles wieder weg war.

Es war ein richtiges Vabanquespiel; und mehr und mehr merkte er in letzter Zeit, wie er zögerte, sich diesen trübseligen Wanderungen mit ihren so unsicheren Erfolgsaussichten auszusetzen. Man konnte nicht einmal ein besonders nettes Ziel ansteuern. Helens Wohnung, von innen durchaus hübsch und elegant, lag in einer besonders tristen Gegend mit hohen, umgebauten Häusern und ungepflegten Vorgärten. Es gab kilometerweit keinen Park oder sonst ein Erholungsgebiet; so gesehen war er zu Hause besser dran gewesen – in Hadley Gardens Nr. 16, besser gesagt – und deshalb war es, wenn Martin sich jetzt überhaupt aufmachte, eher als wenn ein Gefangener im Gefängnishof spazierengeht, grimmig und freudlos, mit dem einzigen Ziel, ihn davor zu bewahren, in eine irreversible körperliche und geistige Apathie zu versinken.

Während er seinen Imbiß zu sich nahm – ein Doppeldeckersandwich mit Käse und Schinken – behielt Martin genau das vom Fensterrahmen eingefaßte Viereck des grauen, schräg fallenden Regens im Auge: wurde es auch nicht heller, oder hörte das gemütliche Klopfen der Regentropfen gegen die Scheibe gar auf? Vorausgesetzt es ging so weiter wie das Barometer versprach, dann war der blöde Spaziergang keine Frage mehr. Er könnte sich stattdessen einen kleinen Mittagsschlaf gönnen und nach dem Tee richtig anfangen zu arbeiten. Ja, das war der beste Plan. Nach dem Tee war immer eine gute Zeit, dann war Helen zu Hause, hantierte gesellig in der Küche und kam von Zeit zu Zeit auf Zehenspitzen herein, um zu sehen, ob er etwas brauchte.

Das Trommeln der Regentropfen gegen das Fenster klang wie ein winziger Ausbruch von Applaus; sein Entschluß schien selbst bei den Elementen auf Zustimmung zu stoßen. Er machte es sich auf dem Sofa bequem, legte die Füße hoch, schloß die Augen.

Und dann klingelte das Telefon.

4

Er war fest davon überzeugt, daß es Helen war. Es war ihre Zeit – die Essenszeit in der Schule – zu der sie ihn meist anrief, um zu sagen, sie käme später nach Hause. Es war sehr lästig, und es schien andauernd zu passieren; irgendein unglückseliger Lehrerkollege lag mit Grippe im Bett oder mußte zum Zahnarzt, zum Chiropraktiker, zum Augenarzt – hörte sich eher nach Pflegeheim als nach Schule an, wie Martin manchmal säuerlich kommentierte. Oder der Fahrer des Pendelbusses zum Sportplatz war vielleicht nicht gekommen, oder die Direktorin mußte einen wichtigen Besucher empfangen; was es auch war, und wie wenig es auch mit ihren unmittelbaren Pflichten zu tun haben mochte, stets schien Helen irgendwie verwickelt, und immer in Dinge, die so albern waren, daß man unmöglich nachvollziehen konnte, weshalb sich überhaupt jemand damit befassen sollte, geschweige denn, weshalb man dazu eine Einserabsolventin in Geschichte brauchte. Warten, daß irgendein Vater aufkreuzte und seine Tochter zum Ballettunterricht abholte, die Klasse eines Kollegen beaufsichtigen, während sie Französischhausaufgaben machte, einer Krisenkonferenz beiwohnen, um zu beschließen, was mit Mädchen zu tun sei, die in geschlitzten Röcken zur Schule kamen. Was für Trivialitäten! Solch ein blödsinniger, schikanöser Unsinn! Manchmal war Martin an Helens Stelle wütend, daß man sie derart ausnutzte und ihre Talente mißbrauchte; und manchmal, etwas beunruhigender, schämte er sich ihrer, daß sie es zuließ.

Wie auch immer, Martin war eher erleichtert als enttäuscht, als die Stimme am Telefon sich nicht als Helens erwies. Es war eine männliche Stimme, die ihm entfernt bekannt vorkam, und obwohl er sie nicht gleich richtig einordnen konnte, wußte er sofort, daß diese Stimme zu einem Ärgernis gehörte. Zu jemandem, der ihn schon früher geärgert hatte, in Zukunft weiter ärgern würde, und ihn garantiert jetzt gleich ärgerte.

»Lockwood. Wer spricht?« schnauzte er, und aus seiner Stimme hörte man schon die Verärgerung heraus.

»Oh. Ja. Ich bin's«, kam die idiotische Antwort, und sofort sah Martin das dazugehörige idiotische Gesicht vor sich: rund, engelhaft und mit einem fröhlich-optimistischen Lächeln geschmückt, das so gut wie unmöglich auszulöschen war.

Walter. Genau, der war's. Walter Cummings, der rosige, grotesk selbstzufriedene Psychologiestudent, den man Martin als Forschungsassistenten für sein Projekt zugewiesen hatte. »Nur als Hilfe bei der Ochsenarbeit«, hatte Martins Supervisor halb entschuldigend erklärt. »Leider ist er noch nicht qualifiziert, eigenverantwortlich zu arbeiten.«

Oder überhaupt zu arbeiten, genau betrachtet. Ein wirklicher Ochse wäre in vielerlei Hinsicht vorzuziehen gewesen. Ochsen können einen wenigstens nicht mitten im Mittagsschlaf anrufen, um sich lang und breit darüber auszulassen, weshalb sie nicht tun können, was immer sie gerade tun sollen.

»Sie haben also beschlossen, mich mit dem Timberley Interview zu versetzen«, bellte Martin, bevor Walter noch mehr hatte sagen können als: »Also, wissen Sie, Mr. Lockwood, die Sache ist die...« – »Das ist es doch, oder? Verschwenden Sie keine Zeit mit Erklärungen, lassen Sie mich raten. Sie lassen mich wieder im Stich, wie immer. Des Wetters wegen, zweifellos«, fügte er vernichtend hinzu. »Sie wollen unseren ganzen Zeitplan umwerfen, weil Sie keine Lust haben, im Regen rauszugehen! Sie haben Angst, naß zu werden! Ihr macht mich krank, ihr Studenten, ihr seid so zimperlich, daß man sich wundert, wie ihr auf die Welt gekommen seid …!«

Walter lachte, nicht im mindesten verletzt, das tolerante kleine Lachen, das er für seine verkalkten Altvorderen reserviert hatte, wenn sie sich um nichts und wieder nichts aufregten. Hätte Martin ihm eins in seine idiotische Fresse hauen können, jetzt sofort, indem er die Faust durch den Telefondraht schnellen ließ, er hätte es getan.

»Aber nein, Mr. Lockwood, Sie verstehen mich ganz falsch. Es ist nicht der Regen – jedenfalls nicht direkt, wenn Sie verstehen, was ich meine. Es ist nämlich so, Mr. Lockwood: meine gute alte Schrottkarre will heute nachmittag einfach nicht. Die Zündung, glaube ich, die Feuchtigkeit ist irgendwie in die Zündanlage gedrungen. Ich meine, bei so einem Wetter, es hat den ganzen Tag nicht aufgehört, oder? Und meine alte Schrottkarre kann das eben nicht vertragen. Hat schließlich nicht mal ein Garagendach überm Kopf, muß die ganze Nacht auf der Straße stehen, meine kleine alte Schrottkiste, nicht wie Ihre piekfeine, junge …«

Martin packte den Hörer so fest, daß seine Knöchel weiß wurden. Es war diese gräßliche, unerschütterliche Jovialität des kleinen Monsters, die ihn am meisten auf die Palme brachte. Faule, verantwortungslose und unfähige Studenten waren natürlich nichts Neues für Martin, aber noch nie hatte er es mit einem zu tun gehabt, dem der eigene Unwert so völlig entging. Versteckt unter Walters plumpem, selbstzufriedenem Äußeren lauerte ein plumpes, selbstzufriedenes Ego von erschreckenden Dimensionen, ein Ego, so aufgebläht vor lauter Selbstsicherheit, dem mit normalen Rüffeln und Demütigungen gar nicht mehr beizukommen war. Selbst zwei Jahre im Psychologischen Institut hatten keine Dellen hinterlassen: Freud und Jung und all die anderen Zulieferer von Schuldgefühlen und Selbstzweifeln waren daran schlicht abgeprallt wie Tennisbälle.

»Also dann, ciao-ooo Mr. Lockwood«, schloß Walter das Gespräch ganz unverfroren; und als krönende Beleidigung schaffte er es noch aufzulegen, bevor Martin den Hörer mit solcher Gewalt aufknallen konnte, daß diesem kleinen Reptil das Trommelfell dröhnte. Wenn er nur noch drangewesen wäre. Und wenn Reptilien überhaupt Trommelfelle haben. Ach, zum Teufel. Verdammt, verdammt, verdammt!

Also, was nun? Martins erster Impuls war, Walters Tutor anzurufen und ihn zu drängen, den Burschen auspeitschen zu lassen oder zu feuern oder so etwas; aber natürlich wußte er nur zu gut, wie nutzlos das heutzutage war. Nichts würde Walter geschehen, während ihm, Martin, das Ganze mit gräßlicher Gewalt ins Gesicht schlagen würde. Noch vor Ende der Woche hätte er sich den Ruf eingehandelt, autoritär, arriviert, rechtslastig, elitär und was noch alles zu sein. Und wo blieben dann seine beruflichen Aussichten?

Außerdem, selbst wenn das Wunder geschähe und Walters Tutor der Beschwerde tatsächlich Gewicht beimessen sollte, wäre damit immer noch nicht das momentane Problem gelöst. So befriedigend es sein könnte zu erfahren, daß Meister Cummings im Morgengrauen gehängt und sein Kopf über den Supermarktausgang angenagelt wurde, so war damit immer noch nicht das für drei Uhr heute nachmittag verabredete Interview mit Mrs. Timberley erledigt.

Er mußte es selbst machen. Das war die grimmige Schlußfolgerung, auf die alles hindeutete. Dahin sein Mittagsschläfchen. Dahin sein gemütliches Plauderstündchen beim Tee mit Helen. Dahin auch, aller Wahrscheinlichkeit nach, seine abendliche Arbeitssitzung. Mit den Nerven würde er nach all diesen Frustrationen und Ärgernissen am Ende sein, nachdem er sich auch noch die Mühe hatte machen müssen, dieser verdammten Timberley gegenüber Mitgefühl und Interesse aufzubringen. Das war das Ärgerliche an Depressionen. Sie mochten ja ein ganz gutes Thema für eine Doktorarbeit sein, aber man war ziemlich sicher den allerschlimmsten Interviewpartnern ausgesetzt. Es würde ungefähr so werden, als wollte man eine Schildkröte im Winterschlaf interviewen.

Still vor sich hinwütend, schlug Martin den Stadtplan auf und sah sich den Weg an. Zehn Kilometer mindestens, mitten durch die Stadt. Umwege eingerechnet, und Staus und all die anderen Hindernisse, die das Schicksal so gern denen in den Weg legt, die sowieso schon zu spät dran sind, mußte er eigentlich sofort losfahren.

Er kritzelte ein paar Zeilen für Helen, daß er vielleicht später käme – welch eine Erleichterung, daß sie nicht zu den Frauen gehörte, die sich darüber aufregten, wie Beatrice es getan hätte! – raffte seine Timberley-Akte, sein Notizbuch und seine Aktentasche und machte sich auf den Weg durch den Regen.

Es regnete immer noch ziemlich heftig, als er vor dem kleinen, ordentlichen Reihenhaus anhielt, in dem diese Mrs. Timberley mit ihrer Depression wohnte. Er hatte bereits ein paar Notizen mit den puren Fakten ihres Falles gemacht: sie war vierundfünfzig Jahre alt, verheiratet, ihre Depression war im Laufe etlicher Jahre immer schlimmer geworden. Er hatte auch Notizen über die verschiedenen Medikamente und Behandlungsmethoden, die während dieser Zeit an ihr ausprobiert worden waren und die alle nicht im mindesten den unbarmherzigen Fortgang ihrer Krankheit von ›leicht‹ über ›mittelschwer‹ bis ›schwer‹ hatten aufhalten können. Im Lauf der Jahre war sie mal im Krankenhaus, mal zu Hause und mal in ambulanter psychiatrischer Behandlung gewesen. Derzeit war sie aus dem Krankenhaus und ›in häuslicher Pflege‹, obwohl aus den Unterlagen nicht hervorging, wer diese Pflege übernommen hatte.

Während er, die Schultern gegen den Regen hochgezogen, über die nasse Straße hastete, erlebte Martin einen kleinen Stimmungsaufschwung, ähnlich dem Jäger, der seine Beute erfolgreich in die Enge getrieben hat – wenn sie auch noch erlegt werden muß. Immerhin war er an diesem verdammten Ort hier angekommen; das Schlimmste lag gewissermaßen hinter ihm. Ein bißchen mit dem Gefühl, es schon beinah geschafft zu haben, drückte er auf den Klingelknopf und lauschte den süßen Glockentönen von drinnen, die eine kuriose Hintergrundmusik zur dunklen Nacht der Seele dieser Mrs. Timberley spielten.

5

»Ja, Sir, freut mich, Sir, wollen Sie nicht reinkommen, Sir?« begrüßte der rosige alte Mann, der die Tür öffnete, Martin überschwenglich. »Kommen Sie rein, raus aus der Nässe. Scheußlich, dieses Wetter, was? Aber wir wollen nicht klagen«, lenkte er ein, während er Martin half, sich in dem engen Flur seines Regenmantels zu entledigen. »Der Frühling wartet um die Ecke, nur noch einen Monat, stimmt's nicht? Das habe ich gerade zu meiner Magsy gesagt« – hier senkte er die Stimme und gestikulierte bedeutsam zu dem schmalen, dunklen Treppenhaus hin – »Kopf hoch, Mädchen, hab ich gesagt, Kopf hoch, der Frühling wartet schon um die Ecke! Stimmt doch, oder? Gleich um die Ecke...«

So eng war der Flur, und so dunkel jetzt, wo die Eingangstür zu war, daß es sich als kompliziertes Unterfangen erwies, Martins nassen Regenmantel auf einem Garderobenhaken unterzubringen, eine Art schlecht choreographierte kleine Ballettszene, in der die beiden Männer umeinander herum und voreinander her tanzten, um sich nicht in die Quere zu geraten; und die ganze Zeit über ließ Mr. Timberley – denn er war ja wohl der Ehemann – den Fluß seiner überschwenglichen und etwas unterwürfigen Begrüßungsfloskeln nicht abbrechen. »Wirklich nett, daß Sie kommen, Sir, wirklich sehr freundlich! Sie wird sich so freuen, meine Magsy! Liebe Güte, Sie hätten sie sehen sollen, den ganzen Vormittag war sie schon so aufgeregt, ich hab sie kaum bremsen können! Und jetzt, Sir, wenn Sie hier raufgehen...«

Das Zimmer im ersten Stock, in das Martin geführt wurde, war klein und düster und sehr heiß. Ein elektrischer Ofen mit zwei Heizstäben glühte und summte, außerdem mußte noch eine Zentralheizung eingeschaltet sein, so vollkommen ausgesperrt und abgewehrt waren die winterlichen Außentemperaturen. Die Fenster, ohnehin schon klein und mickrig, waren derart zugehängt mit Spitzenvorhängen, Netzvorhängen und schweren Samtvorhängen, daß nur schwache Streifen des feuchtgrauen Tageslichts in den Raum vordringen konnten, und Martin fand es im ersten Moment ziemlich schwierig, sein Objekt überhaupt auszumachen.

»... so aufgeregt den ganzen Morgen, daß ich sie kaum bremsen konnte!« hatte Mr. Timberley ihn liebevoll informiert; und Martin blickte angestrengt in dem kleinen Zimmer herum, das mit Möbeln und verstaubten Nippes vollgestopft war, und versuchte, seine Augen an das Halbdunkel zu gewöhnen.

Dann sah er sie. Wie ein übergroßes Kissen in einem Lehnstuhl hängend, hatte sie keine Anstalten gemacht, ihn zu begrüßen; aber sie schlief auch nicht. Er starrte unversehens in ein graues, aufgedunsenes Gesicht, aus dem ein Paar winzige, ungerührte Augen bösartig zurückstarrte. Oder so kam es ihm wenigstens vor. Man konnte wirklich unmöglich erraten, ob dieser enervierend starre Blick aktive Feindseligkeit bedeutete, oder lediglich eine so totale Gleichgültigkeit gegenüber seiner Anwesenheit, daß es schon ziemlich beängstigend war; ein Relikt der urzeitlichen Leere vor Beginn der Schöpfung, als noch Finsternis über der Erde lag.

›Leicht‹, ›mittelschwer‹ oder ›schwer‹? Martin drehte seine Karteikarte zum Fenster und sah die Kategorie nach.

›Schwer‹. Ja. Weiß Gott. Er biß die Zähne zusammen und wappnete sich für die Nervenprobe. Puhh!

Immerhin, er war hier. Er hatte fast eine Stunde dazu gebraucht, und selbst wenn alle Antworten sich nur als Gemurmel und ›weiß nicht‹ erwiesen, es zählte doch als Interview für seine Reihe. Oder so gut wie. Er hatte jedenfalls vor, es verdammt noch mal zu zählen: wenn man als Sozialpsychologe dreißig Interviews hinterherhinkt, kann man es sich nicht leisten, wählerisch zu sein.

Mit der Anstrengung eines Möbelpackers, der ein Klavier bewegt, kramte er sein Bettkantengehabe hervor und wandte sich, ganz Lächeln und Zähnezeigen, seinem Objekt zu.

»Tja, guten Tag, Mrs. Timberley!« sagte er mit der fröhlichen, etwas überlauten Stimme, die offenbar immer angebracht ist, wenn man mit Leuten redet, die viel weniger gut dran sind als man selbst. »Wie geht es Ihnen heute? Ein bißchen besser, ja? Das ist gut, sehr gut! Also, ob Sie mir wohl ...?«

Die Augen starrten immer noch in seine, ausdruckslos – oder vielleicht auch haßerfüllt, wer konnte das sagen? – und Martin merkte, wie er mit seiner Gesprächstaktik ins Schwimmen geriet. Aber jetzt hatte er einmal angefangen, es gab kein Zurück, schon gar nicht mit diesem vernarrten, übereifrigen Ehemann im Hintergrund, der angespannt und hoffnungsfroh wie ein Kind im Zoo darauf wartete, daß irgend etwas passierte. Martin riß sich zusammen. Er wandte den Blick ab, heftete ihn auf die tröstliche Vertrautheit seines Notizbuchs und fuhr mit seiner Formel fort.

»... ob Sie mir wohl ein paar Fragen beantworten würden? Also zuallererst, wenn Sie mir sagen könnten, wie lange Sie sich schon – nun ja, so fühlen wie jetzt? Etwas niedergedrückt, meine ich? Nicht besonders froh? Wie lange ungefähr?«

Immer noch beobachteten ihn die bösen Augen, schwachsinnig zusammengezogen und erfüllt von der unbewußten Angst vor dunklen, urzeitlichen Wäldern. Martin saß mit gezücktem Kugelschreiber da und erwartete fast, aus ihrem Mund so etwas wie eine uralte, vormenschliche Sprache zu hören, lauter Lippen- und Kehllaute, weder Ts noch Ds. Sie rührte sich noch immer nicht, aber in den Mundwinkeln erschienen Speicheltropfen, als lecke sie von innen über ihre Lippen; und bei diesem Zeichen von so etwas wie Leben, leuchtete das Gesicht des alten Ehemannes, als sehe er die Sonne selbst in all ihrer Pracht aufgehen.

»So ist's gut, Magsylein!« rief er. »Das ist meine Magsy! Hab ich's nicht gesagt, Sir, daß es sie aufmuntert, wenn sie erstmal mit Ihnen redet! Also, mein Schätzlein, sag es dem Herrn! Er will wissen, wie lange du schon so arm dran bist. Zehn Jahre, oder? Weihnachten werden's zehn Jahre, so in der Größenordnung, nicht?« Er wandte sich an Martin. »Sie ist ein bißchen nervös, nur ein kleines bißchen nervös. Wir haben nicht so oft Leute zu Besuch in letzter Zeit, nicht sehr viele, wissen Sie, deswegen ist sie ein bißchen nervös, aber nur zu Anfang. Reden Sie einfach weiter mit ihr, Sir, ja? Sie gewöhnt sich an Sie, nicht wahr, Magsy, Liebes, du gewöhnst dich bald an den Herrn.« Dann zu Martin: »Bald plaudert Sie drauflos wie sonstwas, warten Sie nur ab ...«

Inzwischen saß der alte Mann neben seiner Frau auf der Armlehne ihres Sessels, und sein Arm lag beschützend um ihre hängenden Schultern.

»Zehn Jahre«, wiederholte er aufmunternd, »fast zehn Jahre, erzähl es dem Herrn, Magsy ...«

Mangels irgendeiner Reaktion von seiten seines eigentlichen Gesprächspartners schrieb Martin das alles statt dessen auf. Vielleicht konnte er es irgendwo sinnvoll verwerten – zur Einstellung naher Angehöriger oder sowas, man wußte nie – zumindest konnte er das Interview damit auf eine anständige Länge auspolstern. Er stellte weiter seine Fragen und gab dabei so gut er konnte vor, den Klumpen Fleisch vor sich anzusprechen.

Und wie genau hat das Ganze angefangen, Mrs. Timberley? Ist es allmählich gekommen...? Oder haben Sie etwas wie einen Schock erlebt...? Einen schmerzlichen Verlust vielleicht...? Ärger in der Familie...?

Ärger in der Familie. Das wirkte fast immer. Mr. Timberleys dürres Hinterteil wippte buchstäblich auf der unsicheren Stange, während er seiner Angetrauten aufgeregt zuschnalzte und sie anfeuerte, als sei sie eine Fußballmannschaft.

»Komm schon, Magsy! So ist es recht! Das ist meine Magsy! Das ist doch *die* Frage für dich, wie? Genau das, worauf du gewartet hast, wie, Magsy-Schatz? Dazu kann sie Ihnen jede Menge erzählen, Sir, ohne Frage! Los, Mags, erzähl's dem Herrn! Erzähl ihm, wie das war, Weihnachten damals, mit deinen beiden Tanten! Tante Nell und Tante Vi, beide zusammen hier im Haus, meine Güte, ein richtiges Theater war das! Aber, damit wir uns recht verstehen, ich sage kein Wort gegen sie, gegen keine, würden wir nie tun, nicht wahr, Mags? Der Herr sei ihren Seelen gnädig. Nein, es war diese Gwenda, die den ganzen Ärger angefangen hat. Nicht wahr, Mags? Diese Gwenda! Es wäre nichts von allem nicht passiert, wenn sie ihre Nase nicht reingesteckt hätte! Und dazu noch all das gebratene Zeugs, das war überhaupt nichts für sie. Ich hab's ihr damals gleich gesagt. Gwenda, hab ich gesagt, dies gebratene Zeugs, was du da immer mitbringst, das bekommt ihr nicht. In billigem Öl gebraten zudem noch, Sie kennen diese Sachen, Sir, billig... eklig... stimmt es nicht, Mags? Ranzig meistens...«

Irgendwo war hier ein ›non-sequitur‹, vielleicht erledigte es sich, wenn er seine Notizen ordentlich durchging. Nicht, daß es eine Rolle spielte. *Zusammenbruch des familiären Netzes* war offensichtlich die Kategorie, und ob die Geschichte damit endete, daß Tante Nell und Tante Vi ihr gesamtes Vermögen ›dieser Gwenda‹ hinterließen, oder lediglich mit dem ausgedehnteren Drama von Nervenzusammenbrüchen, Valium rundum und für immer und ewig abgebrochenen Beziehungen, das machte wirklich nicht den geringsten Unterschied.

Außerdem mußten noch all die anderen Fragen irgendwie durchgegangen werden, er hatte keine Lust, die ganze Nacht hier zu verbringen. Und so hetzte er den alten Mann, so rasch es sich (eben noch) mit der normalen Höflichkeit vereinbaren ließ, durch diesen Teil des Fragenkatalogs und weiter zum nächsten, bis er zum letzten kam und zu der (in diesem Fall) bizarrsten Frage von allen: »Und wenn Sie mir nun noch einen Anhaltspunkt geben könnten, wie Sie hauptsächlich Ihre Zeit verbringen, Mrs. Timberley? Haben Sie Hobbies...? Besondere Interessen...?« Um eine derart groteske und unpassende Frage auch nur aussprechen zu können, mußte Martin den Blick abwenden, als er fortfuhr: »Was machen Sie denn so den ganzen Tag?«

Die kleinen Augen blinzelten nicht einmal in ihren wulstigen Höhlen, und wieder hing es an dem alten Mann, der noch immer wild entschlossen war, seinen Goldschatz von der besten Seite zu zeigen, wie aus der Pistole geschossen zu antworten.

»Machen? Also, lieber Himmel, wir sind emsig wie die Bienen, stimmt's, Magsy? Immer auf Achse, könnte man sagen... ach, wissen Sie... Essen und all so was. Und dann braucht sie jetzt ein Weilchen, bis sie morgens angezogen ist, stimmt's nicht, Magsy? Sie nimmt sich gern ein bißchen Zeit, wissen Sie, um sich hübschzumachen, gut auszusehen, wie die Damen es nun mal gerne tun... haha... alle gleich, stimmt's, Sir, wenn's darum geht, sich aufzuputzen, und anders möchten wir sie ja gar nicht haben, oder?« Er lachte wieder fröhlich und dachte dabei vielleicht an seine Magsy, wenn sie am besten aussah. »Und dann das Mittagessen natürlich, wir essen eine Kleinigkeit mittags, danach wieder aufräumen und... dies und das. Gehen wir viel aus? Na ja, jetzt haben wir natürlich Winter, Sir, nicht, und Winter ist noch nie die beste Zeit für meine Magsy gewesen, stimmt's, Schatz? Na ja, wer hat schon seine beste Zeit im Winter, wenn man's recht bedenkt. Nun gut, wir bleiben viel drinnen im Winter, da sag ich sicher nichts Falsches. Aber wenn erst der Sommer da ist, liebe Güte, da sind wir ständig unterwegs! Sie sollten uns mal sehen... ständig unterwegs... hier und da und überall, stimmt's Magsy? Sie blüht richtig auf, wenn der Sommer kommt, meine Magsy! Aber geht uns das nicht allen so? Ist ja nur natürlich...«

Draußen dämmerte es bereits, und als das Interview sich seinem Ende näherte, konnte Martin kaum mehr erkennen, was er schrieb. Aber er machte unbeirrt weiter. Es gab ein paar gute Zitate, authentisches Unterschichtsmaterial, und das machte immer einen günstigen Eindruck auf die Prüfer. Er hörte geduldig zu, bemüht, die ungebildete, klischeebeladene Ausdrucksweise genau richtig wiederzugeben.

Endlich war alles vorbei, und er machte sich daran aufzubrechen. Martins Abschiedsfloskeln, während er seine Papiere einpackte und aufstand, wurden fast erstickt von Mr. Timberleys gleichzeitigen Dankesbezeugungen, die unaufhaltsam sprudelten.

»Oh, aber es war doch eine solche Freude, Sir, ich kann's Ihnen gar nicht sagen, stimmt's, Magsy? Es hat dir richtig Spaß gemacht, Schätzlein, nicht? Es hat ihr richtig Spaß gemacht, Sir, mit Ihnen zu plaudern ... sie hat nicht oft Gelegenheit zu einem richtig guten Plauderstündchen, stimmt's, mein Schatz? Irgendwie plaudern die Leute nicht mehr so mit ihr wie früher... Aber wir wollen nicht klagen. Jedenfalls war es wirklich ein Vergnügen für sie, Sir, heute nachmittag, nicht wahr, Magsy? Sie hat sich viel von der Seele reden können, wie man so sagt, es hat ihr wirklich geholfen, stimmt's, Liebes? Ihre ganzen Sorgen, alles was sie die ganze Zeit über unterdrückt hat... Alles das einmal frei heraus sagen zu dürfen, das hat ihr mächtig geholfen, stimmt's, Magsy? Also, dann komm mal, mein Schatz, und sag dem Herrn Auf Wiedersehen, und bedank dich bei ihm, daß er hier war. Wenn sie ein bißchen näher kommen, Sir... nur ein ganz kleines bißchen... so, ja... sie gibt Ihnen die Hand, nicht wahr, Magsy...?«

Der Gedanke, eine dieser grauen, reglosen Hände ergreifen zu sollen, erfüllte Martin mit Entsetzen. Er stellte sich das Feuchte und Schlaffe an seiner Handfläche vor. Es erinnerte ihn an jenes gräßliche Spiel, das sie als Kinder gespielt hatten, bei dem alle im Kreis im Dunkeln saßen, während irgendein abscheuliches, unbekanntes Objekt – eine kalte Wurst zum Beispiel oder ein kaltes, hartgekochtes Ei – von Hand zu Hand ging und aus dem Dunkel eine angemessen grausige und gut abgestimmte Geschichte von abgehackten Fingern und Augäpfeln toter Männer ertönte...

Martin konnte einen kurzen Laut des Widerwillens nicht unterdrücken, wich zurück und entzog sich der Tortur unter Grunzen und entschuldigendem Murmeln, während er die ganze Zeit über auf die Tür zuhielt. Endlich stand er draußen auf dem Treppenabsatz, wo es inzwischen stockfinster war.

»Passen Sie auf, Sir! Passen Sie auf mit der Treppe!« Mr. Timberley, dicht auf seinen Fersen, knipste das Licht an, gerade noch rechtzeitig, um die kurze, steile Treppe nur wenige Zentimeter vor ihm zu erhellen.

Und genau in diesem Augenblick ertönte aus dem Zimmer hinter ihnen ein dünnes, frohlockendes Kreischen, und wieder und noch einmal, so schrill, so ohne Sinn und Verstand, daß es nicht vergleichbar mit irgendeiner menschlichen Stimme war, die Martin je gehört hatte. Er wirbelte herum, erschrocken und fassungslos, und starrte mit einem flauen Gefühl im Magen in das jetzt taghelle Zimmer.

Die zusammengesunkene Gestalt in dem Sessel hatte sich nicht bewegt. Sie hing dort genau wie vorher, mit leerem, starrem Blick, und reagierte nicht einmal mit einem Blinzeln auf das plötzliche Licht.

Aber andere Augen, die bisher im Durcheinander des düsteren Zimmers unbemerkt geblieben waren, hatten reagiert.

»Tweetie! Wie benimmt sich ein guter Junge?« gurrte

der alte Mann dem Wellensittich zu, der in seinem Käfig beim Fenster noch einmal aufkreischte vor lauter Freude über das plötzliche Licht.

»Tweet! Tweet!« krakeelte er; und »Tweetie! Tweetie!« gurrte der alte Mann zurück. Auf diese Weise ging die Konversation zwischen Mann und Vogel fröhlich weiter, während die große, schlaffe Puppe reglos in ihrem Sessel lag und Martin, bar aller Wissenschaftlichkeit, halb stolpernd die schmalen Treppenstufen hinunterpolterte.

6

Helen sah den Zettel gleich beim Hereinkommen, bevor sie noch ihre beiden vollen Einkaufstaschen auf dem Küchentisch absetzen konnte. Wie Martin vermutet hatte, war sie nicht im mindesten gekränkt oder verstimmt; wenngleich dies bereitwillige Hinnehmen womöglich weniger ihrem toleranten Naturell als vielmehr ihrem schmerzenden Rücken zuzuschreiben war. Mit einem Seufzer rein körperlicher Erleichterung sank sie in den nächsten Sessel, ließ es zu, daß der Inhalt ihrer Taschen rechts und links auf den Fußboden kullerte, und schwelgte vorübergehend in dem Gedanken, noch ein Weilchen unordentlich aussehen zu dürfen, ohne daß es eine Rolle spielte. Einfach dasitzen, zerrupft, abgeschlafft, über dreißig, langweilig, ungekämmt, Laufmaschen in den Strümpfen und mit vor Erschöpfung fleckigem Gesicht, das ein frisches Make-up brauchte.

Das Gefühl der Erleichterung war verblüffend. Das wohlige Gefühl drang ihr in alle Glieder. In dieser kurzen, unerwarteten Pause mußte sie weder ihre Klasse unterrichten noch ihren Liebhaber faszinieren, sie war außer Dienst, für wie lange allerdings, wußte sie natürlich nicht, und die Ungewißheit machte das Ganze etwas weniger erholsam.

Sie sah sich noch einmal Martins Zettel an.

Tut mir leid, mußte eilig weg, kann später werden.
Kuß M.

Gefolgt von einer Reihe als ›X‹ rasch hingekritzelter Küsse – für mehr hatte es nicht gereicht, bevor er aus der Wohnung stürmte –, um, was immer es sein mochte, zu erledigen.

Später als was? Tee? Oder Abendessen? Wenn letzteres gemeint war, konnte sie es sich leisten, noch ein bißchen hier sitzen zu bleiben. Andererseits, sicher war es nicht, er konnte ebensogut bald da sein. Sogar jede Minute. Eigentlich müßte sie schon herumhetzen, ihr rotes Wollkleid mit dem Goldgürtel anziehen, eine heile Strumpfhose heraussuchen, sich das Gesicht mit kaltem Wasser bespritzen, die Lippen nachziehen – einen sanfteren Ton für den Abend. Martin hatte es immer gern, wenn sie sanft und zerbrechlich aussah nach ihrem harten und zermürbenden Tag in der Schule. Sie müßte eigentlich auch ihr feuchtes, windzerzaustes Haar in Form kämmen, zu einem weichen, glänzenden Vorhang, leicht zur Seite gebürstet, so daß es die linke Wange halb verdeckte. Die Frisur betonte ihr gutgeschnittenes Gesicht. Gegen die schwere Welle des blonden Haars hob sich ihr Profil manchmal beinah ab wie bei einer Filmdiva, und Martin war davon ganz hingerissen.

Beatrice hatte eines dieser Pfannkuchengesichter, völlig konturlos. Und meist auch kein Make-up. Sie hatte sich ›gehenlassen‹, wie Ehefrauen das so an sich haben, und Helen, wie Geliebte das so an sich haben, war fest entschlossen, daß zumindest das ihr nie passieren würde. Martin sollte sie immer wohlgepflegt und in Bestform erleben.

So müde sie auch sein mochte ... Helen machte Anstalten aufzustehen, doch dann, die Versuchung war zu groß, sank sie zurück in die Polster. Nur noch ein paar Minuten.

So schnell kam er ganz bestimmt nicht zurück, weshalb hätte er sonst überhaupt den Zettel schreiben sollen?

Herrlich, so hier herumzulümmeln, häßlich, faul, dumm, niemandes Angestellte, niemandes ideale Gesellschafterin oder vollkommene Sexualpartnerin. Nur langweilig und gewöhnlich. Helen fühlte Langweiligkeit und Gewöhnlichkeit durch ihre Glieder strömen wie einen Segen, wie die Antwort auf ein Gebet...

Nicht auf eines ihrer Gebete natürlich. Ihre Gebete waren immer ganz anders gewesen, und wie es so ging, waren sie alle auf wunderbare Weise erhört worden. Sich zu verlieben, darum hatte sie als Teenager und mit Anfang zwanzig gebetet. Etwas später merkte sie dann, wie sie immer häufiger betete, dieses Mal möge es andauern, zu einem Ende gelangen, irgendwo, einem Ende all dieser Neuanfänge. Und noch etwas später, unversehens dreißig und noch immer ledig, betete sie ihr letztes und leidenschaftlichstes Gebet: ihr nächster Typ, wer und wie er auch sei, möge sie doch bitte heiraten wollen, oder wenigstens mit ihr zusammenziehen.

Ach, und daß er auch nicht zu jung sein möge, wie so viele es heutzutage immer öfter waren.

Und alles war eingetroffen, genau wie im Märchen. Ihr nächster Mann war Martin Lockwood gewesen, um die vierzig, und gleich von Anfang an wild entschlossen, sie zu heiraten. Er konnte natürlich nicht, wegen Beatrice, aber das tat der Märchenqualität ihres Glückes kaum Abbruch. Ein Mann, der einen seiner Ehefrau wegen nicht heiraten kann, ist ein ganz anderes Angebot als einer, der schlicht nicht will, wie jedes vernünftige Mädchen sofort begreifen wird.

So waren denn alle ihre Gebete erhört worden, sogar die früheren vom Sichverlieben. Sie hatte ihn im letzten Sommer bei einem Fest zum Abschluß des Schuljahrs kennengelernt und natürlich angenommen, daß er der Vater einer der Schülerinnen sei, wie attraktive Männer im richtigen Alter praktisch immer. Er war ihr sofort aufgefallen, ein großer Mann mit ängstlichem Gesicht und einer hellen Haarlocke, die jungenhaft auf seiner Stirn wippte, den Blick hielt er wachsam auf einen Teller mit Obsttörtchen geheftet, den ihm jemand in die Hand gedrückt hatte, um ihn dann skrupellos und ohne weitere Instruktionen damit stehenzulassen. Er hatte keine Ahnung, was er damit anfangen sollte, das sah man gleich; er gehörte zu den Männern, für die ein Fest mit Getränken verbunden ist, vielleicht noch mit ein paar Cashewnüssen, aber bestimmt nicht mit etwas so Gewöhnlichem wie Obsttörtchen. Er wirkte unermeßlich hilflos und zu Tode verängstigt wie ein Marsmensch in einem Waschsalon – das hatte sie tatsächlich als erstes zu ihm gesagt, als er sie etwas unwirsch fragte, was es zu kichern gebe. Dann hatte er gelacht und sie auch, sie hatte sich entschuldigt und anschließend in genau drei Sekunden das Törtchenproblem für ihn erledigt. Darauf hatte er ihr einen Gin Tonic geholt, und während sie dastand und daran nippte und dem zuhörte, was sich nur als allererste Rate seiner Probleme erwies, wußte sie schon, daß sie sich verliebt hatte. Richtig verliebt. Zum ersten Mal seit Jahren.

Natürlich war Beatrice ein Problem; und anfangs hatte Helen sich richtig schuldig und unglücklich gefühlt ihretwegen. Sie kannte sie flüchtig, weil sie auch bei dem Fest gewesen war und sie einander vorgestellt wurden, allerdings nicht von Martin. Helen hatte sie als unscheinbare, ängstliche kleine Frau mit ausgetrocknetem Haar und hastigem Gang in Erinnerung, die mit unstetem Blick angestrengt umherspähte, nie jemandem richtig ins Gesicht sah und nie etwas länger als eine Sekunde fixierte. Später sollte sie erfahren, daß Beatrice kurzsichtig war und zu eitel, um in Gesellschaft ihre einmalig unkleidsame Omabrille aufzusetzen, so daß sie lediglich versucht hatte, die schattenhaften, baumstammähnlichen Gebilde zu erkennen, die vor ihr auftauchten und mit ihr sprachen, darunter auch Helen; aber damals hatte sie den Eindruck erweckt, ein ermüdender und ewig rastloser Geist zu sein. Kein Wunder, daß der arme Martin meist so ängstlich und unruhig aussah. Das würde wohl jeder.

Sie hatte trotzdem noch eine Zeitlang Schuldgefühle Beatrice gegenüber, selbst nachdem Martin ihr lang und breit und wiederholt – manchmal bei langen, gemütlichen Mahlzeiten und manchmal im Bett – die vielfältigen Fehler und Unzulänglichkeiten seiner Frau beschrieben hatte. Besitzergreifend ... faul ... langweilig ... schlampig ... nicht gut am Herd ... nicht gut im Bett ... alles in allem eine Frau, wie man sie sich als *die Andere* nur wünschen konnte, zum Weglaufen. Und doch war Helen nicht wohl. Nach wie vor sah sie dies arme kleine ängstliche Wesen hoffnungslos in ihrem unordentlichen Haus herumschlurfen, Dinge aufnehmen und am falschen Platz wieder hinlegen, Staub von einer Ecke in die andere wischen und auf ihre unordentliche Art ihr Bestes versuchen, um ein Haus zu führen, das ihrem so unglaublich wunderbaren Ehemann gemäß war.

Aber nein, insistierte Martin dann, so war es ganz und gar nicht. Beatrice versuchte es nicht einmal. Wenn sie es getan hätte, dann wäre vielleicht alles anders gewesen; aber sie hatte es nie versucht. Gut, eine Frau kann eine hoffnungslose Köchin sein, aber bestimmt gibt es keine Frau unter dieser Sonne, die so hoffnungslos ist, daß sie nicht gelegentlich Kartoffeln hinkriegt, die eßbar sind? Oder wenigstens manchmal Würstchen braten kann, ohne sie zu verbrennen?

»Und meistens kocht sie überhaupt nichts!« beschwerte sich Martin. »Nicht mal eine miese Tiefkühlpizza aus dem Supermarkt! Ich komme nach Hause, völlig erledigt nach einem scheußlichen Tag im Polytechnikum, und da hängt sie in einem Sessel, Frisur wie ein Mop, Laufmaschen in den Strümpfen und hat es noch nicht mal für nötig befunden, die Einkäufe wegzuräumen...«

Helen sprang hoch wie von der Tarantel gestochen, sammelte ihre diversen Einkäufe auf und floh in die Küche. Schon nach halb fünf, wenn sie sich um sieben an den Eßtisch setzen wollten – worauf sie sich geeinigt hatten, um Martin schöne lange Abende für seine Arbeit zu sichern – dann mußte alles um zwanzig nach sechs fertig sein, im heißen Backofen, ohne dabei anzubrennen. So daß sie vor dem Essen Zeit hatten für ausgedehnte und gemütliche Drinks und gelegentliche Exkursionen ins Bett, genau wie früher, als Helen nur *die andere Frau* war und Martin nur einmal die Woche zum Abendessen zu ihr kam. Oh, das Sehnen, die Frustrationen, die Schmerzen jener Tage! Und wie leicht alles gewesen war, verglichen mit jetzt! Damals hatte es immer den nächsten Tag gegeben zum Aufräumen und den Tag davor zum Vorbereiten; es war ein Kinderspiel gewesen, unter solchen Umständen ein leckeres Menü mit drei Gängen lässig und ohne großes Aufhebens vorzubereiten.

Beatrice hatte natürlich immer ein fürchterliches Getöse gemacht, selbst um die einfachste Mahlzeit. Das gehöre zu den wunderbarsten Dingen an Helen, sagte Martin oft, daß sie in der Lage sei, ohne Aufhebens so herrliche Menüs auf den Tisch zu zaubern. Sie sei einfach eine tolle Frau.

Und eine tolle Frau wollte sie natürlich bleiben, was an ihrer Stelle wohl jede wollte. Mit einem Auge auf der Uhr, schaltete sie den Herd ein, legte die Kabeljaufilets auf ein bemehltes Holzbrett, holte Butter, Zitrone, Fenchel, frische Petersilie, ein scharfes Messer und machte sich an die Arbeit. Wenn sie es schaffte, das Hauptgericht bis zwanzig vor sechs in den Ofen zu bekommen, dann konnte sie um sechs die Filets umdrehen, ein paar Tropfen Zitrone auf jedes träufeln – richtige Zitrone natürlich – und dann das Gas kleindrehen, bis es eben noch köchelte, aber ganz sanft, ohne den delikaten Geschmack zu verderben. Als Gemüse gab es gebutterte Karotten – die hatte sie wegen des Farbkontrasts zum weißen Fisch gedacht – und ein paar Champignons, leicht angebraten und ganz zum Schluß dazugegeben. Die Suppe hatte sie, dem Himmel sei Dank, schon gestern gekocht, echte italienische Minestrone, und sie mußte nur aufgewärmt werden. Sie hatte auch schon Käse gerieben, auf der feinen Reibe, heute morgen vor sieben, aber sie mußte einen Moment einkalkulieren, um ihn von dem Plastikunterteller in die hübsche kleine jadegrüne Schüssel umzufüllen, die so gut neben den Karotten aussehen würde...

Petersilie hacken... Karotten der Länge nach schneiden... Sahne schlagen, um davon ein Häubchen auf die in Ingwer und Sirup gedünsteten Äpfel zu setzen... und die ganze Zeit über schoben sich die Zeiger der elektrischen Uhr geräuschlos weiter, und sie hatte immer noch nicht das rote Kleid an, geschweige denn eine andere Strumpfhose; und angenommen, es brach wieder ein Glied an ihrem Goldgürtel, wenn sie ihn anlegte, und angenommen, Martin kam doch nicht später, sondern früher, wie es durchaus gelegentlich vorkam, wenn er sie gewarnt hatte, er würde später kommen. »Überraschung, Liebes, Überraschung! Ich habe mich vor Schluß davonmachen können ...« und dann die leidenschaftliche Umarmung im Flur, mit halbem Herzen bei der Umarmung, mit der anderen Hälfte in der Küche, Antennen ausgefahren nach etwas Angebranntem, etwas Überkochendem, etwas Beatriceähnlichem und Schrecklichem ... Es war noch nicht passiert, bisher ... es durfte niemals passieren.

Mit einem raschen Expertenblick in ihrer Küche herum versicherte sich Helen, daß ihre Töpfe und Pfannen, wie eine Klasse disziplinierter Schulkinder, alle genau das taten, was sie nach dem Zeitplan in diesem Moment tun sollten, dann sauste sie ins Schlafzimmer, um einen blitzartigen Kleiderwechsel vorzunehmen. Erst beim Ausziehen sah sie, wie feucht ihr Schulfaltenrock auf dem Heimweg geworden war. Er mußte gebügelt werden, bevor sie ihn wieder anzog. Ach, Mist! Ach, egal, ihre Haare waren das wirklich dringende Problem, man mußte sie bloß mal ansehen, platt und strähnig angeklatscht vom Februarregen, keine Zeit, sie jetzt auf Lockenwickler zu drehen, sie mußte sie so gut es ging mit den Fingern und dem Kamm in Form bringen ...

Es war beinahe wie bei einem Foto-finish: Martins Schlüssel drehte sich in dem Moment im Schloß, als Helen gerade durchs Ziel raste – oder besser aus dem Schlafzimmer trat, lächelnd, entspannt, jedes einzelne Haar an seinem Platz, um ihn zu begrüßen.

7

Es war ein wunderbares Essen gewesen, eines der besten, die Helen je gekocht hatte. Der Abwasch war erledigt – Martin half immer dabei, keiner konnte ihn einen Chauvi nennen; er sah ein, daß es nur gerecht war, wenn sie den ganzen Tag arbeitete – er hatte nun also seine häuslichen Pflichten ehrenvoll erfüllt, und vor ihm lag ein langer, friedvoller Abend, wie geschaffen zum Weiterarbeiten. Die Abende waren schon immer seine beste Zeit zum Arbeiten gewesen. Aus seiner Studienzeit erinnerte er sich noch lebhaft an diesen Sog von Energie, der ihn bei Einbruch der Nacht erfaßt hatte, wie eine Katze oder einen Panther; und wie bis spät nachts die Worte sprudelten, beinah schneller, als er sie niederschreiben konnte. »Der beste Aufsatz, den ich je von einem Erstsemester gelesen habe, Martin.« »Eine bemerkenswerte Arbeit, Mr. Lockwood. Ich würde sie gern dem Professor zeigen...«

So ungefähr. Es kam ihm vor, als sei es erst gestern gewesen. Und nun wartete er, daß alles wieder genauso geschah. Die Umstände waren ideal; er hatte ein gutes Abendessen im Bauch und vor sich lange friedliche Stunden ohne Unterbrechungen.

Dafür sorgte Helen. Für sie waren Martins Arbeitssitzungen heilig, und Abend für Abend wimmelte sie Nachbarn, Telefongespräche, Verwandte und Vertreter ab, wie ein schöner blonder Wachhund, und schuf ihm eine Atmosphäre aus Ruhe und Intimität, wie er sie seit Verlassen der Universität ersehnt hatte. Nach all diesen frustrierenden Jahren, hatte er endlich Gelegenheit, etwas zu erreichen.

Martin rutschte unruhig auf seinem Stuhl herum, dann beugte er sich hinunter, zog die unterste Schublade seines Schreibtischs auf und holte den Ordner heraus, in dem er die vorläufige Kurzfassung seiner Doktorarbeit aufbewahrte. Sein Supervisor, Dr. Frost, ein blasser, gewissenhafter Professor und zu seiner Schmach viel jünger als er, war nach dem ersten Lesen nicht sehr begeistert gewesen, und Martin hatte ihm lang und breit erklären müssen, daß die Ausführungen noch recht provisorisch seien; er hatte sich nach Kräften bemüht, den inhaltlichen Mangel an Glanz und Originalität zu vertuschen, indem er vage Bemerkungen von überraschend neuen Aspekten fallen ließ, die sich in Kürze niederschlagen und in der revidierten Version im Detail erläutert würden.

So weit, so gut; aber Dr. Frost wies nun schon seit einigen Wochen immer wieder höflich darauf hin, daß es höchste Zeit sei, diesem überraschend neuen Aspekt irgendeine definitive Gestalt zu geben; daß inzwischen wenigstens etwas hätte zu Papier gebracht sein müssen, was die Richtung dieser neuen und originellen Gedanken andeutete, welche die *raison d'être* seiner Arbeit sein sollten.

»Es gibt eine Fülle ergänzender Daten, die noch nicht analysiert sind«, lavierte Martin dann herum, oder: »Ich muß noch ein weiteres Kontrollbeispiel haben, bevor ich endgültige Behauptungen aufstellen kann«, doch sein Supervisor wurde verständlicherweise langsam ungeduldig.

»Ich werde das vollständig revidierte Exposé Ende des Monats einreichen«, hatte Martin erst vor vierzehn Tagen kühn versprochen, hatte sich das sogar im ersten Rausch nach seinem triumphalen Umzug zu Helen, wo alles für immer perfekt sein würde, ebenso kühn ausgemalt. Aber jetzt war inzwischen fast Ende des Monats, und sein Exposé war um keine Silbe revidiert. Wenn man von der Änderung des Wortes ›Lebenskraft‹ in ›Vitalität‹ absah, was seiner Meinung nach vielleicht etwas – nun ja – akademischer wirkte.

Lebenskraft, Vitalität. Besser, es auch auf dem Durchschlag zu ändern. Da! Immerhin hatte er jetzt etwas getan.

Er blätterte die maschinengeschriebenen Seiten durch. Sie sahen gut aus. Breite Ränder, übersichtliche Titel- und Untertitel, gute Aufteilung. Ein Exposé, auf das man stolz sein konnte. Das einzige, was fehlte, war die klare Darstellung, worum es überhaupt ging. Die neue aufregende Idee, die Brennpunkt des Ganzen sein und den Namen Martin Lockwood ein für allemal bekannt machen sollte, fehlte noch immer.

Warum kam er nicht auf solch eine Idee? Er hatte es doch früher immer ohne die geringsten Schwierigkeiten geschafft. Egal wie abgedroschen das Thema – von *Tod und Verlust im erweiterten Familienverband* bis zu *Inzest und vorpubertäres Sexualverhalten in drei Bergarbeitersiedlungen* – bei Martin Lockwood konnte man immer darauf zählen, daß er mit etwas Frischem und Provokativem aufwartete, wie zum Beispiel, daß Sex nördlich von Birmingham auf dem absteigenden Ast ist, oder daß Großfamilien nur dann erträglich sind, wenn regelmäßige Trauerfälle auftreten. Irgend so etwas. Es mußte nicht wahr sein, noch nicht einmal wahrscheinlich; nur überraschend mußte es sein, und untermauert von ein oder zwei Fallgeschichten, die so bemerkenswert und so atypisch waren, daß sie im Gedächtnis haften blieben, lange nachdem die unauffälligen Fakten in Vergessenheit geraten waren. Es ist das Bemerkenswerte, nicht das Unauffällige, das gern zitiert wird, und einmal zitiert, bekommt es automatisch einen dünnen Firnis von Authentizität, der so leicht nicht mehr abgeht.

Demnach mußte man lediglich eine bemerkenswerte Idee haben. Wenigstens den Keim einer bemerkenswerten Idee. Was war nur mit ihm geschehen, daß ihm so gar nichts einfiel? Absolut gar nichts?

Es war so einfach gewesen früher. Wie hatte er es bloß gemacht? War es eine Art Trick, so etwas wie ein intellektuelles Taschenspielerkunststück, dessen Geheimnis er vergessen hatte? Eine Fertigkeit, die eingerostet war? Oder was?

Martin schloß die Augen und versuchte, sich wieder in jenen brillanten Studenten von vor zwanzig Jahren zurückzuversetzen, im Kopf jene magischen Anzeichen des nahenden Durchbruchs wieder zu durchleben, wenn sein Gehirn anfing zu arbeiten, Gedanken darin aufstiegen wie Blasen von Sumpfgas, langsam zuerst und dann schneller: größer und immer größer, schneller und immer schneller, bis sein ganzer Schädel brodelte und schäumte von neuen und erstaunlichen Ideen, sein Herz ihm in den Ohren hämmerte, sein Blut raste und der Stift in einer Art Schaffenswahn übers Notizpapier flog.

Warum passierte es jetzt nicht? Warum? Warum? Was stimmte nicht mit ihm, daß all dieser Frieden, all diese Perfektion, all diese langen, stillen, ungestörten Stunden zu solch einem toten Punkt der Seele führten?

Anfangen. Das war immer das schlimmste. Selbst in den guten alten Tagen war es manchmal mit Problemen verbunden gewesen, erinnerte er sich. Das wichtige war, ein Stück Papier zu nehmen und irgend etwas zu schreiben, dann führte einen, mit etwas Glück, der Stift weiter. Er zog sich einen kleinen Stapel sauberes, neues Schreibmaschinenpapier heran und schrieb fast wahllos eine der Überschriften seines Exposés hin:

»SPIELARTEN DER ENDOGENEN DEPRESSION: EINE NEUE SYNTHESE«. Er unterstrich es ordentlich und sorgfältig mit Hilfe eines Lineals, und dann saß er da, hielt seinen Kugelschreiber umklammert und wartete, daß der etwas schrieb.

Durch die Wand hörte er entfernt Helens Schreibmaschine, an der sie geduldig das Timberley-Interview abtippte. Er war froh, sie daran arbeiten zu hören, nicht weil es ihm viel genützt hätte – das Ganze war eigentlich ein totaler Verlust, völlige Verschwendung eines Nachmittags – sondern weil es bedeutete, daß sie offenbar diese komische Stimmung überwunden hatte, in der sie vor dem Essen gewesen war.

Er konnte es immer noch nicht verstehen, nicht richtig. Es war alles so plötzlich aufgekommen, und ganz ohne Vorwarnung. Gemütlich zusammengesessen hatten sie, und etwas getrunken, wie immer vor dem Essen. Helen hatte ganz besonders schön ausgesehen, erinnerte er sich, und er für seinen Teil hatte mehr noch als sonst ein teilnahmsvolles Ohr gebraucht, nach seinem nervenaufreibenden Nachmittag, und so dauerte es nicht lange, bis er auf das scheußliche Timberley-Interview zu sprechen kam und wie frustrierend es gewesen war. Beim Erzählen wurde das Ganze, samt Wellensittich und allem, irgendwie zu einer recht ulkigen Geschichte; und dann hatte er Helen beifallheischend angesehen und war völlig überrascht gewesen, als er merkte, daß sie sein Amüsement nicht teilte, nicht mit ihm lachte, sondern ganz im Gegenteil den Tränen nahe war.

»Ach, dieser arme alte Mann!« rief sie. »Wie er sie lieben muß! Oh, Martin, wie tragisch! Was wird um Himmels willen mit ihnen geschehen? Was willst du tun?«

Tun? Martin war wie vom Donner gerührt. Was war da zu tun, außer zu beschließen, nicht noch mehr kostbare Zeit auf so ein Paar seniler Spinner zu verschwenden? Geduldig versuchte er Helen klarzumachen, daß ein Interview, bei dem der Befragte schlicht überhaupt nicht antwortet, eigentlich ziemlich nutzlos ist, es paßt nirgends in die Reihe. Obwohl, räumte er ein, als er sah, daß sie immer noch mitgenommen aussah, natürlich war es in gewisser Weise faszinierend, sicher war es das, und zweifellos konnte man es irgendwo einschieben, vielleicht in dem Teil über ›Negative Einstellung in der Familie‹. Und deshalb, ja, er wollte es getippt haben. Ja, sicher wollte er das, es wäre furchtbar lieb von ihr.

Und so war der Zwischenfall vorbeigegangen, und bald hatte Helen wieder gelächelt und vor Freude geglüht, als er ihre Kochkunst lobte, was er sich sehr zu tun bemühte. Das war also in Ordnung. Es war eigentlich überhaupt keine Streitigkeit gewesen, nur ein Mißverständnis, rasch geklärt. Also konnte es nicht das sein, was seine Konzentration störte.

Das leise, regelmäßige Geräusch der Schreibmaschine hatte aufgehört. Sie hatte das Timberley-Interview offenbar fertig. Jetzt trug sie die Seiten zusammen, nahm das Kohlepapier heraus, und gleich würde sie auf Zehenspitzen hereinkommen, ihm das Dokument wortlos auf den Schreibtisch legen und wieder hinausschleichen, ihr ganzes Wesen darauf ausgerichtet, seinen Gedankenfluß nicht zu unterbrechen, oder ihn auch nur im mindesten abzulenken.

Ganz plötzlich und völlig ohne Vorwarnung vibrierten seine Nerven vor Gereiztheit, und er sehnte sich nach einer Unterbrechung, einer richtigen Unterbrechung, wie Beatrice sie ihm angetan hätte.

»Martin! Hast du daran gedacht, heute nachmittag die Heizungsfirma anzurufen?« Oder: »Martin! Du hast immer noch nicht die Sachen aus der Wäscherei geholt! Ist dir klar, daß die um neun zumachen?«

»Zum Teufel mit der Heizungsfirma!« konnte er dann zurückschreien. »Ruf sie selber an, wenn du dich darüber so aufregst, verdammt noch mal!« Oder er konnte hinausstürmen zur Wäscherei, das Zeug holen, es auf den Küchenboden werfen und erfrischt, höchst beleidigt und mit hohem Adrenalinspiegel wieder an seine Arbeit gehen.

Nichts dergleichen passierte jemals mit Helen, oder konnte auch in den kühnsten Vorstellungen je passieren. Das gehörte natürlich zu den wunderbaren Dingen an ihr, einer der Hauptgründe, weshalb er sich losgerissen hatte und tatsächlich mit ihr zusammengezogen war.

Frieden, dachte er. Endlich Frieden in einer angenehm zuträglichen Umgebung, in der seine lang unterdrückte Kreativität eine Chance haben würde, einmal mehr zu blühen.

Die Strichmännchen waren wieder da. Martin starrte ärgerlich auf sie hinunter. Er hatte geglaubt, wenn er sich erst sicher und glücklich bei Helen eingenistet hätte, würden sie ihn nicht mehr beunruhigen.

Aber er hatte falsch gedacht. Unter dem eindrucksvollen Untertitel über endogene Depression sammelten sie sich bereits, zu Dutzenden und Aberdutzenden tanzten und kullerten sie über das saubere, teure Papier, genau wie sie es immer getan hatten, mit weit ausgestreckten Bindestrichärmchen und gespreizten Beinen wie ein umgedrehtes Y. Keine Füße in der Regel. Viele hatten nicht einmal Köpfe, so lasch mußte seine rechte Hand sich gefühlt haben, so unlustig, die kleinste Mühe oder Anstrengung auf sich zu nehmen.

Hastig kramte Martin die verunstaltete Seite unter den Stapel, brachte sie außer Sicht. Jeden Moment konnte Helen jetzt mit dem verdammten Timberley-Interview da sein, und auch wenn sie kein Wort sagte, das ihn stören könnte, sie würde gar nicht umhin können, die kleinen Biester zu bemerken, solange sie obenauf lagen. Nachdem er sie sicher versteckt hatte, machte er sich an ein frisches Blatt Papier, auf das er wieder die Überschrift mit der endogenen Depression schrieb und sie erneut mit gewissenhafter Präzision unterstrich. Es würde aussehen, als hätte er eben einen Teil beendet und sei gerade dabei, den nächsten anzufangen. Kein Mensch konnte ahnen, daß er den ganzen Abend keinen einzigen Satz geschrieben hatte.

Der Gedanke kam ihm wohl, daß so etwas zu Beatrices Zeiten viel einfacher gewesen war. Unnötig, vor ihr die Tatsache zu verschleiern, daß ihm nichts einfiel, weil sie sich einen Dreck darum geschert hatte, ob ihm etwas einfiel oder nicht, ja nicht einmal die Bedeutung dieses unglückseligen Stadiums begriffen hatte. So jämmerlich es auch gewesen war, mit einer Frau verheiratet zu sein, die kein einziges seiner Interessen teilte und sich den Teufel um seine Karriere scherte, so hatte ihre Gleichgültigkeit ihm doch immerhin eine gewisse Freiheit gegeben, der er sich damals überhaupt nicht bewußt gewesen war.

Die Freiheit herumzugammeln, sich zu langweilen, erfolglos und mieser Laune zu sein. Die Freiheit, ganze Abende mit Kritzeleien und Tagträumerei an seinem Schreibtisch zu verbringen, ohne das geringste Risiko, daß jemand hereinschaute, um sich zu erkundigen, wie er weiterkam. Beatrice hatte sich keinen Deut darum gekümmert, wie er weiterkam. Sie hätte nie auch nur bemerkt, daß er den ganzen Tag kein Wort geschrieben hatte, oder einen Gedanken daran verschwendet, daß Blatt für Blatt des teuren Maschinenpapiers mit nichtssagenden kleinen Eindringlingen aus seinem Unterbewußten bedeckt war.

Wenn es überhaupt sein Unterbewußtes war. Hatte ein Unterbewußtes nicht voller dunkler Schuldgefühle und Traumata zu sein, die das Bewußtsein nicht verkraften konnte, weil sie zu schrecklich waren? Und, sieh an, wenn man ihm freie Hand ließ, was kam da zum Vorschein? Streichholzmänneken ohne Gesicht oder Charakter, die rein gar nichts symbolisierten. In dem Bemühen, in sich so etwas wie das Zwacken eines Freudschen Schuldkomplexes auszulösen, versuchte er zweien oder dreien einen Penis zu malen, aber es nützte nichts. Es brachte kein Trauma zutage. Sie sahen danach nur aus wie Stative.

Die Geräusche jenseits der Wand hörten sich jetzt anders an. Helen rückte ihren Stuhl zurück und setzte den Deckel auf die Schreibmaschine. Ihr leichter Schritt war im Flur und dann in der Küche zu hören, wo sie gleich darauf leise mit Kessel und Geschirr klapperte.

Tee vielleicht? Oder ein Becher schöner schaumiger

Kakao, genau richtig gesüßt? Was immer es war, er liebte die Geräusche, die sie bei der Zubereitung machte, er fühlte sich dabei gehätschelt und umsorgt. Mit einem warmen Gefühl der Vorfreude begann er auf seinem Schreibtisch ein Plätzchen freizuräumen für den Becher, den Krug, das Glas, die Tasse oder was es auch immer sein mochte.

Verdammt! Neue Strichmännchen auf dem zweiten Blatt! Ärgerlich knüllte er es zusammen und warf es in den Papierkorb. Wie gut, daß er es bemerkt hatte, und gerade noch rechtzeitig dazu! Jede Sekunde war sein Getränk fertig, und Helen würde neben ihm stehen.

»Na, wie läuft es, Liebling?« würde sie murmeln und dabei leicht über sein noch nicht dünner werdendes Haar streichen. »Prima«, würde er antworten. »Wirklich prima.«

Angenommen, er würde antworten: »Saumäßig!«, was der Wahrheit entsprach? Ganz klar, sie wäre augenblicklich voller Mitgefühl, ihre ganze Seele würde wie auf Knopfdruck in Hilfsbereitschaft erstrahlen.

»Soll ich deine Umrechnungstabellen noch einmal durchsehen?« würde sie eifrig anbieten, und schon bei dem bloßen Gedanken daran wäre alle Müdigkeit aus ihrem Gesicht wie weggewischt, oder: »Soll ich die Graphiken von 1968 neu zeichnen, entsprechend der neuen Ausgangsbasis? Das wirft vielleicht ein anderes Licht auf...«

Und sie konnte durchaus recht haben. Sie verstand nämlich die Probleme sehr wohl, mit denen er zu kämpfen hatte. In den letzten Monaten, seit sie ein Liebespaar waren, hatte sie sich emsig auf dem Gebiet kundig gemacht und konnte richtig nützliche Anregungen geben. Darüber hinaus hatte sie, wild entschlossen, Beatrice so wenig zu ähneln, wie es einem menschlichen Wesen nur möglich ist, sogar ein Handbuch über Statistik im Selbstlernverfahren durchgearbeitet und war dadurch in der Lage, einige der kleineren mathematischen Aufgaben zu übernehmen, die so ermüdend sind für einen wirklich schöpferischen Geist wie Martins. Ihm zuliebe hatte sie auch richtig Maschinenschreiben gelernt und sich die Reiseschreibmaschine zugelegt.

Daß eine Frau in seinem Leben sich seinetwegen solche Mühe machte, war etwas völlig Neues für Martin. Es war wunderbar, es war herzerwärmend. Aber manchmal gab es ihm auch das Gefühl, wie eine Ratte in der Falle zu sitzen.

Kapitel 8

Schläfst du, Liebes?«

»Hmm. Ja-a. Ich meine, nein. Was ist denn?«

»Wenn du nämlich nicht schläfst«, fuhr Martin fort, die Stimme gedämpft wie einer, der die Ruhe seiner Partnerin gewiß nicht stören will, so dringend die eigenen Bedürfnisse auch sein mögen, »dann wäre vielleicht ein Tee schön, meinst du nicht?«

Es war Helen unmöglich, auf diese letzte Bemerkung zu antworten. Sie kämpfte sich noch durch die Schichten tiefster Ruhe und Finsternis an die Bewußtseinsschwelle empor und hatte das Stadium des Denkenkönnens noch nicht erreicht. Sie waren erst lange nach Mitternacht ins Bett gekommen, und sie war sofort in den Schlaf völliger Erschöpfung gesunken. Das Erwachen jetzt war wie ein Wiederauferstehen von den Toten.

»Wie – wie spät ist es?« brachte sie hervor, wobei die Stimmbänder ihr kaum gehorchten, denn sie mußte noch immer mit ganzer Kraft gegen das unbändige Verlangen angehen, sich zurücksinken zu lassen ins Vergessen.

»Drei«, sagte Martin im Märtyrerton eines, der eigenhändig die Uhrzeiger bis drei gestemmt hat – und so fühlte er sich auch wirklich. »Ich habe die ganze Zeit wachgelegen«, fügte er hinzu, um die Erfahrung zu verdeutlichen.

»O Liebster, wie scheußlich für dich!« Helens Körper und Geist trieben inzwischen rasch aufwärts dem Bewußtsein zu, bereit, sich jedwedem Verlangen des Mannes zu stellen, den sie liebte. Tee war es diesmal? Dann also Tee. Sie schlüpfte aus dem Bett und in ihren Morgenmantel.

»Es dauert nur eine Minute«, versicherte sie ihm beruhigend, obwohl es in Wirklichkeit ein paar Minuten dauern würde, denn der Elektrotopf hatte den Geist aufgegeben, und die Kanne war noch voller kalter Teeblätter von gestern.

»Möchtest du auch ein paar Kekse?«

»Wenn du magst«, murmelte Martin und meinte damit: »Ja, aber ich will nicht derjenige sein, der Forderungen stellt.« Dann vergrub er sein Gesicht im Kissen; ein Invalide, der, krank vor Schlaflosigkeit, ein Anrecht hatte, sich von denen bedienen zu lassen, die nicht so elend dran waren.

Helen, die unter dem Bett nach ihren Hausschuhen angelte, überlegte flüchtig, ob es eigentlich immer so sein mußte? Hieß Glücklichsein immer, nicht genügend Schlaf zu bekommen?

Eine höchst oberflächliche Betrachtung ihrer eigenen früheren Erfahrungen deutete darauf hin, daß die Antwort unzweifelhaft ›Ja‹ lautete. Wenn man glücklich war, kam man nach Mitternacht nach Hause. Wenn man glücklich war, mußte man früher aufstehen, um sich noch vor dem Frühstück die Haare zu waschen, weil sonst keine Zeit dazu blieb. Wenn man glücklich war, verbrachte man die frühen Abendstunden mit der Liebe, und oft genug die frühen Morgenstunden auch. Zu den Zeiten, in denen man einen Mann zum Schlafen hat, *schläft* man eigentlich überhaupt nicht viel. Das war etwas, was einem nie jemand sagte, man mußte es im Lauf der Zeit selbst herausfinden.

Der alte Wasserkessel schrillte ihr ins Ohr, und sie fuhr zusammen. Ohne noch richtig wach zu sein, war sie in die Küche getorkelt und nun im Stehen mehr oder weniger wieder eingeschlafen.

Mit äußerster Willensanstrengung trieb sie ihre entspannten Muskeln zu entsprechenden Bewegungen. Milch. Teebeutel. Teekanne. Alte Teeblätter weggießen, Kanne mit heißem Wasser ausspülen. Den Tee brühen, die Tassen aufs Tablett stellen... es schien alles unendlich kompliziert. Sollte sie das kleine leichte Emailletablett mit den handgemalten Rosen nehmen oder das große rechteckige aus Holz, das schwer und ungeschickt zu tragen war, aber auf dem Bett besser stand? Auch wenn Martin womöglich schon erwartungsvoll gegen die Kissen gelehnt dasaß und seiner Erfrischung entgegensah, er würde sich trotzdem mit einem gottserbärmlichen Stoßseufzer noch einmal aufbäumen, wenn sie ihm das Tablett auf die Knie setzte.

Teelöffel. Zucker. Ach, und die Kekse. Ein Blick in die Dose sagte ihr, daß offenbar nur noch Butterkekse übrig waren; wo waren bloß die Cremewaffeln geblieben? Oder hatte sie bei ihrem Eilmarsch durch den Supermarkt in der Mittagspause vergessen, welche zu kaufen?

Ein plötzliches, schrilles Geräusch stach ihr direkt ins Gehirn, und sie ließ scheppernd die Dose fallen: zerbrochene Kekse überall. Sie blickte verstört um sich.

Das Telefon? Der Wecker? Lag sie vielleicht doch noch im Bett und träumte? Manchmal, wenn sie sehr stark übermüdet war, hatte sie solche Träume; eintönige, gräßlich realistische Träume, daß der Wecker klingelte, sie aus dem Bett sprang und sich Morgenmantel und Hausschuhe anzog, genau wie im richtigen Leben; daß sie in die Küche eilte, den Kessel aufsetzte, den Tisch fürs Frühstück deckte, den Inhalt ihrer Aktenmappe durchsah, manchmal sogar losging, um ihren Bus zu kriegen – und dann klingelte plötzlich der richtige Wecker, und da lag sie nun, noch immer im Bett, und mußte alles noch einmal von vorn anfangen.

Der durchdringende Ton schreckte ihr Trommelfell zum zweiten Mal, und beinah gleichzeitig ertönte aus dem Schlafzimmer Martins Stimme, gekränkt und ungeduldig: »Was zum Teufel...! Hör mal, Schatz, du bist doch da draußen, geh um Himmels willen nachsehen, wer...«

Natürlich. Es war die Türklingel. Aber wer konnte das sein, um diese Nachtzeit?

Irgend etwas Entsetzliches mußte passiert sein. Ihre Schwester? Einer ihrer kleinen Neffen? Die Polizei mit einer Hiobsbotschaft?

Und wenn keine Familientragödie, dann vielleicht ein Mörder? Ein Vergewaltiger? Und wenn letzteres, sollte sie nach Martin rufen, daß er sie beschützte, und dabei womöglich noch erstochen wurde? Oder sollte sie den Vergewaltiger drängen, es leise in der Küche zu machen und ihren Geliebten heraushalten?

»Nun geh schon, Liebling! Du kannst nicht erwarten, daß ich gehe, ich habe nichts an!« tönte aus dem Schlafzimmer die gequälte Ausrede, und derart gedrängt stolperte Helen zur Wohnungstür, machte die Kette los, zog den Riegel zurück und drehte das Schloß.

Das Mädchen ihr gegenüber war klein, dunkelhaarig, ziemlich blaß und offenbar völlig unbefangen. Ohne auf eine Einladung zu warten, ging sie an Helen vorbei und geradewegs in die Küche. Dort drehte sie sich um und fragte beiläufig, über die Schulter: »Kommen Sie aus der Klapsmühle oder sowas?«

Helen stand sprachlos da, und das Mädchen fuhr fort:

»Ich hab nur gedacht. Vielleicht Paranoia? Alle diese Riegel und Schlösser an der Tür da, meine ich. Und dann auch noch eine Sicherheitskette, großer Gott! Zusätzlich zu den Riegeln! Was erwarten Sie denn, wer hier einbrechen und Sie k. o. schlagen soll?«

Der Ärger half Helen, die Sprache wiederzufinden.

»Ich erwarte nicht, daß jemand – äh – überhaupt etwas tut! Es ist einfach – na ja – die meisten Leute verriegeln nachts ihre Tür, oder? Und die Kette – also, die ist eben da. Sie war da, als ich hier eingezogen bin. Ich habe sie nicht anbringen lassen...«

Weshalb entschuldigte sie sich bei dieser Fremden für eine völlig normale und übliche Vorsichtsmaßnahme? »Die meisten Leute schließen nachts ab«, wiederholte sie energischer. »Es ist nur vernünftig. Die Gegend hier ist ziemlich unsicher, wissen Sie.« Und dann, als sei es ihr eben erst eingefallen: »Wer sind Sie überhaupt? Wen wollen Sie sprechen?«

Und jetzt fiel ihr auch auf, daß Martin sich erstaunlich rar machte. Er hatte während dieser bizarren Konversation Zeit genug gehabt, sich aus dem Bett und in irgendein Kleidungsstück zu bequemen, um ihr zu helfen, mit dem Eindringling fertig zu werden. Schließlich hätte es ja ein Mörder sein können, wenn auch ein weiblicher. Oder sogar eine ganze Bande, deren Sprecher diese junge Frau war. Und wie konnte er, während er gemütlich im Bett lag, wissen, ob nicht inzwischen der Rest der Bande schweigend und mit gezückten Messern in der Küche herumstand... Hol's der Kuckuck, er könnte wenigstens kommen und nachsehen! Ein bißchen Neugier zeigen! Was auch immer, etwas moralische Unterstützung wäre jedenfalls nicht verkehrt.

»Wen wollten Sie sprechen?« wiederholte sie, indem sie sich etwas verwirrt wieder ihrer Besucherin zuwandte. Irgend etwas an dem Mädchen kam ihr bekannt vor – das Auftreten, irgend etwas – obwohl Helen hätte schwören können, daß sie ihr noch nie begegnet war. Dieses scharfgeschnittene, lebhafte kleine Gesicht, die schweren ungekämmten Haarlocken, die großen, wachsamen, grünlichen Augen – es war kein Gesicht, das man vergessen würde.

»Sie haben mir noch nicht mal gesagt, wie Sie heißen«, bemerkte sie. »Und, wissen Sie, es ist ganz schön spät, um einfach so vorbeizukommen.«

»Spät? Ach, das ist schon in Ordnung«, beruhigte ihr Besuch sie lässig. »Ich mach mir nichts aus ›spät‹ und ›früh‹ und all dem Quatsch. Ist alles bloß Zeit, oder, und sowieso, was ist schon Zeit? Nur dieser oder ein anderer Querschnitt der Ewigkeit. Was macht das schon für einen Unterschied?«

»Der Unterschied für *mich*« entgegnete Helen, »besteht darin, daß *ich* morgen früh aufstehen und zur Arbeit gehen muß. Sie vielleicht nicht. Also erklären Sie mir jetzt bitte, was Sie wollen. Außerdem haben Sie mir immer noch nicht gesagt, wer Sie sind.«

Das Mädchen zuckte die Achseln. »Sie haben mir auch nicht gesagt, wer *Sie* sind, wenn's danach geht. Oder was *Sie* hier wollen. Was machen Sie in Martins Wohnung?«

»Na hören Sie mal, das ist meine Wohnung!« entgegnete Helen empört. »Und wenn Sie Martin sprechen wollen, warum haben Sie das nicht gleich gesagt? Ich hole ihn.«

An der Tür blieb sie stehen, noch immer wütend. »Ich kann allerdings nicht versprechen, daß er begeistert sein wird. Einfach so mitten in der Nach aufgeweckt zu werden...!«

»Er wird nicht aufgeweckt. Erzählen Sie mir nichts. Er ist schon wach. Ich habe sein Licht angehen sehen. Deshalb habe ich geklingelt.«

Da mußte dieses dumme Ding die ganze Zeit auf der Straße gelauert und die Fenster beobachtet haben. Eine ehemalige Freundin von Martin höchstwahrscheinlich, die immer noch schrecklich verliebt in ihn war und ihn auf Biegen und Brechen zurückhaben wollte.

Helen konnte sich ein Lächeln erlauben. Das war nicht der Weg, einen Mann wie Martin zurückzuerobern, wahrlich nicht. Er konnte Szenen und Dramen und hysterisches Flehen nicht ausstehen, nichts ließ ihn schneller abkühlen. Wie sehr dieses Mädchen ihn auch einst gefesselt haben mochte, durch ihren Auftritt heute nacht verdarb sie alles.

»Ich hole ihn gleich«, bot Helen bereitwillig an. »Setzen Sie sich doch. Sie können eine Tasse Tee zusammen trinken, ich habe ihn eben aufgebrüht, er ist schön heiß. Ach, und den Ofen könnten wir noch anmachen, Ihnen ist sicher kalt...«

Helen konnte nicht umhin festzustellen, daß sie sich als die *eine Andere*, konfrontiert mit der *anderen Anderen*, wirklich einmalig gut benahm. Mit einiger Befriedigung verglich sie ihre eigene zivilisierte Gastlichkeit mit dem Benehmen, das Beatrice wahrscheinlich an den Tag gelegt hätte, wäre eine von Martins alten Flammen um drei Uhr früh in Hadley Gardens erschienen und hätte verlangt, ihn zu sprechen. Sie stellte sich die Tränen vor, die Anklagen, die Eifersuchtsszenen...

Wirklich, Martin konnte sich glücklich schätzen, daß ihm das jetzt passierte, wo Helen da war, statt vor ein paar Wochen mit Beatrice.

Er könnte sich glücklich schätzen, aber würde er sich auch die Mühe machen? Würde es ihm überhaupt in den Sinn kommen, daran zu denken? Das war das Ärgerliche an diesen hervorragenden, aber doch irgendwie negativen Tugenden, wie: nicht eifersüchtig sein, nicht besitzergreifend, keine hysterischen Szenen machen, daß es in ihrer Natur lag, eher unbemerkt zu bleiben, während der Nutznießer einfach davon ausging, er sei der Perfekte und tue nie etwas, das den anderen unglücklich machte.

Die Nachttischlampe brannte noch, aber Martin war jetzt allem Anschein nach fest eingeschlafen, war treuherzig gegen die Kissen gesunken, als habe ihn der Schlaf überkommen, während er auf seinen Tee wartete.

Dem war aber nicht so. An dem Stück gekrümmter Schulter, die aus den Decken schaute, sah Helen, daß er inzwischen seinen Pyjama anhatte. Als sie aufstand, war er splitternackt gewesen. Also wirklich! Die ganze Zeit, während sie mit diesem aufdringlichen jungen Besuch beschäftigt war, mußte er bei Schummerbeleuchtung im Schlafzimmer umhergeschlichen sein und auf der Suche nach seinem selten getragenen Pyjama leise Schubladen auf- und zugemacht haben; und dann war er verstohlen wieder ins Bett gekrochen, bereit, sich unschuldig schlafend auffinden zu lassen, aber doch respektabel, für den Fall, daß es zum Schlimmsten kam und er gezwungen wurde, etwas zu tun.

Helen konnte nicht anders, sie mußte lächeln. Es war ein typisch männliches Versteckspiel, aber irgendwie liebte sie ihn darum nur noch mehr. Dennoch, das ließ sie ihm nicht durchgehen. Diesmal nicht.

Nicht allzu sanft rüttelte sie ihren Geliebten an der Schulter.

»Komm schon«, sagte sie. »Diesmal hat es keinen Zweck, sich totzustellen! Sie will dich sprechen! Ja, jetzt. Du mußt schon aufstehen und die Sache in die Hand nehmen. Ich habe sie in die Küche gesetzt, ich habe meine Gastgeberpflichten erfüllt, jetzt bist du dran.«

»Wer? Was? Wovon redest du?« Martins simuliertes Erstaunen war so wenig überzeugend wie sein simulierter Schlummer. Helen hatte Mitleid mit ihm, er war so unbeholfen in diesen Dingen.

»Ein Mädchen. Ein weibliches Wesen. Etwas aus deiner Vergangenheit, das dich einholt, würde ich sagen.« Helen packte ihn halb lachend am Ellbogen und zerrte ihn aus dem Bett, steckte ihn in Morgenmantel und Hausschuhe und gab ihm einen Schubs, daß er widerwillig, den selten getragenen Pyjama um sich gezogen, in Richtung Küche trottete, wobei er – sofern er nicht ein viel besserer Schauspieler war, als er sich bisher hatte anmerken lassen – durch und durch ratlos wirkte.

Obwohl Helen immer stolz darauf gewesen war, über solch niedere Gefühle wie Eifersucht, Besitzdenken und all so etwas erhaben zu sein, merkte sie, daß sie dennoch an der Türschwelle herumhing, genau wie Beatrice es wahrscheinlich getan hätte, in der Hoffnung zu hören, was passierte, wenn Martin in der Küche erschien.

Man konnte schließlich nie wissen. Trotz aller Beteuerungen seiner Verwirrung, wer wußte schon, ob er nicht als erstes ausrufen würde: »Liebling, endlich!« oder so etwas Ähnliches. Selbst der betroffene Mann weiß vorher meist nicht, ob er etwas Derartiges sagen wird, also kann man ihn eigentlich auch nicht echter Unaufrichtigkeit anklagen.

Solcherart jedenfalls war Helens Philosophie, und

eisern hätte sie dazu gestanden, wäre es nötig gewesen. Aber es war nicht nötig. Im Gegenteil, die Worte, die sie durch die halboffene Küchentür hörte, wären Musik in den Ohren der allerbesitzergreifendsten Geliebten oder Ehefrau gewesen.

»Also, das geht doch wohl ein bißchen zu weit, oder?« Martins Stimme klang laut und gekränkt. »Wie zum Donner sind Sie hierher gekommen? Wer hat Ihnen meine Adresse gegeben?«

Dann klappte die Tür zu, und Helen konnte nichts mehr verstehen, aber das war auch nicht nötig. Leise und strahlend schlüpfte sie ins Bett, lag da und wartete glückerfüllt, daß Martin, nachdem er den unwillkommenen Eindringling losgeworden war, dankbar neben sie kroch, sie in die Arme nahm und ihr alles erzählte. Sie war fest entschlossen, solange wachzubleiben, tatsächlich glaubte sie, wachgeblieben zu sein, aber irgendwie schrillte ihr als nächstes der Wecker ins Ohr, und es war Morgen.

Was in den dazwischenliegenden drei oder vier Stunden passiert war, wußte sie nicht, außer daß Martin jetzt wieder im Bett lag, reglos wie ein Klotz, und schlief wie ein Toter; aber wie lange er schon da war, das konnte sie natürlich nicht sagen.

9

Trotz der gestörten Nachtruhe, die ihren chronischen Schlafmangel eigentlich hätte verschlimmern müssen, fühlte Helen sich am nächsten Morgen ungewöhnlich ausgeruht und hatte seit langem wieder einmal genügend Zeit, bevor sie zur Schule mußte. Martin schlief noch – es wäre eine Sünde gewesen, ihn zu wecken, nach seiner kaputten Nacht – und so hatte sie beschlossen, einfach allein zu frühstücken.

Unglaublich, was das für ein Unterschied war. Schon während sie aß, wie immer an ihrem kleinen Tisch mit dem blau-weiß karierten Tischtuch, war Helen verblüfft über die Aura der Muße, die alles umgab. Wie konnte es nur angehen, daß Kaffee und Toast für einen so sehr viel weniger Zeit kostete als für zwei? Und das Müsli erwies sich als noch überraschender. Sie mußte in jedem Fall nichts weiter tun, als die Schachtel aus dem Schrank nehmen und auf den Tisch stellen; wie kam es dann, daß selbst dieser winzige Handgriff so viel leichter und unkomplizierter erschien, wenn Martin nicht dasaß und darauf wartete?

Es war verblüffend. Beunruhigend eigentlich; und das Endergebnis war, daß sie nun dasaß, lange vor acht, ihr Frühstück beendet und abgeräumt hatte und nicht einmal etwas zu tippen war, weil sie, da Martin schlief, nicht wußte, womit sie weitermachen sollte.

Es war eine Schande, wirklich. Normalerweise war es ein organisatorischer Kraftakt, die halbe Stunde an der Maschine einzubauen, die sie sich zur regelmäßigen Aufgabe gemacht hatte, bevor sie aus dem Haus ging; und nun saß sie hier, ausnahmsweise einmal ganz entspannt, noch fast eine Stunde vor sich, und hatte nichts zu tun.

Es war lächerlich. Es mußte doch irgend etwas geben. Die Arbeit war weiß Gott genug im Hintertreffen, auch ohne daß sie ihr morgendliches Schreibpensum ausließ.

Sie ging ins Wohnzimmer an Martins Schreibtisch, um zu sehen, woran er gestern abend gearbeitet hatte. Wenn es etwas Neues war, mußte sie es natürlich liegenlassen, da zwangsläufig noch Änderungen und Korrekturen zu erwarten waren, aber wenn er, wie sie vermutete, nur an der geänderten Version der Einleitung gearbeitet hatte, dann konnte sie eine Menge tun.

Auf dem Schreibtisch herrschte das übliche Durcheinander, aber inzwischen wußte Helen schon, wo sie nach der laufenden Arbeit zu suchen hatte. Immer rechts von der Mitte, als oberstes auf dem Wust, der dort gerade gestapelt war, und die Blätter lagen immer in umgekehrter Reihenfolge, genau wie er sie hingeworfen hatte, mit dem Gesicht nach oben.

Aber heute morgen war offenbar gar nichts da. Nur dieselben alten Notizen, Ausschnitte aus Fachzeitschriften und Sonderdrucke von Artikeln anderer. Einiges war sogar schon eingestaubt, wie die gesammelten Schätze eines uralten Mannes, der an einer Autobiographie arbeitet, die nie erscheinen wird, aber in der Zwischenzeit ihren Zweck als Beschäftigungstherapie für die verbleibenden Jahre erfüllt.

Helen gebot ihren Gedanken entsetzt Einhalt. Wie konnte sie so ein Bild aufkommen lassen? *Sie* war es doch, die Vertrauen in Martins Arbeit hatte, das hatte sie ihm immer wieder gesagt, von Anfang an. Und Beatrice, seine Ehefrau, war diejenige, die kein Vertrauen in ihn hatte, seine Ambitionen verspottete, seine Fähigkeiten anzweifelte und jede Anstrengung seinerseits miesmachte, es in seiner Karriere zu etwas zu bringen.

Martin war darüber sehr erbittert gewesen.

»Aber dafür bist du doch viel zu alt!« war offenbar Beatrices erste Reaktion auf den Plan von der Doktorarbeit gewesen; und als er mit einer ganzen Liste berühmter Leute konterte, die ihre akademischen Titel in fortgeschrittenem Alter erworben hatten – darunter H. G. Wells mit fünfundsiebzig – hatte sie nur häßlich gelacht.

»Eingebildete alte Narren!« war ihr Kommentar, und obendrein hatte sie noch hinzugefügt: »Außerdem kommst du ja nicht mal mit deinen Routinearbeiten zu Rande, geschweige denn mit etwas Zusätzlichem! Ständig rufen sie hier an und beschweren sich, daß du mit diesem und jenem zu spät dran bist und wann sie endlich das und das von dir kriegen. Wie kommst du bloß darauf, auch noch etwas außer der Reihe anzunehmen?«

Und so weiter. Und als dann sein Forschungsjahr schließlich Gestalt annahm und damit solche Argumente nichtig waren, hatte Beatrice einfach ihren Standpunkt geändert.

»Ein Forschungsjahr? Was soll denn das sein, wenn es fertig ist?« hatte sie wissen wollen; und als er es ihr mühselig erklärt hatte, war sie ganz blaß geworden.

»Du meinst, du bist dann den *ganzen* Tag zu Hause?« hatte sie gekreischt. »Zum *Mittagessen* zu Hause? *Jeden Tag*? Ein *ganzes* Jahr lang? Mein Gott ...?«

Oder so ähnlich. Kein Wunder, daß Helen, als sie zum ersten Mal von diesem gemeinen und verabscheuungswürdigen Verhalten seiner Frau hörte, nichts Eiligeres zu tun hatte, als ihr absolutes und unbedingtes Vertrauen in ihren Geliebten zu erklären, jetzt und immerdar.

»Aber *natürlich* kannst du das, Liebster!« erinnerte sie sich, ihm versichert zu haben, während sie im zerwühlten Bett lagen und durch das Quadrat ihres Schlafzimmerfensters zusahen, wie am Abendhimmel Grün in Violett und Violett in tiefstes Purpur überging. Das war zu der Zeit gewesen, als sie noch ein ganz frischgebackenes Liebespaar waren, das sich nur ein- oder zweimal die Woche sah, und als noch jedes Wort zwischen ihnen doppelt und dreifach bedeutungsvoll war, weil sie so wenig Zeit hatten, überhaupt miteinander zu reden. So war es fast wie ein Gelübde gewesen, diese Vertrauenserklärung in seine Fähigkeiten. »Selbstverständlich kannst du es, Liebster!« hatte sie immer wieder beteuert, und: »Natürlich können Menschen, auch wenn sie über vierzig sind, weiterhin neue und originelle Ideen haben! Sieh dir Bertrand Russel an! Ich erinnere mich sogar, irgendwo gelesen zu haben, daß die Höchstleistung des menschlichen Gehirns nicht um die zwanzig erreicht wird, wie man immer angenommen hat, sondern irgendwann zwischen vierzig und fünfzig ...« Helen las immerzu irgendwo solche Dinge, und Martin war entzückt.

Und überhaupt, vor diesem Hintergrund leidenschaftlicher Beteuerungen, bei dieser Vorgeschichte unerschütterlichen Vertrauens, wie konnte Helen da jetzt auch nur ein Jota dieses absoluten Glaubens an die Fähigkeiten ihres Geliebten wegstreichen? Das war von Anfang an ein Fundament ihrer Beziehung gewesen, das unterschied sie sogar noch eindeutiger von Beatrice als ihre Schönheit, ihre Intelligenz und ihre Großzügigkeit. In ihr hatte Martin endlich die Frau gefunden, die er schon immer gebraucht hätte; die Frau, die an ihn glaubte, voll und ganz, und deren standhaftes Vertrauen ihn auf ungeträumte Höhen des Ruhmes führen würde.

Wie kann man zulassen, daß ein Glaube, der solche Last zu tragen hat, ins Wanken gerät? Es kann nicht sein. Es darf nicht sein. Angespannt und nervös suchte Helen den Schreibtisch nach Zeichen ab, daß Martin gestern abend an etwas weitergearbeitet hatte. Möglichst an etwas Neuem und Aufregendem, aber wenigstens an irgend etwas. Drei Stunden hatte er hier gesessen und vorgegeben zu arbeiten. Was hatte er denn nun tatsächlich getan?

Die leise, nagende Unsicherheit, die sie in letzter Zeit zunehmend verspürt hatte, schob sich ein Stück weiter nach oben ins volle Bewußtsein, und ihre Suche wurde verzweifelter. Sie begann, die Schubladen zu durchwühlen, wohl wissend, daß Martin da nie und nimmer etwas hineinlegen würde, woran er gerade arbeitete.

Denn Helen war nicht auf den Kopf gefallen. In ihrem Herzen wußte sie ebensogut wie Martin selbst, daß etwas schiefgelaufen war, daß es mit seiner Doktorarbeit nicht so voranging, wie es sollte. Er hatte es nicht gesagt, und sie hatte nicht gefragt, aber die Zeichen waren unverkennbar. In ihrer Rolle als Tippmamsell und Forschungsassistentin konnte Helen sie gar nicht übersehen, so leidenschaftlich sie es auch wünschen – ja, sogar versuchen – mochte. Diskrepanzen, schlechtuntermauerte Argumente, selbst eklatante Widersprüchlichkeiten tauchten auf. Und schlimmer noch als all das – dem kann schließlich abgeholfen werden, wenn die Motivation dazu erst einmal gegeben ist – war ein Gefühl schleichender Trägheit, das unmöglich zu ignorieren war; das Gefühl, daß die ganze Sache zum Stillstand kam. Immer häufiger bestand das Material, das er ihr zum Abtippen gab, aus überarbeiteten und umgeschriebenen alten Konzepten oder aus langen und nebensächlichen

Zitaten anderer Wissenschaftler. Es gab Augenblicke – und Helen gab sich alle Mühe, sie nicht auszudehnen – wo sie sich fragte, ob er nicht langsam aber sicher die Herrschaft über das ganze Projekt verlor. Meist tröstete sie sich mit dem Gedanken, daß sie schließlich nur Teile seiner Arbeit zu Gesicht bekam, in wahllosen Scheibchen, so wie Martin sie ihr gerade gab, und deshalb eigentlich nicht urteilen konnte. Dennoch, das ungute Gefühl, daß er irgendwie nicht weiterkam, wuchs Tag für Tag; daß der Schwung dahin war. Oder, noch schlimmer, daß er gar nie dagewesen war...?

Sie hatte gelernt, bei solchen Gedanken nicht zu verweilen. Das Wichtigste war weiterzumachen. Heute zum Beispiel konnte sie immerhin das Interview, das sie gestern abend abgeschrieben hatte, noch einmal auf kleine Fehler durchsehen. Wahrscheinlich waren es eine ganze Menge, denn es war ein langes Interview, und Martins Steno war unleserlicher denn je gewesen. Sie wußte immer gleich beim ersten Blick auf seine Notizen, inwieweit er sich bei seinen Interviews langweilte, und das bei den Timberleys hatte ihn ganz offensichtlich sehr angeödet, denn seine Kringel und Häkchen waren zunehmend schwerer zu entziffern gewesen, je mehr ihm die Sache zum Hals heraushing.

»Totaler Verlust«, so hatte er die Sitzung bei den Timberleys zusammengefaßt; aber Helen hatte ihm in ihrem Herzen nicht zustimmen können. Sie hatte den Bericht über dieses verzweifelte alte Paar unglaublich bewegend gefunden und konnte es kaum ertragen, wie Martin das als komische Geschichte erzählte und erwartete, daß sie darüber lachte.

Und gelacht hatte sie, mußte sie zu ihrer Schande gestehen. Was konnte sie anderes tun, wenn sie so gemütlich beisammensaßen, ihre Drinks genossen und sich nebenbei über den Tagesablauf unterhielten? Wie sollte sie es über sich bringen, die glückliche Zweisamkeit des Augenblicks zu zerstören, indem sie einer Anekdote, mit der er sie unterhalten wollte, einen moralisierend ausgestreckten Zeigefinger entgegensetzte?

Und so hatte sie gelacht, hatte sich ihres Lachens geschämt und war dann gleich wieder froh geworden, denn das gemeinsame Lachen hatte immer zu den wunderbaren Dingen zwischen ihnen gehört, und irgendwie war es in letzter Zeit weniger geworden. So eine Gelegenheit durfte man sich nicht entgehen lassen.

Es waren gar nicht so viele Fehler in dem Timberley-Manuskript, jetzt da sie es bei Tageslicht noch einmal durchlas, und heute morgen, wo sie nicht mehr so müde war, ließen sie sich leicht korrigieren. Nur auf einer Seite gab es so viele Änderungen, daß sie neu geschrieben werden mußte, und das tat sie, wobei sie die fehlerhafte Kopie sorgsam zusammenknäulte und in den Papierkorb warf. Mehr als einmal hatte es Martin geschafft, wenn sie das versäumt hatte, die sauberen Kopien mit den fehlerhaften durcheinanderzubringen, und dann war der Teufel los gewesen.

Sie hatte den Papierkorb erst gestern geleert, und jetzt war er beinah wieder voll. Also hatte Martin doch an etwas gearbeitet, wenn auch nicht zu seiner eigenen Zufriedenheit. Sie bückte sich, neugierig, wovon er sich da wohl schweren Herzens getrennt hatte. Normalerweise hortete Martin auch unbefriedigende Entwürfe wie ein Eichhörnchen und mochte es gar nicht, etwas verschwinden zu sehen, woran er gearbeitet hatte, trotz der zusätzlichen

Unordnung, den diese Angewohnheit ihm auf und um seinen Schreibtisch einbrachte.

Beim Anblick der Strichmännchen ging Helen das Herz über vor Liebe und Zärtlichkeit. Armer Schatz, was für ein abscheulicher Abend mußte das für ihn gewesen sein! Schreibsperre, das war es. Sie hatte irgendwo gelesen, daß alle Schriftsteller gelegentlich darunter leiden, warum also nicht Martin? Vielleicht war es sogar ein Zeichen von Größe, daß man hin und wieder unter den Geburtswehen der Inspiration so zu leiden hatte, so sehr kämpfen mußte?

Fünf ganze Seiten voll! Als sie zu den stativähnlichen Penissen kam, lachte sie beinah laut auf, und all ihre Ängste zerschmolzen in Heiterkeit, als sie die absurden kleinen Gestalten ansah, die da auf dem Blatt herumtollten. Sie waren so süß, eigentlich schade, sie wegzuwerfen. Es hätte Spaß gemacht, sie aufzuheben und gemeinsam über sie zu lachen, später, wenn diese vorübergehende Schreibsperre der Vergangenheit angehörte. Aber Martin hob schon zuviel auf, und sie durfte das nicht noch unterstützen, also stählte sie sich, stopfte die kleinen Kreaturen wieder in den Papierkorb und trug sie mit dem anderen Abfall die drei Treppen nach unten in die Mülltonne.

Es war immer noch früh, aber schon hatte ein schmaler Streifen Sonnenlicht seinen Weg durch die gegenüberliegenden Häuser hindurch gefunden und fiel schräg auf den gepflasterten Weg zu den Mülltonnen. Sie blieb einen Augenblick in dem hellen Streifen stehen, balancierte darauf wie auf einer schmalen Brücke, und sog das Gefühl des zu Ende gehenden Winters in sich ein. Heute hatte sie Zeit für diese merkwürdigen Momente seltener und kostbarer Muße, und sie hätte gesungen, als sie wieder die Treppe hinaufging, wenn nicht das Risiko bestanden hätte, die noch Schlafenden in den anderen Wohnungen aufzuwekken. Und Martin natürlich. Das war auch so etwas beim Glücklichsein: man mußte die ganze Zeit aufpassen, daß man nicht andere damit belästigte.

10

Selbst der Bus war pünktlich heute morgen, auch so eine Sache, die einem nur passiert, wenn man es nicht eilig hat und mit sich und der Welt im Einklang ist: mysteriöserweise reagiert die Welt dann entsprechend.

Der Bus war auch nicht so überfüllt wie sonst, und Helen ging aufs Oberdeck, wo sie ohne weiteres einen Sitzplatz fand. Das war gut, denn ihre Füße schmerzten zwar jetzt noch nicht, würden es aber noch vor Ende des Schultages tun, und daß sie auf der Fahrt nicht stehen mußte, verhalf ihnen zu einem guten Start.

Zufrieden schaute sie aus dem Fenster und freute sich, daß sie die vorbeigleitende Szenerie bewußt wahrnahm. Normalerweise war das nicht so, denn normalerweise war sie jeden Morgen viel zu spät dran und mußte ihre ganze Aufmerksamkeit darauf konzentrieren, den Bus anzutreiben.

Also wirklich! Und sowas war eine Lehrerin mit Staatsexamen! Wie konnte ein Gehirn, das im Lauf der Jahre alle diese Examen bestanden hatte, jetzt auf einmal die so offenkundig absurde Vorstellung nicht verwerfen, sie könne durch entspanntes Zurücklehnen und stilles Beobachten der vorübergleitenden Winterstraßen auf rätselhafte Weise den Bus in seiner Fahrt behindern, ihn an den Haltestellen verweilen, mehr Passagiere aufnehmen, in mehr Staus steckenbleiben lassen, damit er sich verspätete?

Ein IQ von 130 oder mehr müßte einen eigentlich vor so etwas bewahren, aber aus irgendwelchen Gründen ist dem nicht so, und Helen hatte es längst aufgegeben, deswegen mit sich selbst zu kämpfen. Das hielt sie allerdings nicht ab, sich bei Gelegenheit an einer Atempause von dieser Besessenheit zu freuen, und es war herrlich, heute morgen nicht durch schiere Willenskraft das ganze vollbeladene Gefährt von Zahlzone zu Zahlzone schieben zu müssen. Sie genoß die Fahrt und sah auf die feuchtglänzenden Bürgersteige und die hastenden Menschen hinunter, als seien sie nagelneu und nie vorher dagewesen.

Heute würde sie richtig früh in der Schule sein, wie zu der Zeit, bevor ihr Liebhaber zu ihr gezogen war und jede Ritze ihrer Freizeit ausfüllte. Heute, zum ersten Mal seit Wochen, würde sie wieder Zeit haben, vor der Morgenandacht im Lehrerzimmer herumzusitzen wie früher immer; als sie sich den neuesten Klatsch angehört und selbst nicht unerheblich dazu beigetragen hatte, aus dem unerschöpflichen Reservoir dessen, was sie damals so alles erlebte.

»Du fehlst uns richtig, Helen«, hatte Wendy Parsons, eine Kollegin aus der Geographie, sie kürzlich gescholten. »Es war viel lustiger, als alles bei dir noch schiefzugehen schien, und dieser Martin immer nicht aufkreuzte und nicht über Nacht blieb; und als du uns gefragt hast, ob ein Mann, der bei dir im Bett liegt und mitten in der Nacht seine Frau anruft, dich wohl ernsthaft liebt. Weißt du noch? Und als wir alle dir Ratschläge gegeben haben, ob du ihn fallenlassen sollst oder nicht? Ach, das waren herrliche Zeiten!«

»Also für mich bestimmt nicht!« hatte Helen erwidert, obwohl sie nicht anders konnte, als in das Gelächter einzustimmen. »Es war die Hölle auf Erden! Da ist mir heute dreimal lieber! Heute bin ich glücklich, Wendy, sieht man es mir nicht an? Endlich richtig glücklich!«

Und diese Gillian Crane, die Latein und Griechisch gab, hatte von ihrer Cicero-Lektüre aufgesehen und mitleidsvoll ihr großes graues Haupt geschüttelt.

»Aber das ist es ja gerade, was Wendy so beklagt, nicht wahr?« hatte sie gemeint. »Glücklich bis an dein seliges Ende vor der Zeit, Helen!« Und natürlich hatten wieder alle gelacht, und Helen mit ihnen; und dann hatte es geläutet, und das war das Ende gewesen.

Sie hatten es natürlich nicht ernst gemeint. Sie nahmen sie nur auf den Arm. Sie waren ihre Freunde, und natürlich waren sie im großen und ganzen froh, daß sie glücklich war. Aber dennoch, seit ihre Liebesgeschichte ein glückliches Ende gefunden hatte, war tatsächlich eine Schranke zwischen ihnen, obgleich schwer zu sagen war, woraus sie eigentlich bestand. Helen selbst war sich dessen bewußt, und manchmal grübelte sie darüber nach. Es kann doch nicht sein, daß Glück an sich einem notwendigerweise normale menschliche Kontakte verbaut, das wäre absurd. Glück ist doch keine Krankheit wie Lepra. Von Rechts wegen sollte es die anderen Seiten des Lebens bereichern, nicht ärmer machen.

Teilweise hing es allerdings schlicht damit zusammen, daß die Zeit so knapp war. Seit ihr Geliebter bei ihr wohnte, war die Zeit zu Helens Feind Nummer eins geworden, und der Kampf gegen diesen Widersacher hörte nie auf, weder zu Hause noch in der Schule. Lossausen in der Mittagspause, um einzukaufen, in den Freistunden über Schulbüchern hocken, um keine Arbeit mit nach Hause nehmen zu müssen, mühsam all den kleinen Extra-Pflichten nachkommen, die für jeden Lehrer anfallen. Bei alledem blieb jetzt nie mehr ein Moment für einen Plausch; und selbst wenn Zeit gewesen wäre, was gab es schon noch zu plaudern? Wir hatten einen wunderbaren Abend, Martin und ich; nein, nichts Besonderes, wir waren im Bett, haben abgewaschen, und dann habe ich ihm bei seinen Korrelationstabellen geholfen... Was ist daran schon unterhaltend für ein Publikum, das auf die Erregungen der Jagd eingestellt ist – *deiner* Jagd? Du kannst nicht erwarten, daß sie für immer und ewig über Größe und Herrlichkeit deines Fanges erstaunt sind.

Egal. Alles das sollte nun gleich wiedergutgemacht werden, jedenfalls für diesen einen Morgen. Nicht nur, daß sie rechtzeitig in der Schule ankam, sie hatte ihnen auch zum ersten Mal seit Wochen etwas Neues und Amüsantes zu erzählen.

Auf dem Weg von der Bushaltestelle übte sie schon unwillkürlich die kleine Szene ein.

»Also heute nacht ist bei uns wirklich etwas Ungewöhnliches passiert!« hörte sie sich loslegen, und wieder einmal würden die Gesichter sich ihr zuwenden wie früher, erwartungsvoll, hungrig auf die nächste Fortsetzung aus ihrem einst so aufregenden Leben. Sie kam sich vor wie der Star einer beliebten Fernsehserie, die nach längerer Pause zum ersten Mal wieder läuft.

Nach diesem ganzen Vorspiel war es ein bißchen ernüchternd, im Lehrerzimmer keinen vorzufinden außer Mr. Maynard, den Mathe-Lehrer. Wie immer war er tief versunken ins Kreuzworträtsel der *Times* und sah nicht einmal auf, als sie hereinkam. Es war ein bißchen seltsam, wieso Mr. Maynard, ein verheirateter Mann, (*sehr* verheiratet, wie Wendy berichtete, und sie meinte es nicht als Kompliment) immer früher in die Schule kam als alle anderen und später nach Hause ging. Übermäßige Liebe zu seinem Beruf war wohl kaum der Beweggrund, da er sowohl für seinen Unterricht als auch zur Korrektur der Arbeiten seiner Schüler ein absolutes Minimum an Zeit zu verwenden schien, und er redete auch nie über sie. Im Gegensatz zu den anderen Lehrern klagte er nie über lästige Schüler, noch sprach er über die Aussichten der begabteren. Wenn er keine Kreuzworträtsel löste, las er meist in irgendeinem furchtbar technischen Handbuch, zum Beispiel wie man altes Porzellan restaurierte.

Helen hatte jedenfalls nicht vor, ihre kostbare Anekdote an ein so armseliges Publikum zu verschwenden und ließ ihre Geschichte über das Abenteuer der vergangenen Nacht nicht eher los, als bis einige der anderen eingetroffen waren, unter ihnen Wendy, die ihr lose gestricktes Wollzeug um sich raffte und etwas über das Heizungssystem der Schule brummelte. Helen begann mit der Ankunft der mysteriösen Besucherin mitten in der Nacht, dem ungewaschenen Haar und dem unverschämten Benehmen, und wie sie aus allem geschlossen hatte, daß es sich um eine alte Flamme von Martin handeln mußte.

»Allerdings, das Komische ist«, schloß sie, »ich hatte die ganze Zeit das Gefühl, ich hätte sie schon mal irgendwo getroffen, obwohl ich weiß, daß es nicht sein kann. Ich habe noch nie eine von Martins ehemaligen Freundinnen kennengelernt. Ich weiß nicht, was es war – die Art, wie sie redete, glaube ich – diese weggelassenen Hilfsverben und dieses ›oder was‹ am Ende jedes Satzes...«

»Ach, das machen sie doch heute alle«, sagte Gillian Crane verächtlich. »Ist dir das noch nicht aufgefallen? Keiner unter zwanzig kann mehr einen richtigen Satz bilden; noch ein paar Generationen, und es gibt überhaupt keine Sätze mehr – nur noch Grunzer und Gesten!«

»Wahrscheinlich bringt man deshalb den Computern jetzt das Sprechen bei«, meinte Wendy fröhlich. »Damit die Sprache überlebt, auch wenn die Menschen nicht mehr sprechen können. So eine Art geheiligtes Relikt wie Stonehenge oder die Statuen auf der Osterinsel! Nein, aber ernsthaft, Helen, meinst du nicht, du hast es ein bißchen übertrieben mit deiner Großzügigkeit? Ich meine, nicht eifersüchtig sein ist ja schön und gut, wo es hingehört, da bin ich völlig einverstanden; aber eins weiß ich genau: *ich* würde meinen Alten nicht früh um drei in der Küche mit einer Ex-Freundin rumknutschen lassen und ginge einfach schlafen!«

›Vielleicht kriegst du nicht so wenig Schlaf wie ich‹, überlegte Helen. Laut sagte sie: »Sie haben nicht ›geknutscht‹. Sie haben sich gestritten.«

Wendy hob den Blick zur Decke, fassungslos.

»Also wirklich, Helen! So etwas Naives habe ich ja überhaupt noch nie gehört! Sei kein Kindskopf! Du müßtest doch inzwischen gelernt haben, daß Streit das sicherste Zeichen ...«

»Ja, Wendy hat recht, Helen«, warf jemand ein. »Bei mir und George war es genauso. Erst wenn er wieder anfing mit mir herumzuschreien, konnte ich ganz sicher sein, daß er sie wirklich endgültig aufgegeben hatte ...«

Sie fanden es herrlich. Da hatten sie ihre alte Helen wieder, wie aus dem Grabe auferstanden; und in der Pause, zwei Stunden später, war sie unversehens wieder umringt von einer kleinen Zuhörertraube, die ganz versessen darauf war, aus ihrer kurzen Wiedererweckung alles herauszuholen.

Ihre Fragen waren, wenn auch freundlich gemeint, nicht immer leicht zu beantworten. Nein, er hat ihren Namen nicht genannt, ich habe ihn nicht danach gefragt. Nein, natürlich haben wir keine Geheimnisse voreinander, reiner Zufall, daß er sie noch nie erwähnt hat, das ist alles. Nein, natürlich hätte er es getan, wenn sie wichtig gewesen wäre... Also, ich konnte ihn ja wohl kaum gleich fragen, während sie dabeistand und zuhörte? Und als sie weg war... Nein, ich habe doch gesagt, er hat geschlafen. Ja, er schlief noch, als ich aus dem Haus ging...

Warum hatte sie ihn denn nicht geweckt? Ach, zum Teufel mit seiner gestörten Nachtruhe! Und was ist mit *ihrer* gestörten Nachtruhe? Was war mit der ganzen Frauenbewegung? »Du bist zu nachsichtig mit diesem Mann, Helen, das habe ich von Anfang an gesagt. Viel zu nachsichtig. Auf die Weise wirst du ihn noch verlieren.«

Lief man *tatsächlich* Gefahr, einen Mann zu verlieren, wenn man nicht frauenbewegt genug mit ihm umsprang? Und wenn dem so war, machte das nicht die Frauenbewegung nur zu einer weiteren Kriegslist, um einen Mann zu kriegen und zu halten, auf der gleichen Ebene mit Lippenstift oder Haarspray?

Laut sagte sie: »Also, ich bin schon ein paar Mal im Schlafzimmer gewesen, beim Anziehen und so. Ich habe es nicht unbedingt darauf angelegt, ihn nicht zu wecken. Eigentlich war ich erstaunt, daß er nicht aufgewacht ist, sonst hat er nämlich einen sehr leichten Schlaf.«

»Das klingt ja, als hätte Miss Ohne-Hilfsverben ihm was in den Tee geschüttet«, meinte Wendy gutgelaunt. »Du weißt schon: Vergeltung, Eifersucht. All sowas. Hat er noch geatmet, als du gegangen bist, Helen?«

Alle lachten, und Helen, obwohl sie mitlachte, fuhr plötzlich und unerwartet ein kleiner Schreck durch die Glieder. War wirklich alles in Ordnung? Wendys unbeschwerte Spinnerei über eine Droge in seinem Tee war natürlich Unsinn, aber trotzdem, es war wirklich ungewöhnlich, daß Martin so fest schlief, und so lange. Vielleicht sollte sie ihn anrufen, nur um sicher zu sein. Es war gerade noch Zeit dazu vor ihrer nächsten Stunde.

Keine Antwort. Sie ließ das Telefon klingeln und klingeln, über eine Minute lang. Es konnte gar nicht sein, daß es ihn nicht aufweckte, dieses ewige Schrillen unmittelbar neben seinem Ohr, auf dem Tischchen gleich neben dem Bett.

Natürlich konnte er auch schon weggegangen sein, obgleich das ziemlich unwahrscheinlich schien, angesichts seiner üblichen Morgenlethargie.

Helen ging, nun doch leicht beunruhigt, in ihre Klasse, und erst in der Mittagspause hatte sie Gelegenheit, wieder zu telefonieren. Diesmal wurde, sehr zu ihrer Erleichterung, der Hörer fast sofort abgenommen.

»Oh, Liebling, ich habe mir wirklich schon Sorgen gemacht«, fing sie an, und ihre Stimme wurde ganz hoch vor Erleichterung. »Ich habe vorhin schon mal versucht, dich zu erreichen, aber –«

Er hatte aufgelegt. Sanft, absichtlich hatte er den Hörer aufgelegt und sie ohne ein Wort getrennt.

Oder jemand anderes hatte es getan.

Kapitel 11

Martin bekam kaum die Augen auf, als er auf seine Armbanduhr sah. Er konnte es nicht leiden, wenn er aufwachte und feststellen mußte, daß Helen schon zur Arbeit gegangen war. Natürlich konnte er ihr keinen Vorwurf machen, da es schon Viertel vor zehn war, und er machte ihr auch keinen. Er konnte es eben nur nicht leiden, das war alles.

Er hatte eine schreckliche Nacht hinter sich, und er fühlte sich auch schrecklich. Fünf Uhr war es gewesen, als er dieses elende Mädchen endlich los war, und selbst dafür hatte er noch aus eigener Tasche das Taxi bezahlen müssen, nachdem er es selbst angerufen hatte. Nicht einmal das hatte sie selbst gemacht.

Wie er nun so im Bett lag, mit schlafschwerem Kopf und seiner üblichen, lastenden Morgenlethargie, bemühte er sich, die außergewöhnlichen Ereignisse der letzten Nacht wieder zusammenzustückeln: was gesagt worden war und von wem, und wessen Schuld alles war. Letzteres mußte Martin immer genau wissen, bevor er sich mit einer Sache ernsthaft beschäftigen konnte.

Teilweise (mußte er zugeben) war es seine eigene Schuld. Er hätte mehr auf der Hut sein müssen. Er hätte es einfach wissen müssen, schon nach ihrem ärgerlichen und völlig nutzlosen Interview, daß diese Ruth Ledbetter zum Quälgeist werden konnte, wenn sie es nur irgendwie einrichten konnte. Sie war genau der Typ dafür. Er kannte sie, diese Interview-Objekte, die offenbar annahmen, nur weil sie bei der Beantwortung der Fragen ihre Seele entblößt hatten, seien sie berechtigt, einem hinterher den letzten

Nerv zu töten, als sei man ihr verdammter Therapeut. Übertragung, das war es, überlegte er mit einem Anflug von Selbstzufriedenheit, bis ihm einfiel, daß diese Typen, wenn es denn Übertragung war, wonach sie suchten, lieber fünfundvierzig Mark (der derzeitige Satz) die Stunde zahlen sollten, statt nach Taxis zu verlangen und nach Tee, ganz zu schweigen von dem Anteil am Whisky, zu dem Langeweile ihn im Verlauf der Nacht getrieben hatte.

Wie hatte sie ihn überhaupt gefunden? Wer konnte ihr seine Adresse gegeben haben? Sicher einer von diesen übereifrigen Blödmännern in der Klinik, die die Nase in jedermanns Angelegenheiten steckten und dafür bezahlt wurden, sich nie herauszuhalten.

Warum war sie nun eigentlich gekommen? – außer natürlich, um anderen Leuten auf die Nerven zu fallen, was zweifellos bei ihrer Veranlagung schon an sich ein lohnendes Projekt war. So gut es mit seinem morgendlich verfilzten Gehirn eben ging, suchte Martin seine Erinnerungsfetzen der nächtlichen Nervenprobe auf die Reihe zu bringen.

»Hör'n Sie, Prof, wenn die Antwort Nein ist, brauchen Sie's bloß zu sagen«, war ihr Eröffnungssatz gewesen, oder zumindest waren das die Worte, die als erste klar in sein Bewußtsein drangen. Er war der Aufforderung ganz schnell nachgekommen, indem er laut und klar ›Nein‹ sagte, ohne sich mit zeitraubenden Nachfragen aufzuhalten, wovon zum Donner sie eigentlich redete. ›Mach's kurz‹, hatte er gedacht. ›Was es auch sein mag, sage Nein, und es kann keine weiteren Schwierigkeiten geben.‹

Wie sehr er sich geirrt hatte. Weit entfernt, ihre Ausführungen zu beenden, hatte das schlichte, einsilbige Wort eine regelrechte Mitteilungswut ausgelöst. Stundenlang hatte sie auf ihn eingeredet, ein unaufhörliches Geschnatter, das manchmal laut und abgehackt an sein Trommelfell prallte, dann wieder leise und dünn wie ein ferner Dudelsack, je nachdem, ob er auf dem harten Küchenstuhl gerade eingedöst oder aufgewacht oder wieder eingedöst war.

Von dem, was sie tatsächlich gesagt hatte, wußte er so gut wie nichts mehr, teils weil er so oft eingeschlafen war und teils weil er zu ärgerlich gewesen war, um selbst im Wachen richtig zuzuhören. Ärgerlich war er nicht nur auf Ruth, weil sie sich ihm zu dieser unchristlichen Zeit aufdrängte, sondern auch auf Helen, weil sie es zuließ. Wie zum Teufel konnte sie erlauben, daß ihr Liebster sich, in der Küche eingesperrt, mit so einem unverschämten Gör die halbe Nacht um die Ohren schlug? Und ihnen auch noch Tee und Kekse hinzustellen, du lieber Himmel! Warum konnte sie nicht eifersüchtig und besitzergreifend sein wie andere Frauen? Dann wäre ihm, Martin, vielleicht eine anständige Nachtruhe beschieden gewesen, und er würde sich heute morgen nicht so absolut scheußlich fühlen.

Zehn Uhr. Düster und mit gräßlicher Mühe quälte Martin sich aus dem Bett, warf sich den Morgenmantel über und tapste in die Küche.

Die Überreste der vergangenen Nacht waren weggeräumt, und der Frühstückstisch war hübsch und einladend für eine Person gedeckt. Neben seinen Teller hatte Helen in ein winziges Glaskrügchen zwei goldgelbe Krokusse gestellt, die ersten des Jahres. Sie sagte es mit Blumen. Sie meinte damit, daß sie ihn liebte, auch weit weg in ihrem Klassenzimmer.

Oder ihn im Auge behielt. So empfand er es eigentlich

eher. Etwas mit Blumen zu sagen war schon immer eine riskante Sache, weil die Botschaft oft traurig zerrupft ist, bis sie den Empfänger erreicht. Martin fühlte sich eingesperrt und irgendwie in die Enge getrieben von dieser ganzen allumfassenden Liebe und Sorge, die nie nachzulassen schienen, weder bei Tag noch bei Nacht.

Ungeduldig schob er die Blumen beiseite, um Platz für die Kaffeekanne zu schaffen, dann machte er sich langsam, unmutig und nicht sehr geschickt daran, sein Frühstück zu bereiten. Heute morgen beschloß er aus reinem Trotz, ein gekochtes Ei zum Toast zu essen, was er selten tat; und seine Entscheidung erwies sich denn auch als ziemliches Ärgernis, angesichts solcher Dinge wie: den richtigen Topf finden, die richtige Zeit abpassen und alles. Es war eine Art Rache für die Blumen: da, schau, mit was für lästigen Dingen du mich hier ganz allein hängenläßt.

Das Telefonklingeln riß ihn fast vom Stuhl. Der Schock war fürchterlich, eine namenlose Angst überkam ihn, in der er fast sofort und nur allzu leicht seine übliche und vertraute Angst erkannte, jemand könnte von ihm erwarten, daß er etwas tat.

Er konnte es einfach nicht ertragen, nicht um diese Morgenstunde. Er saß da, den Kopf in den Händen, und wartete, daß es aufhörte.

Dieses verdammte Ledbetter-Weib! Unter dem Ansturm des Getöses kam ein Erinnerungsfetzen aus seinem Unterbewußtsein zum Vorschein... etwas, was sie gesagt hatte...? wonach sie ihn gefragt hatte... wo sie einen Augenblick erwischt hatte, als er zu erschöpft gewesen war, um zu widersprechen...? Ja, das war es. Irgend etwas mit anrufen. Sie wollte ihn heute vormittag anrufen, wegen seiner Entscheidung.

Was denn für eine Entscheidung? Wie die Leute einen belästigen! Am Tisch hockend, die Schultern hochgezogen wie unter Maschinengewehrfeuer, versuchte Martin alles Denken auszuschalten, und als das nicht ging, verfiel er darauf, die Klingelzeichen zu zählen, die durch die Wohnung dröhnten.

Irgendwann mußte es doch aufhören! Hat es je einen Fall gegeben, wo das Telefon ewig klingelt? Im *Guinness Book of Records* würde das sicher...?

Und dann, endlich, hörte es natürlich doch auf. Ziemlich mitgenommen hob Martin den Kopf und versuchte erschöpft, weiter zu frühstücken. Inzwischen war ihm der Appetit ziemlich vergangen. Der Kaffee war kalt, das Ei war hart, und die Wut bildete einen harten Knoten in seiner Brust, der sich wie Sodbrennen anfühlte. Warum tat man ihm so etwas an? Warum konnte man ihn nicht in Ruhe lassen?

Beim Anblick der goldgelben kleinen Blumen, die immer noch ihre unschuldige Botschaft aussandten, als sei nichts geschehen, würgte es ihn fast.

Alles war Helens Schuld, auf irgendeine Art. Er konnte es nicht erklären oder analysieren, aber es war so.

Arbeiten war unmöglich. Selbst die Durchsicht seiner verbesserten Notizen für Teil II, *Die Ätiologie der Depression im mittleren Lebensalter*, machte ihn ganz krank. Da war nirgends weit und breit ein Gedanke, der nicht von jemand anderem abgeschrieben war, nicht ein Absatz, der nicht voller Plattitüden und Füllsel war.

Endogene Depression. Reaktive Depression. Menopausale Depression. Frühe Anzeichen und Symptome. Nichts dabei, was nicht Allgemeinwissen war, grundlegende Lehrbuchweisheit. Wie lange konnte er die Täuschung aufrechterhalten, daß diese abgehalfterten Gemeinplätze auf eine brillante neue Erkenntnis hinauslaufen würden, eine neue und überraschende Hypothese, die alle Schulmeinungen zu dem Thema revolutionieren und bislang nicht einmal erträumte Behandlungsmöglichkeiten eröffnen würde?

»Charakteristischerweise setzt die Krankheit schleichend ein«, hatte er geschrieben, als hätte das noch keiner vor ihm gemerkt. »Die ersten Symptome werden vom Patienten gewöhnlich widrigen Faktoren in seiner Umgebung zugeschrieben. Schuldgefühl und Selbstvorwürfe sind in diesem Stadium womöglich bereits evident bla-bla-bla, werden im allgemeinen auf die nächsten Angehörigen projiziert, bla-bla-bla, resultieren im progressiven Rückzug aus stützenden Beziehungen, bla-bla-bla ...«

Beinah wie eine Erleichterung unterbrach die Türklingel dieses müde Wiederkäuen eingefahrener Platitüden. Sosehr Martin auch all die Leute verabscheute, die es sein konnten – Zählerableser, Nachbarn, Versicherungsvertreter, Fensterputzer und ähnliches – jede Ablenkung war besser als keine. Egal wer davorstand, er konnte ihn widerlich finden, und damit seinen Widerwillen gegen alles andere wenigstens vorübergehend vergessen.

Mit finsterer Miene und sanftem, ergötzlichem Anstieg seines Adrenalinspiegels schlenderte Martin zur Tür. Vielleicht ergab sich ja sogar die Gelegenheit, ungezogen zu jemandem zu sein. Man konnte nie wissen.

Ruth Ledbetter witschte herein wie eine erfahrene Straßenkatze und gab ihm keine Möglichkeit, ihr die Tür vor der Nase zuzuschlagen. Drinnen hielt sie, wie streunende Katzen das tun, geradewegs auf den elektrischen Ofen zu, dessen Heizstäbe beide glühten.

»Was für eine irre Verschwendung«, bemerkte sie und bückte sich, um ihre kleinen, bloßen Hände, die fleckig vor Kälte waren, besser wärmen zu können. »Zwei Heizschlangen! Sind Sie'n verdammter Millionär oder so was?«

»Ich kann sie ja abstellen, wenn Sie wollen«, drohte Martin verärgert, da sie so offensichtlich Nutzen aus dem eben noch verdammten Luxus zog; und fast augenblicklich wurde ihm klar, welch ein Fehler es gewesen war, sich so ablenken zu lassen. Er hätte all seine Energie darauf konzentrieren müssen, ihr klarzumachen, daß sie *gehen* sollte, verschwinden, Leine ziehen, sich verpissen. Jetzt war es zu spät. So etwas mußte man spontan sagen, über eine noch nicht überschrittene Schwelle hinweg, wenn man noch mit einer Hand die Macht am Türknauf besitzt. Man kann es nicht mehr, wenn der Besuch bereits einen Brückenkopf des eigenen Territoriums eingenommen hat und bis ins Wohnzimmer vorgedrungen ist, wo er wie eine Katze auf dem Teppichrand herumstolziert und jedes Bild, jedes Dekorationsstück mit einer Art verwunderter Verachtung inspiziert.

»Heiland! Das is' so 'ne Art Grab, oder?« war ihr erster Kommentar. »So was wie 'ne Do-it-yourself-Leichenhalle.«

Wie vom Donner gerührt trat Martin zwei Schritte zurück und sah verwirrt um sich, als erwarte er ernsthaft, daß sich das Zimmer tatsächlich verändert habe.

Es war ein hübsches Zimmer, das hatte er immer gefunden, sogar elegant, denn Helen hatte einen hervorragenden Geschmack, wenn auch wenig Geld zum Ausgeben. Die weißgestrichenen Bücherregale strahlten, der Teppich war frisch gesaugt, und Vasen mit immer noch schönen Herbstblättern und Beeren standen hier und dort im Zimmer verteilt, die milden Farben spiegelten sich sanft in poliertem Holz und glänzendem Messing.

»Tote Sachen!« Ruth zeigte darauf. »Sie hält sich tote Sachen zum abends Ansehen! Sie reißt sie von den lebenden Bäumen und Hecken und bringt sie hierher, damit sie zusehen kann, wie sie sterben! Ist die nekrophil oder so was, Ihre Freundin?«

Martin war völlig erschlagen. Ihm fiel nichts ein, was er auf diese bizarren und unglaublichen Anklagen erwidern konnte. Die schiere Unverschämtheit machte ihn sprachlos.

Und doch, unter seinem durchaus angemessenen Zorn merkte er, daß er sich besser fühlte als seit Monaten. Die schwere morgendliche Stumpfheit, die ihn so lange geplagt hatte, war fast verschwunden. Eine Art Ausgelassenheit erfaßte ihn, eine heimliche innere Schadenfreude, die unmöglich zu beschreiben war.

Endlich passierte etwas.

Kapitel 12

»Und kein Sex«, sagte Ruth, wobei sie anmutig und mit zierlich gespitzten Lippen an ihrem Kaffee nippte wie ein kleiner Vogel. »Ich hasse Sex. Wenn Sie versuchen, mich zu Sex zu bewegen, dann ist alles vorbei, dann helfe ich Ihnen überhaupt nicht.«

Warum konnte sie nicht sagen ›Liebe‹? Sex war so ein häßliches, hartes Wort, besonders aus dem Munde eines so jungen Mädchens. Nicht, daß es eine Rolle gespielt hätte. Nichts lag ihm gerade zu diesem Zeitpunkt ferner, er sagte ihr das so höflich er konnte und fügte hinzu: »Wissen Sie, ich habe meine Freundin hier, wir leben zusammen, und ich liebe sie sehr.«

»So?« Ruth betrachtete ihn nachdenklich, etwa wie ein Arzt, der eine tödliche Krankheit diagnostiziert hat und nun etwas unsicher ist, inwieweit er seinem Patienten die Wahrheit enthüllen soll. »Wie kommt es dann, daß Sie eine Depression haben? Eine *klinische* Depression«, verbesserte sie mit kindlicher Eitelkeit, um ihre Vertrautheit mit der Fachterminologie herauszustreichen. »Hören Sie bloß mal!« Sie nahm eine Manuskriptseite von seinem Schreibtisch, scheinbar wahllos – obwohl Martin ziemlich sicher war, daß sie in seinen Papieren herumgeschnüffelt hatte, während er den Kaffee machte – »Jetzt hören Sie sich das mal an!« Sie las ihm seine eigenen Worte vor, wobei sie den wichtigtuerischen Ton eines Experten auf dem Gebiet nachäffte:

»›Unter den ersten Symptomen ist es häufig die Schlaflosigkeit, die den Patienten zum Arzt treibt ...‹«

Sie überflog den Absatz: »›Müdigkeit... Reizbarkeit... Konzentrationsschwäche... Verlust der intellektuellen Antriebskraft... Affektverarmung... Gefühl des Versagens... Verschlechterung persönlicher Beziehungen... Erschöpfung und Lethargie, besonders am Morgen... zunehmende Verlangsamung der Denkprozesse...‹«

»Also, wer will denn Ihre Autobiographie lesen, Prof? Ich dachte, das soll eine Doktorarbeit sein?«

»Es ist eine!« begann Martin empört, aber sie unterbrach ihn.

»Autobiographie«, beharrte sie. »Eine Fallgeschichte, wie sie im Buche steht!« Sie kicherte und warf das Blatt wieder zu den anderen. »Die Fallgeschichte eines gewissen M40B, Dozent für Sozialpsychologie. Opfer der Lebensereignisse Nr. 2, 5, 6 und 7. Das heißt: gescheiterte Ehe, Wechsel des Domizils, neue Partnerin, beruflichen Aufstieg verpaßt. Insgesamt 470 Punkte auf der Lebens-Streß-Skala. Freunde: null. Beruf: null Komma nichts. Kein Wunder, daß der depressiv ist. Stimmt's?«

Martin zuckte die Achseln. Er war nicht bereit zuzugeben, daß sie mit ihrer Blitz-Diagnose ins Schwarze getroffen hatte. Wenn es eine Blitz-Diagnose war. Irgendwie schien sie eine ganze Menge verdammter Fakten über ihn herausgefunden zu haben.

»Sie übertreiben«, meinte er leichthin. »Selbstverständlich ist mir klar, daß ich zu gewissen depressiven Verstimmungen neige, das ist bei den meisten Akademikern so, aber –«

»Keine Neigung. Eine ausgewachsene klinische Depression«, beharrte sie. »Endogen.« Sie gebrauchte gern diese mehrsilbigen Wörter, das merkte man. Und das verflixte Weib gebrauchte sie auch noch richtig.

Abrupt wechselte Martin das Thema.

»Sie sagten, Sie hätten mir einen Vorschlag zu machen«, meinte er und nahm ihr ziemlich energisch die Kaffeetasse weg. Es machte ihn fast wahnsinnig, wie sie mit dem Teelöffel die Zuckerreste herauskratzte, um sie dann mit rasch vorschnellender Zunge abzulecken. »Wollten Sie noch eine?« Fragend hielt er die Tasse in einigem Abstand von ihr hoch, und als sie den Kopf schüttelte, stellte er sie schön außerhalb ihrer Reichweite ab. »Und jetzt sagen Sie mir, Ruth, was genau Sie sich gedacht hatten.«

»Das habe ich heute nacht alles schon erzählt«, antwortete sie beleidigt; und als er stumm wartete, daß sie weiterredete, fügte sie boshaft hinzu: »Das gehört übrigens auch zu den Symptomen bei Depression, nie zuhören, was andere sagen.«

Es stimmte. An ihrem Bücherwissen konnte er nichts aussetzen.

»Es kann ebensogut ein Symptom von Langeweile sein«, erklärte er trocken. »Und von anhaltendem Schlafentzug. Ein Syndrom, dem Sie häufig begegnen werden, wenn Sie sich angewöhnen, Leute mitten in der Nacht zu wecken und sie zwingen dazusitzen, während Sie ihnen Ihre Lebensgeschichte erzählen. Es war doch wohl Ihre Lebensgeschichte, die Sie mir erzählt haben, oder?«

Natürlich war sie das. Immer das gleiche mit diesen neurotischen Typen. Und nun war sie, genau wie alle anderen, beleidigt. Sah ihn nicht an. Sagte nichts. Rutschte auf dem großen Stuhl herum. Hatte er dafür den Staub seiner Studentenseminare für ein ganzes Jahr abgeschüttelt? Derart mimosenhaft, manche dieser Mädchen, man fragte sich wirklich, wie sie es geschafft hatten, in ihrem verhätschelten Leben überhaupt so weit zu kommen.

Schließlich redete sie.

»Sie glotzen auf meine Beine«, kam es anklagend, und sie zog ihren kurzen, dunkelblauen Rock so weit über die Knie wie es nur ging; und jetzt glotzte er natürlich, zum allerersten Mal; dünn waren sie, und weiß wie gepellte Champignons unter den kaputten Strümpfen. Ganz und gar nicht attraktiv. Er merkte, daß Langeweile sich, wie die ersten Anzeichen einer Krankheit, unruhig in seinem Inneren regte, und er wußte, er mußte schnell handeln, bevor sie ihn packte.

»Hören Sie, Ruth, es tut mir leid, wenn ich nicht mehr so genau weiß, worüber wir letzte Nacht gesprochen haben, aber es war verdammt spät, wissen Sie. Wenn Sie wollen, daß man Ihnen zuhört, sollten Sie sich eine Zeit aussuchen, die anderen auch in den Kram paßt.«

Ein schönes Gefühl, die Jugend wieder einmal belehren zu können. Vielleicht vermißte er seine Studenten mehr, als er glaubte.

»Zufälligerweise«, fuhr er, angetan von seiner kleinen Moralpredigt, fort, »paßt es mir jetzt gerade, und so will ich Ihnen gern ein paar Minuten geben –« er sah bedeutsam auf seine Armbanduhr, als mache die Zeit, die sie anzeigte, auch nur den geringsten Unterschied. »Aber bitte beeilen Sie sich ein bißchen, mein Kind. Ich habe nicht den ganzen Tag.«

Den hatte er natürlich, aber das spielte keine Rolle. Die beginnende Langeweile fraß langsam an ihm wie ein Magengeschwür.

»Ganz schön kribbelig der Herr, was?« bemerkte sie, streckte ihre dünnen Beine auf dem Kaminvorleger aus, lehnte sich zurück und betrachtete ihn, wobei ein kleines Lächeln in ihren Mundwinkeln zuckte. »Schade, daß Sie es heute nacht nicht nötig hatten, mir zuzuhören, Mr. Lockwood, mein Angebot war nämlich nicht von schlechten Eltern. Hätte ganz und gar Ihnen gehören können, Daddy-O. Echt sauber, wissen Sie.

Aber jetzt ist es zu spät, also Vorhang für Vorschlag A. Bleibt Vorschlag B. Richtig? Richtig, Mr. Lockwood?«

»Wieso – äh – ja.« Martin war irgendwie überrumpelt, er hatte gedacht, der Satz würde noch ewig weitergehen. »Ja. Ich nehme an. Ja. Ich meine, ›Richtig‹«, ergänzte er, als nenne er damit das korrekte Kennwort. »›Richtig‹«.

»Richtig«, wiederholte sie mit seltsam erleichtertem Unterton, als sei der erste kleine Schritt eines vielschichtigen und gefährlichen Projektes schließlich doch noch nach Plan gelaufen. »Richtig, Mr. Lockwood. Vorschlag B also. Ein geschäftlicher Vorschlag, schlicht und einfach. Soll ich Ihre Interviews machen? Sie übernehmen, allesamt, und zu Ende bringen? Ich kann das. Ich habe Erfahrung. Und zufälligerweise weiß ich, daß Sie ganz schön damit im Verzug sind.«

Wie kam sie dazu? Wer hatte es ihr erzählt? Erst seine Adresse hier bei Helen, und jetzt das. So langsam fühlte er sich gestellt, von Unbekannten umzingelt.

Auf keinen Fall würde er ihr sein Unbehagen zeigen.

»Genaugenommen haben Sie völlig recht, Ruth«, meinte er mit erzwungener Nonchalance. »Wenngleich ich mir wirklich nicht vorstellen kann, wie Sie zu vertraulichen Informationen dieser Art ...«

»Ach, das hat mir Walter erzählt«, meinte sie lässig; und da sie Martins verblüfften Blick mißinterpretierte, erklärte sie freundlich: »Sie wissen schon. Walter Cummings. Der Typ, der für Sie arbeitet. Ein großer, fetter, trotteliger Heini, dumm wie Bohnenstroh.«

Martin hatte gerade wütend werden wollen über diesen unbekümmerten Austausch von vertraulichen Informationen zwischen seinen Untergebenen, aber er besann sich eines Besseren. Ihre Beschreibung von Walter gefiel ihm. Ein aufmerksames Mädchen. Vielleicht gab sie ja tatsächlich eine gute Interviewerin ab?

Er dachte darüber nach, und je länger er darüber nachdachte, desto köstlicher erschien ihm die Aussicht auf Hilfe – kompetente, professionelle Hilfe, nicht Walters zögerndes, periodisches Gewurstel und sein erschreckender Rückstand an Interviews. Und nicht nur Hilfe; wenn er sie nicht mißverstanden hatte, dann bot sie an, die Sache ganz zu übernehmen, alle Interviews selbst zu erledigen, einfach so. Schon der Gedanke ließ sein Herz vor schierer, ungläubiger Freude höher schlagen. Daß die vermaledeiten Dinger endlich gemacht wurden, und er sie nicht selbst machen mußte! Es war wie ein erfüllter Traum.

Wenn er sich nur erfüllte! Wenn bloß nicht irgendwo noch ein Haken war.

Er betrachtete seine eventuelle Assistentin nachdenklich, ihre blassen, scharfgeschnittenen Züge, die wachen, berechnenden Augen.

Zum Teufel damit! Natürlich war sie berechnend, er ja genaugenommen auch; weshalb betrachtete er sie wohl sonst so von oben bis unten und erwog die Vor- und möglichen Nachteile, sie anzuheuern? Jeder kalkuliert, legt bei jedem neuen Projekt den Was-ist-für-mich-drin-Maßstab an. Ein Idiot, wer es nicht täte, und noch einen Idioten konnte er wirklich am wenigsten gebrauchen bei der ganzen Sache.

Ja, entschied er, sie war geeignet. Sie war intelligent, sie war zielstrebig, und vor allem war sie frech wie Dreck, was besonders bei Tiefeninterviews schon eine Qualifikation an sich ist.

»Was haben Sie für Qualifikationen?« fragte er. Sie sollte nicht glauben, es sei ein Spaziergang, diesen Job zu kriegen, obwohl es das natürlich war, wie konnte es schon anders sein bei achtzig Pence die Stunde? Sie sollte auch nicht glauben, daß er so einfach jeden nahm, obwohl es natürlich so war, so hatte er Walter bekommen. Aber derartiges Pech hat man ja wohl nicht zweimal im Leben.

»Qualifikationen? Na ja, ich habe natürlich keinen akademischen Abschluß oder so'n Quatsch«, antwortete sie, als sei das an sich schon eine Empfehlung. Und das war es natürlich in gewisser Weise: jemand mit Abschluß würde ein nicht endenwollendes Theater über die Bezahlung machen. »Walter hat gesagt, es spielt keine Rolle«, fuhr sie fort. »Er sagt, er hat auch keinen.«

Walter hier. Walter da. Martin war nicht wohl in seiner Haut.

»Ein Freund von Ihnen?« fragte er vorsichtig. Er war argwöhnisch bei solchen Sachen. Er wollte nicht, daß die beiden bei der Arbeit zusammenkamen, Notizen verglichen, sich gegen ihn verbündeten. Das konnte leicht passieren.

Ihre Antwort war beruhigend.

»Was, so ein widerlicher Kerl wie der?« rief sie aus. »Sie machen wohl Witze!« und wieder empfand Martin wärmste Sympathie für jemand, der so jung und schon so scharfsichtig war. »Nein«, erklärte sie hastig, »ich habe ihn nur das eine Mal getroffen, und wenn ich ihn angemacht habe, dann bloß, damit er mir alles über den Job erzählt. Ich meine, so Sachen wie, na ja, was eben zu tun ist. Wie Sie so sind. Wie es sich mit Ihnen arbeitet, meine ich.« Sie hielt inne. »Er hat gesagt, Sie sind okay«, schloß sie gnädig, »außer wenn Sie gerade Ihre Launen haben.«

Launen! Martin erstickte fast an seiner Wut.

»Was Mr. Cummings geruht ›meine Launen‹ zu nennen«, erklärte er kühl, »bezieht sich ausnahmslos auf jene Gelegenheiten, wo er mich ohne Vorwarnung und aus Gründen, die so trivial waren, daß man sie schon als Beleidigung bezeichnen muß, im Stich gelassen hat. Und ich hoffe sehr, Ruth, daß Sie, wenn wir tatsächlich beschließen, Sie anzunehmen, sich voll auf Ihre Arbeit konzentrieren und sie ordentlich machen. Ich kann es mir nicht leisten, daß *noch* ein Assistent mir da herumpfuscht, Verabredungen verpaßt, meinen Zeitplan durcheinanderbringt. Ich hoffe, das versteht sich von selbst. Wenn Sie für mich arbeiten, dann gut und sorgfältig. Klar?«

»O ja. Ich werde es gut und sorgfältig machen, garantiert«, versicherte sie, und einen Moment kam es Martin vor, als hätte sie einen drohenden Unterton in diese Worte gelegt; aber das war natürlich lächerlich. »Darüber brauchen Sie sich keine Gedanken zu machen, Mr. Lockwood. Da wäre nur noch eins –«

Darauf wartete er. Schon seit ein paar Minuten hatte Martin hin und her überlegt, wie er ihr die Sache mit den achtzig Pence beibringen sollte. So drückten die Geldgeber es den hoffnungsvollen Bewerbern gegenüber natürlich nicht aus, drei Pfund pro Interview war die Zahl, die sie nannten, nicht ohne den Bewerber gebührend zu seinem bevorstehenden Reichtum zu beglückwünschen. Aber auf achtzig Pence pro Stunde lief es hinaus, bis man sein Objekt angerufen und einen Termin vereinbart hatte, die Hausnummer 144 in irgendeiner gottverlassenen Sozialsiedlung, wo über jedem Eingang 1–11 stand, gefunden und sich dort herumgetrieben hatte, bis er oder sie vom Arzt, von der Reinigung, vom Wettbüro zurück war; und bis man dann obendrein noch das Interview gemacht und es nach der Heimkehr ins reine getippt hatte, manchmal seitenlang und zur Hälfte unleserlich, so daß man es aus dem Gedächtnis ergänzen mußte...

Das Problem bestand darin, dies alles verlockend darzustellen. Martin entschied sich für die gleichgültige, lässige Haltung. Wenn alle Stricke rissen, konnte er den Hungerlohn immer noch aus seiner eigenen Tasche aufbessern, das wäre unökonomisch, aber die Sache wert; auch Champagner oder ein Wochenende in einem Fünfsternehotel sind schließlich unökonomisch, aber den Spaß wert.

»Mit der Bezahlung«, fing er an, »da muß ich Sie warnen, Ruth, was wir da vergüten können – was das Komitee vergüten kann, meine ich, mit mir hat es nämlich wirklich nichts zu tun –«

Sie unterbrach ihn.

»Wer spricht von Bezahlung? Ich will keine Bezahlung. Ich mach Ihnen Ihre Interviews umsonst.«

Das war in gewisser Weise hervorragend. In gewisser Weise waren damit alle Probleme gelöst, besonders das eine, wie das Komitee das Ansinnen beurteilen würde, ihm eine weitere Assistentenstelle zu bewilligen. »Aber Sie haben doch schon Walter Cummings«, würden sie sagen und in ihren Unterlagen unter C nachsehen. Und wenn er vorschlug, Walter zu streichen und ihn durch diese offensichtlich effektivere junge Frau zu ersetzen, dann würden sie ihn mit großen Augen vorwurfsvoll ansehen. »Aber ist Ihnen denn nicht klar, Mr. Lockwood, daß Walter aus einer *zerrütteten Familie* kommt?« würden sie sagen, oder eher flüstern, als hätte er es gewagt, in der Kirche einen

Elektrorasierer anzuknipsen; und wenn er (wie schon einmal geschehen) sich zu erwidern erlaubte, das wundere ihn gar nicht, Walter sei genug, jede Familie zu zerrütten, dann würden sie vor Entsetzen die Luft anhalten, als wäre er Crippen persönlich, und er würde seine Beförderungsaussichten buchstäblich wieder ein oder zwei Stufen in den Keller plumpsen hören.

So gesehen war also Ruth Ledbetters beispielloser Idealismus einerseits ein Geschenk des Himmels. Andererseits war er ein bißchen entnervend.

Wenn es nicht des Geldes wegen war, weshalb machte sie es dann?

»Es interessiert mich einfach«, erklärte sie blasiert. »Irgendwas dagegen?«

Jede Menge; aber Martin wußte nicht recht, wie er es in Worte fassen sollte. Alles in allem war es ein tiefes und weitreichendes Mißtrauen gegenüber Leuten, die aus anderen Motiven als Eigennutz handeln. Solche Menschen spielten Martins Ansicht nach nicht fair, und mit ihnen zu tun zu haben kam ihm immer vor wie Schach spielen nach neuen Regeln, die nur der Gegner kannte: dic Niederlage ist vorprogrammiert. Selbstlose Menschen sind beängstigend, fand er, ebenso wie Irre beängstigend sind; man weiß nie, was sie als nächstes tun.

Andererseits sah diese Ruth Ledbetter nicht gerade aus wie eine selbstlose Person. Sie beobachtete ihn mit verschlagenem, scharfem Blick aus zusammengekniffenen Augen; der kleine Mund hatte etwas Gieriges, das Martin seltsam beruhigend fand. Man konnte sich einfach nicht vorstellen, daß dieses Mädchen Gutes um des Guten willen tat, obschon natürlich durchaus Gutes für irgend jemanden – vielleicht Martin Lockwood? – als Nebenprodukt ihrer Aktivitäten herauskommen konnte. So konnte ja auch ein berühmter Chirurg Menschen von ihren Krebserkrankungen heilen, nicht um des Heilens willen, sondern um ein berühmter Chirurg zu werden.

Doch wen interessierte das schon? Sicher nicht die glücklichen Patienten.

»Ich denke, wir werden ein gutes Team abgeben, Ruth«, sagte er vorsichtig. »Ich glaube, wir werden uns verstehen. Und jetzt kommen Sie hier herüber, und ich erkläre Ihnen genau, was ich vorhabe.«

13

Bißchen dürftig, die Handlung, wenn ich das recht sehe«, kommentierte sie und knallte Teil III auf den Stapel. »Wann passiert denn endlich was?« Und dann lauschte sie aufmerksam, als wisse sie nicht, was für dummes Zeug sie geredet hatte, seiner Erklärung, daß es sich hier nicht um einen Roman, sondern um eine sachliche wissenschaftliche Studie handelte.

»Wäre ich beinah drauf reingefallen«, bemerkte sie, und dann: »Fakten sollen doch angeblich fesselnder sein als Fiktionen? Wieso ist das denn bei Ihren Fakten nicht so? Wo findet man überhaupt so langweilige Fakten? Geben Sie vielleicht Anzeigen auf, oder was? – ›Gesucht: Langweilige Fakten für akademischen Friß-oder-stirb-Verkauf. Abgedroschene Ideen und Second-Hand-Theorien aller Art zum Verkauf oder Tausch. Jargon. Platitüden und ausgewählte Schwafeleien für Beklopptenalmanach ...‹«

»Hören Sie, Ruth, Lachen ist ja schön und gut. Aber Sie scheinen ganz und gar nicht zu begreifen, wie ein wissenschaftliches Projekt dieser Art angegangen werden muß. Wissen Sie –«

»Tut mir leid, Prof! Ich mein's nicht so ernst. Aber irgendwie reizen Sie mich dazu, haben Sie das gewußt? Im Grunde bin ich ja eigentlich auch akademisch gebildet, genau wie Sie, und ich kann es nicht mitansehen, wenn ein gutes Thema vergeudet wird. Depression ist ein gutes Thema. Ein super gutes Thema. Echt geil. Aber wie Sie das abhandeln, klingt es wie die Geschichte vom Ritter Blaubart, wenn seine Tussi es nicht geschafft hätte, die verbotene Tür aufzuschließen. Er kommt nach Hause und sagt: ›Braves Mädchen, ich wußte, daß ich mich auf dich verlassen kann‹, und dann setzen sie sich zum Essen und leben glücklich bis an ihr seliges Ende.

Sehen Sie, Prof, ich weiß über Depressionen Bescheid. Als hätt ich selber die Tür aufgeschlossen und dann gewartet, bis Blaubart heimkommt. Ich kann Ihnen sagen, Prof – ach, Scheiße!«

Das Telefonklingeln schreckte auch Martin hoch, aber Ruth war schon aufgesprungen und rannte quer durchs Zimmer. Sie riß den Hörer von der Gabel, lauschte und legte dann vorsichtig wieder auf.

»Falsch verbunden«, berichtete sie beiläufig, als sie zu ihrem Stuhl zurückkehrte, und Martin ließ es dabei bewenden. Er hätte eigentlich nichts dagegen gehabt, wenn alle Leute so mit Telefonanrufen verfahren würden. Es würde einem das Leben um Jahre verlängern.

»Blaubart«, soufflierte er, als sie sich in dem großen Stuhl zurechtgesetzt und die Beine unter sich gezogen hatte. »Sie sprachen von Blaubart.« Er wollte nicht den Faden gerade dann verlieren, wenn es interessant wurde. Seine morgendliche Langeweile war bis auf einen winzigen Punkt am Rande seines Bewußtseins zusammengeschrumpft, und er wollte, daß es so blieb. »Die Tür zur Kammer aufschließen«, fuhr er fort, »oder zum Dachboden, oder was zum Henker immer...«

Zu seinem Verdruß schüttelte Ruth den Kopf.

»Sie hätten mir heute nacht zuhören sollen«, erinnerte sie ihn selbstgefällig, und obwohl Martin verdammt sicher war, daß sie Blaubart nicht erwähnt hatte – er wäre bestimmt aufgewacht, wenn er Wörter gehört hätte, die so von ihrem üblichen Jargon abwichen – ließ er es durchgehen.

Außerdem konnte sie offensichtlich kaum erwarten, es ihm zu erzählen. Gleich darauf redete sie weiter.

»Ihr armen Schweine mit euren akademischen Titeln«, sagte sie. »Ihr habt euch selber blind gemacht mit Gedrucktem, ihr seht gar keine Menschen mehr. Statt Gesichtern seht ihr nur lange Wörter über dem Hals raussprießen. Sie erzählen mir was von Fakten, aber genaugenommen sehen Sie gar keine Fakten, bloß lauter Druckbuchstaben und Maschinenpapier und Kohlepapier. Ich will Ihnen was sagen, Prof. Die Fakten über Depressionen sind wirklich seltsamer als Fiktionen. Verdammt viel seltsamer. Wenn Sie sich das angesehen hätten wie ich, dann würden Sie sehen, was ich sehe. Und dann hätten Sie eine Dissertation zu schreiben, weiß Gott! Blaubart käme darin nicht vor, und Dracula auch nicht. Na ja, vielleicht Dracula. Wir machen eine Ausnahme für Dracula, okay? Sie würden verstehen warum, wenn Sie mir heute nacht zugehört hätten. Meine Mutter. Erinnern Sie sich?«

Ihre Mutter... ihre Mutter. Irgendwas hatte sie gesagt... aber über ihre Mütter hatten sie alle was zu sagen, immer dieselben Geschichten, wieder und wieder, wie konnte man von ihm verlangen, eine Mutter von der anderen zu unterscheiden? Zu fürsorglich... zu gleichgültig. Zu streng... zu lasch. Zu liebevoll... zu lieblos. Zu schlampig... zu putzwütig. Martin hatte inzwischen ein richtiges Bild von diesem Mischcharakter im Kopf, diesem Konglomerat gegensätzlicher Eigenschaften: ein riesiges, amorphes, träges und fast transparentes Etwas, wie eine Qualle, das man mit dem Daumen in jede beliebige Form drücken konnte.

»Ihre Mutter. Ah ja«, sagte er. »Sie hat Ihnen das Selbstvertrauen genommen, war es nicht so?« Damit lag er sicher nicht völlig daneben.

»Nein, das hat sie nicht!« blaffte Ruth. »Sie haben alles falsch verstanden. *Ich* habe *ihr* das Selbstvertrauen genommen. Und wissen Sie auch wie? Ich habe ihr immer Depressionen verpaßt. Wie man jemandem eine Spritze mit Paraldehyd verpaßt. Richtig?«

Richtig? Das war es wohl kaum. Falsch eher, nach normalem Maßstab. Oder machte sie sich wieder lustig über ihn? Aber richtig? Nein.

Dennoch, er wollte ihr nicht über den Mund fahren, wie sie es verdient hätte, noch nicht jedenfalls. Das irre Gespräch tat ihm wirklich gut, er war seit Monaten nicht so aufgekratzt gewesen. Vielleicht *brauchte* der menschliche Intellekt ja eine bestimmte Menge Nonsens, wie Ballaststoffe, damit die harten, feststehenden Fakten verdaulich wurden?

In der Hoffnung auf weitere milde Schocktherapie ging Martin auf sie ein wie in einem Tiefeninterview.

»Ihre Mutter«, wiederholte er. »Sie haben ihr Depressionen verpaßt.« Er achtete darauf, daß seine Stimme in der anerkannten Weise wertfrei klang. »Und warum haben Sie das getan?«

»Warum? Um sie zu bestrafen natürlich«, sagte Ruth. »Ich dachte, das sei klar.«

»Ach. Ja. Um sie zu bestrafen«, Martin hielt inne, verbreitete nach Kräften Nicht-Erstaunen. »Bestrafen wofür?« Er ließ die Frage beiläufig klingen, ein nachträglicher Gedanke.

»Wofür? Dafür, daß sie meine Mutter ist natürlich!« fuhr sie ihn an. »Was braucht man mehr?« Und während

Martin sich eine passende, wertfreie Antwort darauf ausdachte, kam Ruth ihm mit einer weiteren Frage zuvor.

»Wollen Sie nicht fragen, wie ich das gemacht habe?« forderte sie ihn mit leicht gekränkter Stimme auf, als sei ihm ein Formfehler unterlaufen wie, nicht »Bitte« oder »Danke« zu sagen. »Los, fragen Sie schon, wie ich es gemacht habe!« Und ohne auf seine Reaktion zu warten, fuhr sie fort.

»Beim ersten Mal war es eher Zufall, wie bei diesem Typen aus der Geschichte – oder war es Literatur –, der den Schweinebraten erfunden hat, weil er ein Haus mit einem Schwein drin abgebrannt hat. Genauso war's für mich beim ersten Mal, aber dann hab ich gemerkt, daß es gar nicht so'n Aufstand sein muß. Ich hab gemerkt, daß ich den Kniff raushatte; das kriegt man hin, wissen Sie, wie beim Hühnerschlachten, da braucht man auch nicht viel Kraft, nur den richtigen Dreh mit dem Handgelenk. Ich konnte sie in eine Depression versetzen, wann immer ich wollte. Zuerst hat sie nicht gemerkt, was los war, weil ich gerade dann immer so eine besonders gute Tochter war; aber nach einer Weile ist der Groschen gefallen, und sie hat richtig Angst vor mir gekriegt. Das ging so weit, daß sie mich nicht mehr ins Haus lassen wollte, die Schlösser austauschen ließ, all so'n Quark, aber das spielte keine Rolle, weil ich da schon rausgekriegt hatte, daß ich's genausogut von weitem konnte. Tele-Zerstörung, könnte man sagen. Als hätte ich ihre Wellenlänge, oder sowas. Ich konnte sie von überallher anzapfen ...

Das ist so 'ne Art Gesundbeten mit umgekehrten Vorzeichen, wissen Sie. Handauflegen. Zuerst muß man dem Betreffenden echt die Hände auflegen, deshalb war sie auch erstaunt, was für eine liebevolle Tochter sie plötzlich hat, die sie dauernd umarmt und streichelt, aber nach 'ner Weile hat man ihn dann sensibilisiert, und es geht sogar telefonisch.

Hören Sie, Prof, tun Sie mir 'nen Gefallen, und gucken Sie nicht so. Gesundbeten ist respektabel heutzutage, wußten Sie das noch nicht? Es wird in den Fachzeitschriften behandelt und im Fernsehen, die Russen beschäftigen sich auch damit, bei denen ist es was Militärisches, also muß es was Seriöses sein, stimmt's? Sogar die Mediziner überschlagen sich. In allen Abteilungen der großen Lehrkrankenhäuser laufen Gesundbeter rum wie Maskottchen, als Beweis, wie man mit der Zeit geht. Erinnern Sie sich an diese vergleichende Studie in der *British Medical News*, wo sie die Anzahl von geheilten Frakturen bei ...«

»Natürlich erinnere ich mich«, schnauzte Martin, und meinte damit nicht, daß er sich erinnerte (wie sollte er?), sondern daß er es durchaus für möglich hielt. Heutzutage kam man mit allem durch, vorausgesetzt, man stellte sich gut mit den Redakteuren der einschlägigen Zeitschrift. »Aber ich verstehe nicht«, wandte er ein, »was das mit meiner Arbeit zu tun haben soll. Mein Thema ist Depression, nicht Frakturen.«

»Nicht Frakturen«, äffte sie seinen ablehnenden Tonfall nach. »Auch keine Hernien. Oder Netzhautablösungen. Also gut. Das *Prinzip* bei der Sache, das versuche ich Ihnen zu erklären, Prof. Wie ich es bereits letzte Nacht versucht habe.«

Sie kicherte. »›Schlafmangel‹ hat Sie gestern abgehalten, mir zuzuhören. Und was hält Sie jetzt ab? Gibt es überhaupt keine Zeit in den vierundzwanzig Stunden, wo Sie mal in der Lage sind, sich für irgendwas zu interessieren?«

War das so? Darüber verbot sich jedes Nachdenken.

»Weiter«, brummte er unwillig, und fast zu flüssig redete sie weiter.

Und weiter, und immer weiter. Sie genoß es, und zu seiner wachsenden Verwunderung er ebenso. Mittagessen war vergessen, und obgleich es beinah vier war, als sie sich schließlich verabschiedete, merkte er, daß er es tatsächlich schade fand, sie gehen zu sehen.

Das war eine ganz neue Erfahrung für ihn. Er konnte sich nicht erinnern, daß er jemals etwas anderes als Freude – ach was, Entzücken – empfunden hatte, wenn ein Besucher wieder ging, selbst nach einer Stunde; und das waren jetzt fünf Stunden gewesen, mindestens.

Etwas Umwälzendes war mit ihm geschehen, dessen Auswirkungen er erst jetzt langsam anfing zu begreifen.

Und so kam es, daß Helen, als sie eine Stunde später die Tür aufschloß, ihren Liebsten nicht im Koma oder tot vorfand, wie die Spekulationen im Lehrerzimmer hätten vermuten lassen, sondern an der Schreibmaschine, auf die er in einem solchen Inspirationsrausch einhämmerte, wie sie es noch nie erlebt und kaum zu hoffen gewagt hatte. Sie hatte das dumpfe Trommeln schon beim Heraufkommen im Treppenhaus gehört, aber ihren Ohren nicht getraut. Als sie in die Wohnung trat und ihre kühnsten Hoffnungen bestätigt fand, war ihr erster Gedanke, ihn nur nicht zu unterbrechen, und so schlich sie auf Zehenspitzen ehrfurchtsvoll an der offenen Wohnzimmertür vorbei, beinah atemlos vor Erleichterung und Freude, daß er irgendwie und irgendwo die so lange und so verzweifelt gesuchte Inspiration gefunden hatte.

Was konnte sie kochen, um diese wunderbare Wendung

der Ereignisse würdig zu begehen? Alle Müdigkeit war wie weggeblasen, ihre Füße taten nicht mehr weh, während sie auf dem Linoleum in der Küche hin- und herhuschten, und Helen schwirrte der Kopf vor lauter Liebe, Stolz und exquisiten Weißweinsoßen, und wie es manchmal so geht, wußte sie, dies war ein Abend, an den sie sich zeit ihres Lebens erinnern würde.

14

Die erste dunkle Ahnung, daß hinter Martins außerordentlicher Veränderung etwas anderes steckte als spontane Inspiration, bekam Helen durch einen Anruf von Beatrice am nächsten Morgen. Wie es *die Andere* und die entsprechende Ehefrau meistens tun, so waren auch Helen und Beatrice mit dem stillschweigenden Entschluß angetreten, sich bei allen Gelegenheiten zu ignorieren. Auf den ersten Blick mag dies das bei weitem würdigste wie auch rundum am wenigsten schmerzliche Verfahren sein; im konkreten Fall erweist es sich fast immer als traurig unpraktikabel. Früher oder später wird das sich befehdende Paar zur Kommunikation gezwungen, und wenn nur, um sich über das Wo eines Winterpullis des Geliebten zu verständigen, oder bei dem Versuch, die Verantwortung für das Wohin seines eins achtzig hohen Aktenschranks zwischen den Nippes im Wohnzimmer abzuwimmeln. Meist kann man über diese Dinge telefonisch debattieren, eisig und unter angemessener Berücksichtigung des derzeitigen Standes der Feindseligkeiten; aber früher oder später kommt der Zeitpunkt, wo eine direkte Konfrontation sich nicht vermeiden läßt und die beiden zu einem Treffen gezwungen sind. Dieses erste Treffen wird gewöhnlich mit der erklärten Absicht angegangen, sich zu streiten; doch allzu leicht gleitet diese ursprüngliche Absicht fast unmerklich ab in gegenseitige Beileidsbezeugungen über die inzwischen offenbar gewordenen Unzulänglichkeiten des gemeinsam beanspruchten Partners, und es kann zu einem gezwungenen Verhältnis kommen, das unmöglich einzuordnen ist.

Freundschaft kann man es nicht nennen, wenn die Beteiligten so eindeutig Gegner sind und der einzige Grund für ihre Kontakte dem Leid zuzuschreiben ist, das sie einander zufügen und weiter zufügen werden.

Dennoch ist etwas zwischen ihnen entstanden, wider alle gegenteiligen Erwartungen – ja Vorsätze – und es kommt der Punkt, wo es beiden Parteien dämmert, wenn auch jenseits der Bewußtseinsschwelle, daß sie ohne einander verloren wären. Ihre lange wechselseitige Feindschaft scheint allmählich der einzige Fels in der wütenden See des Wandels, die über beider Köpfe hinwegspült. »Immerhin haßt sie mich noch«, so können sie sich sagen, »also mache ich ja wohl irgend etwas richtig.«

So war es nicht sonderlich überraschend, daß Beatrice sich in ihrer Empörung und Verwirrung heute morgen an Helen wandte, um sich ihr anzuvertrauen, um einen Streit mit ihr anzufangen, oder irgend etwas in der Art. Natürlich tat sie – um des lieben Anstands willen – als sei sie überrascht und entgeistert, daß Helen und nicht Martin am Telefon war; aber was hatte sie eigentlich erwartet um diese Tageszeit? Schließlich war sie vierzehn Jahre mit Martin verheiratet gewesen, jedes Jahr mit dreihundertfünfundsechzig Morgen, und noch drei dazu für die Schaltjahre.

»Dieses verdammte Mädchen!« schäumte sie, und: »Am Apparat«, sagte Helen resigniert, bevor sie noch Zeit gehabt hatte nachzudenken und sich klarzumachen, daß die Bemerkung in der dritten Person eigentlich nicht ihr gelten konnte. »Tut mir leid – ich meine, hier ist Helen. Wollten Sie Martin sprechen? Er schläft leider noch. Er hat ziemlich lange gearbeitet gestern ...«

Das stimmte. Diese seltsame, dämonische Energie, die

ihn bei Helens Heimkehr gepackt zu haben schien, hatte den ganzen Abend und bis weit in die Nacht hinein angehalten. Stunden hatte er über der Maschine gehockt, angespannt und entschlossen wie ein Athlet an der Startlinie, und mit zwei Fingern auf die Tasten eingedroschen wie ein Besessener, hatte nur gelegentlich innegehalten, um hastig ein paar Notizen zu machen, riesige, dramatische Krakel mit dickem Filzstift, die sich wie schwarze Blitze quer übers Papier zogen. Dann flogen seine Finger wieder über die Tasten, als müsse er mit dem Geräusch gegen eine unsichtbare Uhr in seinem Kopf anklappern, bis auch Helen langsam der Atem verging, als sei sie den ganzen Abend bergauf gelaufen. Sie hatte schon gedacht, er würde sich nicht einmal Zeit nehmen für ihr so liebevoll zubereitetes Abendessen und war hin- und hergerissen zwischen der Enttäuschung, all die Mühe umsonst auf sich genommen zu haben, und der Freude, daß seine Inspiration ihn so völlig vereinnahmte. Schließlich genehmigte er sich eine Unterbrechung, lange genug, um die Mahlzeit einzunehmen, wenngleich er seine Papiere mit an den Tisch brachte und während des Essens kaum sprach.

Helen fühlte sich dadurch nicht beleidigt, sie fand es wunderbar. An der Art und Weise, wie er alles in sich hineinschaufelte, merkte sie, daß er das Essen doch irgendwie genoß. So leistete es sozusagen einen Beitrag zu seinem Schaffensrausch, und Helen war stolz und glücklich darüber.

Mitternacht. Ein Uhr. Zwei. Schließlich war sie ohne ihn zu Bett gegangen und beim andauernden Geräusch der Schreibmaschine, das triumphierend bis in die frühen Morgenstunden weiterging, eingeschlafen.

»Soll ich ihm etwas ausrichten?« fragte sie Beatrice, nahm den Hörer in die Linke und griff mit der Rechten nach Papier und Stift. »Ich würde ihn lieber nicht wecken, wenn es Ihnen nichts ausmacht, wissen Sie, es ist nämlich so ...«

»Ausrichten! Ja, allerdings können Sie das!« und Helen saß mit bereitgehaltenem Stift. »Sie können ihm von mir ausrichten, daß er seine gemeinen, widerlichen Anspielungen gegen mich gefälligst selber vorbringen und nicht dieses hinterlistige, falsche, lügnerische kleine Ekel schicken soll, um die Dreckarbeit für ihn zu machen! Von der habe ich die Nase voll, das können Sie ihm sagen! Das war jetzt das zweite Mal! Wenn sie noch einmal hierherkommt, dann kriegt sie einen Eimer kaltes Wasser über den Kopf, sagen Sie ihm das! Und es ist mir ernst! Der Eimer steht schon hier hinter der Tür ...!«

Helen schwirrte der Kopf. »Hören Sie, Beatrice, es tut mir leid; es tut mir leid, daß Sie so aufgebracht sind, aber ich weiß nicht, was Sie eigentlich meinen. Was für ein Mädchen ...?«

»Wie soll ich das wissen? Ich weiß über seine Mädchen nicht mehr Bescheid, wieso auch, das ist jetzt *ihr* Problem, Gott sei Dank, nicht mehr meins! Aber wenn es so weit geht, daß er sie mir hierher schickt, um abscheuliche Verleumdungen loszulassen, absolut ungerechtfertigte, an denen kein wahres Wort daran ist ...! ›Eine Parasitenperson‹ hat sie mich genannt, hat man Worte! Ein *Parasit. Ich.* Und dabei kriege ich diese verdammten Unterhaltszahlungen noch nicht mal, Monate kann das noch dauern, sagt mein Anwalt! Parasit, also wirklich! Wie fänden Sie denn das, wenn plötzlich so ein falsches, unflätiges Biest, kaum aus den Windeln, in Ihrem Zimmer stände und Ihnen solche Sachen an den Kopf werfen würde?«

»Nicht gut«, war Helens vernünftige Antwort. »Ich wäre ziemlich ärgerlich. Ich würde fragen, was das heißen soll – worauf das alles hinaus soll. Hören Sie, Beatrice, sie muß doch irgend etwas gesagt haben ... Haben Sie nicht mal ihren Namen ...?«

»Ach, ihr Name! Und wozu soll der gut sein, möchte ich wissen, wenn ich noch nie im Leben von ihr gehört habe? Ruth nannte sie sich. Ruth irgendwas Blödsinniges, Leadswinger oder so, falls Ihnen das was sagt, mir jedenfalls nicht ...!«

In Helens Gedächtnis klickte es, und alles fiel plötzlich an seinen Platz. Das Ledbetter-Interview. Ruth Ledbetter, das Mädchen, das Martin nach einem Selbstmordversuch im Krankenhaus interviewt hatte. *Das* also war sie, die da so mysteriös mitten in der Nacht aufgekreuzt und ihr auf ebenso mysteriöse Weise bekannt vorgekommen war. Ihre Art zu reden, das war das Vertraute gewesen, nicht ihre Person; alle diese Slang-Abkürzungen und Wegwerfamerikanismen, die sich so mühselig hatten entziffern und übertragen lassen.

Da hatte sie also auch Beatrice besucht, noch dazu uneingeladen? Was hatte sie vor? Was sollte das alles?

»Hören Sie, Beatrice«, sagte sie, doch plötzlich war die Leitung unterbrochen. Aufgelegt – oder nur ein Versehen?

Hastig wählte Helen die einst verbotene Nummer – es kam ihr immer noch seltsam und ziemlich ungehörig vor, wie mittels unter Wasserdampf einen Brief zu öffnen – aber es hatte keinen Zweck, sie hörte nur das Besetztzeichen.

Vielleicht rief Beatrice sie wieder an? Besser abwarten.

Vielleicht wartete Beatrice auch ab? So konnten sie ewig weitermachen. Helen zuckte die Achseln, sah, daß es inzwischen nach acht war und eilte zurück in die Küche. Wenn Martin nicht aufwachte, bevor sie ging – und es sah ganz so aus – dann hatte sie noch eine Chance, schön früh in die Schule zu kommen, wie gestern. Und genau wie gestern – fiel ihr plötzlich ein – hatte sie wieder eine neue amüsante Anekdote zu erzählen.

Der wütende Anruf der Ex-Frau. Die Identität der rätselhaften mitternächtlichen Besucherin. Sie würden begeistert sein.

Das waren sie in der Tat, und natürlich ahnte keiner von ihnen – am wenigsten Helen – wieviel diese lustigen kleinen Geschichten einmal kosten würden, und wen.

15

D*ie Rolle der Parasitenperson in der Ätiologie der endogenen Depression* war sein vorläufiger Titel. Er war ihm gestern während des beispiellosen Anfalls rasender Kreativität eingefallen und sah heute morgen zu seiner ungeheuren Erleichterung immer noch gut aus.

Das war nicht immer so, wie er wohl wußte. Selbst früher, als seine kreativen Fähigkeiten auf dem Zenit zu sein schienen, selbst da war manchmal eine Idee, die zu mitternächtlicher Stunde noch von weltbewegender Brillanz war, im harten Morgenlicht zusammengeschrumpft auf ein bloßes Wirrwarr anmaßender Platitüden, die weder Hand noch Fuß hatten. Gleich beim Aufwachen war ihm das wieder eingefallen, und der kalte Schweiß war ihm ausgebrochen vor lauter Angst, es könne jetzt wieder so sein, und all diese den ganzen Abend und die halbe Nacht hindurch im Feuereifer der Inspiration heruntergeschriebenen Seiten könnten sich wieder nur als schlafwirre Illusion entpuppen, bei Tageslicht betrachtet höchstens gut für den Papierkorb. So groß war seine Furcht gewesen, daß er mindestens eine Stunde mit geschlossenen Augen im Bett liegenblieb und sich vorstellte, er schlafe noch, er träume noch, er sei plötzlich an einem Herzanfall gestorben – alles, um nur den Augenblick der unerträglichen Desillusionierung hinauszuzögern, die – ja oder nein? – in diesem Stapel unkorrigierter, ungeprüfter Manuskriptseiten auf seinem Schreibtisch lauerte.

Den Wecker hatte er durchaus gehört, auch die sanfte Bewegung gefühlt, als Helen, bemüht ihn nicht zu wekken, aufstand; er hatte gemerkt, wie sie leise und überlegt in der Wohnung hin- und herdriftete, während sie sich zur Arbeit fertigmachte; und schließlich hörte er dann – worauf er die ganze Zeit gewartet hatte – endlich das vorsichtige Schließen der Wohnungstür, das hieß, sie war wirklich fort.

Und erst jetzt, allein mit seinem Schicksal, fühlte er sich in der Lage aufzustehen und sich auf die schreckliche Entdeckungsreise ins Wohnzimmer zu machen.

Es hatte Hand und Fuß! Es hatte wirklich Hand und Fuß! Schon der allererste kurze Blick auf die nächtlichen Ergüsse zeigte ihm, daß seine kreative Erregung doch nicht getrogen hatte. Er war da wirklich auf etwas gestoßen, das konnte man sagen; etwas Neues und Aufregendes und total Kontroverses, genau wie er es sich immer erträumt hatte. Und der Titel war perfekt in seiner angemessen gelehrten Formulierung, die doch weit über das trocken Akademische hinaus Neugier weckte. Er mußte dem gewöhnlichen Leser – ja selbst dem allergewöhnlichsten – doch zumindest vorübergehend aufregend und interessant erscheinen.

Parasitenperson. Das Wort hatte Ruth geprägt, allerdings war nicht sie der Meinung gewesen, es gebe einen guten Titel ab. Irgendwie, so hatte sie nachdenklich erklärt, packe er einen nicht so. Es sei denn, man wisse, was Parasiten seien.

»Also, jetzt denken Sie doch auch mal an den armen Teufel, der den Buchumschlag entwerfen soll«, drängte sie. »Und an die Werbung und so, für den Film, das darf man nicht vergessen. Nicht besonders fotogen, so ein Parasit, oder? Jedenfalls wenn man erstmal echt drüber nachdenkt; ich meine, wie viele Beine der hat und so was. Oder ob er Facettenaugen hat, Tentakeln, was weiß ich. Oder Bifokalgläser und einen gestärkten Kragen. Verstehen Sie, was ich meine?«

Martin verstand. Und es erregte ihn bis ins Mark. Buchumschläge! Film-Versionen! Dieses Mädchen dachte Gedanken für ihn, die er selbst seit Jahren nicht gewagt hatte zu denken! Sie bewegte sich zwischen seinen geheimsten Ambitionen, als sei das ihre natürliche Umgebung, und gab ihnen damit so etwas wie Substanz, einen legitimen Platz auf der Landkarte der Zukunft. Es war herrlich. Es war mit nichts vergleichbar, was er je erlebt hatte, und er merkte, wie er von jedem ihrer Worte gefesselt war.

»Wie wär's mit *Anonyme Vampire*?« schlug sie vor, als sie nach verpaßtem Mittagessen ihr neues Vorhaben mit Wodka begossen. »Einen Vampir kann jeder malen. Wissen Sie. Fangzähne, von denen das Blut trieft, so was in der Richtung.«

Stimmte es wirklich, daß ›jeder‹ einen Vampir malen konnte? Martin war ziemlich sicher, daß er es nicht konnte, er hätte nicht die geringste Ahnung, wie er überhaupt anfangen sollte. Hatten die Biester Flügel, und wenn ja, sahen die dann so ähnlich aus wie bei Fledermäusen? Und wie legten sie die Flügel zusammen, gerade an den Seiten, so daß die Arme bedeckt waren, oder gekreuzt, quer über den Rücken wie bei einem Mauersegler oder einer Hausschwalbe?

Wie auch immer, warum sollte man den Altersgraben noch vertiefen, indem man derartige Wissenslücken zugab, also grunzte er nur so etwas wie eine neutrale Ermutigung.

»Anonyme Vampire, von Martin Lockwood«, deklamierte Ruth fröhlich und trank ihren Wodka aus. »Wie klingt das?«

Es klang wirklich gut, aber nicht im mindesten nach der Doktorarbeit eines geachteten Dozenten der Sozialpsychologie. Auf gar keinen Fall würde Dr. Frost solch einen Titel akzeptieren, egal wie unanfechtbar das Material auch wäre, das darunter zusammengefaßt war.

Und natürlich würde das Material *nicht* unanfechtbar sein. Das war der ganze Sinn der Sache. Erst als Ruth sich kurz vor vier auf den Weg gemacht hatte und Martin endlich allein mit seinen Gedanken war, wurde ihm so recht das Ausmaß dessen klar, was geschehen war; daß in greifbarer Nähe hier endlich die neue und revolutionäre Hypothese lag, nach der er so verzweifelt gesucht hatte. Vampire oder Parasiten – wen kümmerte das schon? Die Idee war es, die zählte; die überraschende – und doch ganz sicher originelle? – Idee, daß Depression keine Krankheit ist, sondern ein Verbrechen. Ein Verbrechen, das ein Mensch aus Motiven persönlicher Bereicherung an einem anderen begeht. Wie Einbruch. Es war tatsächlich Einbruch, auf psychosomatischer Ebene. Es war Diebstahl, die Inbesitznahme der Energie und Lebensfreude eines Menschen, welche der Dieb zum eigenen Gebrauch beiseite schafft, wobei er das Opfer als leere Hülle zurückläßt, als Schatten seiner selbst, ohne Freude, ohne Lebensmut und unfähig, weiterhin erfolgreich seiner Arbeit oder seinem Sozialleben nachzukommen.

»Zeigen Sie mir einen Depressiven«, hatte Ruth irgendwann im Laufe ihres langen, außerordentlichen Nachmittags gesagt, »und ich zeige Ihnen eine Parasitenperson. Eine fröhliche, lebendige, extrovertierte Type, der Anteilnahme und Nettigkeit aus den Ohren wachsen, und die erstaunlich viel Zeit und Mühe darauf verwendet, ihr armseliges Opfer ›aufzumöbeln‹.

Wunderbare, wunderbare Menschen, werden alle sagen, so freundlich, so geduldig, überschlagen sich fast, nur um dem undankbaren Depressiven zu helfen, ziehen alle Register – Fürsorge, Mitleid, die ganze Chose. Und währenddessen mästen sie sich an dem Glück und der Hoffnung, die sie heimlich, still und leise ihrem Opfer aussaugen. Man kann richtig zusehen, wie sie immer beliebter werden, immer erfolgreicher, immer bewunderter, indem sie die Lebensfreude und Energie und die Begeisterungsfähigkeit ihres Opfers anzapfen und sich selbst einverleiben. Wie man jemandem von weiter flußaufwärts das Wasser abgraben kann; und wenn's dem nicht einfällt, mal hinzugehn und nachzusehn, glaubt er bloß, der Fluß sei ausgetrocknet.

Und genau das glauben dann auch die meisten«, war Ruth fortgefahren. »Sie glauben, sie seien ausgetrocknet, weil ihre Mütter sie nicht gestillt haben, oder weil sie schuld am Vietnamkrieg sind, oder weil sie keine entrahmte Milch oder keinen entkoffeinierten Grapefruitsaft trinken oder irgend so 'n Gesundheitsquatsch. Und wenn das nichts bringt, rennen sie zum Arzt, der sie dann zum Psychoklempner überweist, von dem sie ein paar Tabletten mitkriegen, plus jede Menge neuer Gründe, die auch schuld sein könnten.

Und dabei sollten sie sich von Anfang an überhaupt nicht an die Mediziner wenden, sondern an die Polizei. 999 sollten sie wählen. Oder so was. Das macht man schließlich, wenn man merkt, daß man beraubt worden ist...«

Es war faszinierend. Martin versuchte sich die Reaktion eines Polizisten auf einen derartigen Anruf vorzustellen, oder die des Mädchens am anderen Ende von 999. Er hatte inzwischen sein Notizbuch herausgeholt und schrieb die besten Sätze auf, wobei er sich mit einer seltsamen, wachsenden Erregung fragte, was um alles in der Welt er damit machen würde.

Denn es war ganz offensichtlich alles Unsinn. Dem Wissenschaftler in ihm wurde mit jedem Absatz unwohler, und doch fiel ihm aus irgendeinem Grund kein vernünftiges Argument ein, um das Ganze auf der Stelle abzuschmettern. Quantitativ konnte man natürlich nichts festmachen, um eine derartige Theorie zu beweisen oder zu widerlegen, aber das war ja oft so, es brachte einen nicht weiter. Eigentlich war es die generelle Unglaubwürdigkeit der Sache, die sie zum Scheitern verurteilte, zusammen mit der Unmöglichkeit, sie zu testen. Wie konnte man ein Experiment anordnen? Woher sollte man seine Kontrollgruppen nehmen? Wie seine Parasitenperson so definieren, daß gewöhnliche gutgläubige Helfer und Sympathisanten ausgeschlossen wurden?

»Es gibt keine gutgläubigen Helfer und Sympathisanten«, widersprach Ruth starrköpfig. »Wer freiwillig bei einem Depressiven bleibt, tut das aus Eigennutz. Obwohl er natürlich bis zu einem gewissen Grade auch etwas geben muß, wie ein Bauer seine Kühe füttern muß, wenn er die Milch haben will und das feine leckere Fleisch, richtig?

Es ist ein Schwindlertrick, wissen Sie, Mitgefühl und Geduld austeilen wie Schweinefraß in den Trog. Und das Schwein kommt angerannt, quiekend vor Freude und Dankbarkeit, aber nur, weil es noch nie was von Schinken gehört hat...«

Gute Zitate dabei, unzweifelhaft. Martin schrieb jetzt alles wörtlich mit, und er genoß es ausgiebig.

Aber trotz allem, es ging nicht. Keine Chance.

»Das Dumme ist«, sagte er, »so faszinierend das alles theoretisch auch sein mag, Sie haben nicht die geringsten Beweise, daß solche Dinge wirklich passieren. Und ich wüßte auch nicht, wie Sie welche kriegen könnten. Gut, vielleicht können Sie ja aufzeigen, daß viele Depressive – die meisten, wenn Sie wollen – tatsächlich einen Menschen um sich haben, der gern schützend auftritt, sie aufmuntert und so fort. Der sogar alles mögliche dafür auf sich nimmt wie bei diesen Timberleys – das haben Sie ja gelesen, oder?« Er deutete auf den Stapel fertiger Interviews, die Ruth auf seine Anregung durchgeblättert hatte.

Sie sah hoch, plötzlich hellwach, ihr ganzer Körper angespannt und aufmerksam, wie ein Jagdhund, der eben Witterung aufgenommen hat.

»Die Timberleys! Da haben wir's! Ein archetypisches Beispiel für genau das, was ich die ganze Zeit sage! Hier haben wir den gierigen, hungrigen, mitfühlenden Alten, der von seiner bewegungsunfähigen Frau lebt wie ein Bandwurm von seinem Wirt! Wie fröhlich er war, Ihrem Interview nach, wie optimistisch angesichts dieser schrecklichen Situation! Welch wunderbarer Ehemann, sagen die Nachbarn bestimmt. Fragen sie sich nicht, wie er das aufrechterhalten kann? Woher das alles kommt, die ganze Kraft, sein gräßliches Leben zu genießen? Sie kommt von *ihr* natürlich. Lesen Sie das Interview noch mal, und Sie werden sehen, daß es *ihre* Energie ist, *ihre* Fröhlichkeit, von der er lebt, indem er sich in sie bohrt wie eine Made in ein Stück vergammeltes Fleisch. Und alle sehen zu und sagen, was er für ein Engel ist!

Also, *das* wäre doch ein Testfall, Prof, wenn Sie denn Tests wollen. Hören Sie: wie wär's, wenn ich dafür sorge, daß Mr. T., der Bandwurm, für ein paar Tage aus dem Haus kommt, und was wäre, wenn dann am Ende Mrs. T. wieder auf den Beinen ist, mit den Nachbarn schwatzt, putzt, zum Bingo geht, so was? Würde *das* als Beweis zählen? Ja? Ja?«

Wider besseres Wissen war Martin beeindruckt.

»*Wenn* so etwas passierte, dann könnte man in der Tat – aber hören Sie, Ruth; es hat keinen Zweck, wirklich nicht. Ein Einzelfall kann nicht als Beweis für irgend etwas herangezogen werden, so bemerkenswert er für sich auch sein mag. Man brauchte schon eine ganze Reihe solcher Fälle, das Ganze müßte sorgfältig vorbereitet sein, mit richtigen Kontrollen. Andernfalls – also gut, vielleicht kriegt man die seltene Fallgeschichte, die erstaunlich genug ist, den Laien zu beeindrucken, aber wenn die Zahlen nicht hoch genug sind, um statistisch signifikant zu sein ...«

»Wie viele?« fragte sie mit scharfer Stimme wie eine knickrige Hausfrau am Marktstand. »Von vierundsechzig Objekten, die wir interviewen müssen, wie viele müßten sich drastisch erholen, nachdem ihre Parasitenperson weg ist, damit es als ›statistisch signifikant‹ gilt?«

Martin zögerte. Statistiken waren etwas Trickreiches, da hing viel vom entsprechenden Redakteur ab, und davon, wie stark die Front derer war, die sich grundsätzlich gegen alles stemmen, was man zu beweisen versucht.

»Sechs?« schlug Ruth angespannt vor. »Acht?«

Martin wollte sich noch immer nicht festlegen. Sicher, sechs oder acht Fallgeschichten von derart unmittelbaren Heilungen, wie Ruth sie sich vorstellte, würden einigen

Eindruck machen: Wenn nicht in akademischen Kreisen, dann sicher in der allgemeinen Presse, wenn man denen erst einmal klargemacht hatte, worum es ging. Es war die Art von Hypothese, auf die sie fliegen würden. Fast jeder hat einen paranoiden Zug, nicht zuletzt der Depressive, und der Gedanke, daß ihre Schwierigkeiten allesamt Schuld eines anderen waren und ihre Nächsten und Liebsten sich buchstäblich an ihnen mästeten, konnte der große Spleen des Jahrzehnts werden.

Aber die Plausibilität. Irgendeine Art von Erklärung mußte wenigstens kurz umreißen, wie diese Transaktion überhaupt vor sich gehen konnte. Daß die Energien des einen von einem anderen physisch entwendet wurden – das klang alles zu phantastisch für Worte, selbst bei den heutigen liberalen Maßstäben der Gelehrtenwelt. Energien ›anzapfen‹; Glück ›ableiten‹ als sei es Gas oder Elektrizität, und es in die eigenen Leitungen speisen... Das gehörte ins Reich der Science Fiction. Das war in sich zu unwahrscheinlich, um eine ernsthafte Untersuchung zu rechtfertigen.

Es ist nicht fair, dachte er plötzlich wie ein Kind, das kein Eis kriegen soll. In der Astronomie durfte – ja, sollte man sogar – Dingen nachgehen, die in sich noch viel unwahrscheinlicher waren als alles, was Ruth da zusammengeträumt hatte. Sonnenwind, galaktisches Rauschen, Schwarze Löcher, das sich ausdehnende Universum, rote Riesen, weiße Zwerge, Supernovae – von den Astronomen verlangte keiner je eine Erklärung, warum das Universum so und nicht anders sein sollte. ›Es ist eben so‹, würde dann die selbstgefällige Antwort lauten, ›und ihr könnt euch glücklich schätzen, daß ihr uns habt, die wir euch das sagen.‹

Und erst die Atomphysiker: Die brauchten nur über ein Teilchen zu stolpern, das sich nicht an die bekannten Gesetze der Physik hielt, und schon änderten sie dementsprechend die bekannten Gesetze der Physik, als ob sie kein Wässerchen trüben könnten.

Warum konnte es in den Sozialwissenschaften nicht ebenso sein? Es war höchst ungerecht, aber was konnte man machen? Man mußte seine gewählte Disziplin nehmen, wie sie war, und sich an die Spielregeln halten. Es sei denn, man wurde einer der Giganten wie Freud und erfand ein neues Spiel, das sich durchsetzte, weil es mehr Spaß machte, und danach durfte man als der Erfinder die Regeln im Verlauf des Spiels bestimmen. Martin wurde schon bei dem bloßen Gedanken daran der Mund wäßrig.

Laut faßte er seine Überlegungen für Ruth zusammen, soweit sie sich auf ihr Projekt bezogen.

»Und sehen Sie«, so schloß er, »selbst wenn wir eine ganze Reihe von Fallgeschichten zusammenbringen, die Ihren Punkt illustrieren, würde uns das zu nichts führen, es sei denn, wir könnten eine plausible Erklärung liefern, wie es tatsächlich physisch vor sich geht. Ohne das werden sie natürlich ...«

»Ich habe doch schon gesagt. Gesundbeten«, unterbrach Ruth ungeduldig. »Gesundbeten ins Gegenteil verkehrt. Ich verstehe nicht, weshalb Sie so erstaunt sind; es ist lediglich der kriminelle statt der wohltätige Gebrauch eines eingeführten Mechanismus. Es passiert ständig. So wie eine Registrierkasse eingerichtet ist, den Leuten genau das passende Wechselgeld herauszugeben, aber wenn man weiß, wie es geht, kann man sie ebenso leicht zum Betrügen benutzen. Ich weiß es. Ich hab's schon gemacht. Warum halten Sie dasselbe im Bereich der Psychologie für so unmöglich? Was ist daran so unwahrscheinlich? Die Menschen sind so.«

Martin schwirrte der Kopf. Er wußte nicht mehr, woran er glaubte. Einen Moment hatte er das Gefühl, er mache die Versuchung in der Wüste durch; doch dann plötzlich war es keine Wüste mehr, sondern ein fruchtbares, jungfräuliches Land, in dem überall Ideen von nie dagewesener Brillanz sich entwickelten und frischgeprägte Fakten in einem summenden blühenden Durcheinander hervorschossen wie Drachenzähne.

Kapitel 16

»Sein Schreien und sein Klagen sind ihr Nahrung,
Und sie wird jung, da er vergeht.«

Es war verblüffend, wie jetzt, da er genau wußte, was er zu beweisen versuchte, alles ringsum wie durch Magie sich einzufügen schien. Relevante und unterstützende Ideen flogen ihm aus allen erdenklichen Richtungen nur so zu, allesamt auf wunderbare Weise formgerecht, um in das ganze weitläufige und aufregende Gebilde eingepaßt zu werden, welches in seinem Kopf langsam Gestalt annahm.

Dieses Zitat von Blake zum Beispiel. Er hatte Blake seit Jahren nicht gelesen, seit der Schulzeit nicht, und er hätte schwören können, daß jede Zeile von dem gräßlichen Zeug nach den Prüfungen augenblicklich und völlig aus seinem Gedächtnis gelöscht war, wie nach einem Fieberanfall.

Aber seltsamerweise waren, offenbar ganz unbewußt und aus damals unvorstellbaren Gründen, diese beiden Zeilen in seinem Gedächtnis gespeichert worden, um fünfundzwanzig Jahre später, in dem großen Augenblick, da sein Genius plötzlich erblühte, aufs Stichwort herauszukommen. Wenn er sie als Kapitelüberschrift benutzte – und wie hervorragend sie doch paßten! – dann mußte er herausfinden, aus welchem Gedicht sie stammten, und eine ordentliche Quellenangabe machen. Oder Helen darum bitten. Sie machte so etwas richtig gern, kannte das Gedicht wahrscheinlich sowieso auswendig. Wenn es nicht gerade zu diesen grauenhaften Visionen gehörte,

Hunderte von Seiten lang und kaum verständlicher als Punk-Rock-Lyrik.

Natürlich, Blake war manisch depressiv gewesen. Interessante Tatsache. Vielleicht ließ sich damit etwas anfangen? Dazu müßte man die Parasitenperson in Blakes Leben lokalisieren und so etwas wie eine Korrelation herstellen zwischen den depressiven Phasen und der Anwesenheit dieser Person in seiner unmittelbaren Nähe.

Die Ehefrau kam am ehesten in Frage. Mrs. Blake hatte wohl zu jenen toleranten, unterstützenden Menschen gehört, wenn man nur an die Anekdote dachte, als die beiden splitternackt in einem Gartenhaus Adam und Eva spielten – er wußte noch genau, wie die gesamte fünfte Klasse gejohlt hatte – und wenn sie als Frau in der damaligen Zeit so ein gewagtes Unternehmen mitmachte, in Anbetracht der Dienstboten und Nachbarn und so weiter, dann mußte sie in der Tat schon sehr unterstützend gewesen sein. Genau der richtige Typ für eine Parasitenperson. Waren Blakes Depressionen wirklich schlimmer, wenn sie in der Nähe war, wurden sie besser, sobald sie fort war, weil sie verreiste oder ein Kind bekam oder was immer? Wenn man auch nur einen irgendwie gearteten statistischen Zusammenhang herausarbeiten konnte, etwa aus Briefen, Tagebüchern und ähnlichem... Die Idee bewegte ihn gewaltig, bis ihm einfiel, daß er dazu schrecklich viel würde lesen müssen – all diese dicken fetten Biographien, es war einfach zu entmutigend. Natürlich konnte Helen für ihn lesen, das tat sie oft, wenn er sich mit irgend so einem scheußlich umfangreichen Wälzer nicht befassen mochte, und – das mußte er ihr lassen, sie verstand es meisterhaft, das Wesentliche aus so einer Schwarte herauszuziehen und es ihm auf zwei ordentlich getippten Blättern zu servieren.

Doch um dieses unschätzbare Talent einsetzen zu können, mußte sie natürlich genau wissen, worauf es Martin ankam, und aus irgendeinem Grunde, den er lieber nicht analysierte, zog er es vor, Helen nicht wissen zu lassen, was gerade in seinem Kopf vorging. Daß etwas in den letzten zwei, drei Tagen ihn plötzlich gepackt hatte, konnte ihr nicht entgangen sein, wenn man an seine langen, leidenschaftlichen Sitzungen an der Schreibmaschine dachte, an seine versunkene Geistesabwesenheit bei den Mahlzeiten, oder wie er es bis spät in die Nacht hinauszögerte, seine Arbeit liegenzulassen und ins Bett zu kommen.

Sie mußte die Veränderung bemerkt haben; sie mußte genaugenommen vor Neugier vergehen, aber sie war ja ein liebes Mädchen und fragte nicht. Jede andere Frau, so dachte er dankbar, hätte inzwischen zumindest schon die Fühler ausgestreckt. »Wie läuft es denn, Liebling?« »Kommst du nun doch voran?« – so nach dem Muster.

Sie war ein wunderbares Mädchen, wirklich; wunderbar, wie sie einem half, und wunderbar, wie sie einen zufriedenließ. Eine seltene Mischung.

Also beschloß er, in Anbetracht der Umstände, Blake für den Augenblick Blake sein zu lassen. Außerdem konnte man sowieso nicht wissen, wohin so ein Projekt führen mochte. Wenn Blake, warum dann nicht auch Tolstoi? Oder Meredith? Oder Tennyson? Depressive Genies gab es im neunzehnten Jahrhundert wie Sand am Meer, und die meisten hatten aufopferungsvolle, stützende Ehefrauen, die durchaus Parasitenpersonen sein konnten. Die meisten hatten auch noch so verdammt lange gelebt, und selbst die, bei denen es gnädigerweise nicht so war, wie Keats oder Schubert, ließen einen kaum einmal Luft holen, denn das führte nur dazu, daß der Biograph sich ein Fest aus den paar zur Verfügung stehenden Jahren machte und so immer noch neunhundert Seiten durchzuackern blieben.

Also war dieser Forschungsansatz schon mal ausgeschlossen, zumindest bis Helen in das Projekt eingeweiht war. Aber egal. Andere Ideen, sogar bessere und brillantere, sprudelten bereits in seinem Kopf, daß er sie gar nicht so schnell zu Papier bringen konnte.

Es war, als sei er wieder jung. Er hatte vergessen, daß es sich so anfühlen konnte, sein Hirn so leicht, so flink, so exakt in seinen Schädel eingepaßt, daß er kein Gewicht spürte, keinen Druck irgendwo, keine Leere, keine Lücken, keine dunklen oder wirren Punkte. Sein Geist huschte hin und her wie eine Eidechse in der Mittagssonne, schnappte nach allem, verschmähte nichts, vertraute voll auf eine gewaltige, synthetisierende Kraft im Innern, die allem Sinn gab und Entsprechungen in diesem buntgewürfelten Material feststellte, wo man solche nie bemerkt hatte.

»Wunderheilen und die Evolution des Menschen«, schrieb er und unterstrich es in seiner Erregung dreifach schwarz mit Tinte. Ruth hatte nämlich ganz recht: Gesundbeten war tatsächlich in den letzten Jahren zu Ansehen gelangt. Er hatte gestern den ganzen Nachmittag in der medizinischen Referenzbibliothek zugebracht und immerhin ein Dutzend Artikel über das Thema in durchaus seriösen Fachzeitschriften zutage gefördert; und wenn sich auch nicht alle auf die Seite der Magier schlugen, so waren es doch alles ernsthafte Untersuchungen von ernsthaften und anerkannten Autoren mit einem ganzen Rattenschwanz von vertraueneinflößenden Titeln. Die Alternativmedizin war offenbar rasant auf dem Vormarsch, dicht gefolgt von Martin Lockwood, der sich anschickte, sie zu überholen.

Die Einführung der natürlichen Auslese in die Debatte sollte sein großer Coup werden. Wie Ruth ganz richtig und beharrlich sagte, mußte das Gesundbeten, wenn es überhaupt funktionierte, in beide Richtungen funktionieren. Auf welche Weise es auch gehen soll, daß man einem anderen Gesundheit und Kraft einflößen kann, es muß auf dieselbe Weise möglich sein, sie ihm zu entziehen; und das Aufregende daran war, sofern man überhaupt an die natürliche Auslese glaubte, daß die letztere Fähigkeit sich inzwischen sehr viel höher entwickelt haben mußte als die erstere.

»Sehen wir es einmal so«, schrieb Martin fast unwillkürlich in seinem ersten, ungestümen Entwurf, »wenn im Säugetier Mensch diese Fähigkeit steckt, Gesundheit und Energie von einem Individuum auf ein anderes zu übertragen, dann ist völlig klar, daß der Selektionsvorteil dieser Fähigkeit nicht bei jenen Individuen liegt, die sie auf eigene Kosten zum Wohle anderer einsetzen (die Gesundbeter), sondern doch eher bei jenen, die sie zum umgekehrten Zweck einsetzen, nämlich, um ihrem Nächsten die Energie zu entziehen, und sie für sich selbst zu nutzen. Sollte man da nicht erwarten, daß im Laufe der Jahrtausende diese letzteren Individuen – diejenigen, die ihre Macht eigennützig gebrauchen – mehr Nachkommen hinterlassen haben als diejenigen, die sie selbstlos gebrauchten? Somit erscheint die Annahme plausibel, daß die Zahl erfolgreicher Wunderheiler, wie hoch sie heute auch sein mag, inzwischen weit übertroffen sein muß von der Zahl ihrer Gegenstücke, der Parasitenpersonen ...«

Die Ausarbeitung seines Gedankens füllte mehrere

Seiten, und an deren Ende hatte Martin die gesamte Evolution fest um sich geschart; keine geringe Leistung. Er hatte zu seiner eigenen Zufriedenheit nachgewiesen, daß sich durch den Prozeß der natürlichen Auslese diese Form des psychosomatischen Parasitentums in der Menschheit ausgebreitet haben mußte wie das sprichwörtliche Lauffeuer und sich immer noch weiter ausbreitete. Und indem die Zahl der Parasitenpersonen zunimmt, so muß dies *pari passu* auch die Zahl ihrer Opfer, sprich der Depressiven. Und siehe, ist es denn nicht so, daß Depressionen heutzutage tatsächlich auf dem Vormarsch sind ...?

Na bitte! Q. e. d.! Hurra, hurra, hurra!

Martin zog mit Schwung einen Strich unter diesen Teil und wäre am liebsten im Zimmer herumgetanzt. Aber noch nicht ... jetzt noch nicht. Es kamen noch mehr Ideen ... immer mehr ... und jede schien ein Loch in sein Gehirn zu brennen wie Geld in die Tasche eines Verschwenders. Er mußte sie zu Papier bringen, schnell ... schnell ...!

All diese depressiven Genies, mit deren Lebensläufen er sich im Augenblick nicht belasten mochte, Tolstoi und so weiter? Sie waren doch depressiv durch die Raubzüge ihrer Parasitenpersonen. Ja, gut, aber warum hatten sie durchweg eine solche Person in der Nähe? Antwort: Weil eine Parasitenperson sich wie jeder andere Dieb lieber ein reiches Opfer sucht als ein armes. Das entspricht nur dem gesunden Menschenverstand. Und da große Männer schon ihrer Natur nach besonders reich sind an all den Eigenschaften – Energie, Schwung und so weiter – die zu stehlen sich für eine Parasitenperson am ehesten lohnt, sind sie die Opfer, über die sie am liebsten herfallen, ebenso wie ein professioneller Einbrecher am liebsten einen mit Brillanten behängten Filmstar ins Auge faßt ...

Die ganze Sache hing unglaublich gut zusammen, besonders wenn man die Tatsache in Betracht zog, daß diese Parasiten, wie alle anderen Kriminellen nach Geschicklichkeit und Wagemut stark variierten. Einige – und die entsprachen etwa Gelegenheits- und Taschendieben – können ihren durchschnittlichen Opfern nur wenig entwenden und auch nur selten; und in solchen Fällen ist die Wirkung kaum spürbar. Am anderen Ende der Skala jedoch stehen diejenigen, die man als Spitzenparasiten bezeichnen könnte, die psychosomatischen Kriminellen, die sich von den anderen vorteilhaft abheben...

Vorteilhaft abheben... vorteilhaft abheben... Gab es da nicht ein Zitat von Adler, womit sich illustrieren ließ, was er ausdrücken wollte? Martin ging ans Bücherregal. Ja, das war es wohl: *Lebenskenntnis.* Seltsamerweise wußte er noch genau, wo auf der Seite das Zitat stand, hatte aber nicht die geringste Ahnung vom Zusammenhang, oder in welchem Kapitel es zu finden sein könnte. Er suchte aber beharrlich, blätterte hin und her, und wurde schließlich belohnt: hier war es, genau der Absatz, den er brauchte:

»... wenn ein Mitglied einer Familie sich von den anderen vorteilhaft abhebt, dann leiden die letzteren. Das ist stets der Fall, ob es sich bei dem begünstigteren Familienmitglied nun um den Vater, um eines der Kinder oder um die Mutter handelt. Für die anderen Familienmitglieder ist damit eine äußerst schwierige Situation geschaffen, und bisweilen haben sie das Gefühl, sie könnten sie nicht länger ertragen ...«

Natürlich können sie das nicht. Unter ihnen lebt ein Parasit mit derart monströsem Appetit, daß er oder sie nicht nur einen von ihnen, sondern alle bei lebendigem Leibe verschlingen kann. Eine Art Raupe in der Familie, die täglich das sechsfache ihres eigenen Gewichts an Nahrung in sich aufnimmt. Eine fast einsfünfundachtzig große Raupe, die vollständig angezogen und aufrecht gehend auf der Treppe, in der Küche, im Wohnzimmer herumpirscht...

Adler war nicht der einzige. Wenn er erst Zeit fand, sich damit zu beschäftigen, gab es garantiert jede Menge Autoritäten, deren Erkenntnisse man so interpretieren konnte, daß sie seine These auf die eine oder andere Weise stützten. Laing zum Beispiel. Denn manchmal ist auch das genaue Gegenteil von Adlers Szenario zu beobachten, und eine ganze Familie erfolgreicher Parasiten tut sich an einem einzigen Depressiven gütlich...

Alles in allem verbrachte Martin einen herrlichen Vormittag. Wie die Polizei einer königlichen Parade den Weg bahnt, so räumte sein Gehirn energisch und geschickt alle Hindernisse beiseite, die der Theorie im Wege standen, welche zuvor so unüberwindlich erschienen war. Was hatte er erst vor ein paar Tagen zu Ruth gesagt? »Eine Theorie, die man unmöglich nachprüfen kann«, hatte er sich bei ihr beklagt. »Wie sollte denn ein Experiment aussehen, mit dem man sie bestätigen oder widerlegen könnte?«

Wie dumm er erst vor so kurzem gewesen sein mußte! Heute konnte er sich, ohne lange nachzudenken, ein halbes Dutzend geniale Experimente vorstellen, von denen jedes positive Ergebnisse erzielen könnte, wenn man es richtig überwachte. Man konnte zum Beispiel unter einem plausiblen Vorwand ein paar Leistungstests mit der Parasitenperson durchführen – Gedächtnis, Kreativität, IQ und so fort. Die Ergebnisse enthüllten womöglich, daß sie genau dann auf der vollen Höhe ihrer Leistungsfähigkeit war, wenn ihr Opfer, der Depressive, seinen Tiefpunkt hatte. Eine negative Korrelation wäre da in der Tat aufregend! Eine gewisse Menge vorläufiger Daten dazu konnte man durch einfache Fragen an die Beteiligten bekommen.

Die Fragen mußten auf den ersten Blick natürlich harmlos scheinen. »Was würden Sie sagen, um welche Tageszeit Sie am meisten Energie haben und am ehesten schwierige Aufgaben meistern?« – so in der Richtung. Und wenn der ahnungslose Parasit auffällig häufig antworten sollte »Gleich morgens früh«, dann wäre man wirklich einer Sache auf der Spur! Denn ist es nicht eine gesicherte, über jeden Zweifel erhabene Tatsache, daß es Depressiven gerade um diese Tageszeit fast immer am schlechtesten geht?

Sollten die Ergebnisse dieser Vorbefragung sich als positiv erweisen – und schon erschien Martin alles andere unvorstellbar – dann konnten ergänzende Untersuchungen aller Art in Gang gesetzt werden, um bestätigende Daten zu liefern. Sein Kopf dröhnte vor Erregung und der Gewißheit des Erfolges.

Antidepressiva: das konnte ein Aspekt sein. Warum sind diese Medikamente so bekanntermaßen unzuverlässig, wirken bei einem Patienten hervorragend und versagen kläglich bei einem anderen mit offenbar identischen Symptomen? Oder selbst im Falle ein und desselben Patienten kann es durchaus vorkommen, daß er während einer depressiven Phase mit diesen Medikamenten bestens klarkommt; und einige Monate später, wenn er mit denselben Symptomen seinen Arzt aufsucht und genau das gleiche Medikament verschrieben bekommt, kann es sein, daß diesmal überhaupt keine Linderung eintritt. Wie viele Ärzte wurden nicht schon von solchen Widersprüchen verwirrt, wie viele Theorien schon umsonst vorgebracht; und jetzt kam Martin Lockwood mit einer neuen und einnehmenden Hypothese daher, die alles erklärte!

Die Parasitenperson natürlich! Im gleichen Tempo wie das Antidepressivum dem Patienten neue Energie zuführt, verschlingt sie der angeschlossene Parasit, der psychische Bandwurm; er saugt sie so rasch ab, wie sie sich entwikkelt, und läßt sein Opfer genauso schlaff und lustlos zurück wie zuvor. Es mußte sofort eine Studie angestellt werden, um zu zeigen, daß diese Medikamente nur zuverlässig wirken, wenn der Patient frei von seiner Parasitenperson ist; wenn letztere krank oder in Ferien ist oder aus einem anderen Grund vorübergehend abwesend. Es sollte nicht allzu schwierig sein, eine solche Verbindung nachzuweisen, wenn man erst wußte, wonach man suchte. Die Übereinstimmung mußte natürlich nicht hundertprozentig sein, das gibt es nie; eigentlich war eine solche Zahl an sich schon verdächtig. Es mußte lediglich eine Korrelation deutlich über der Zufallserwartung sein...

Martin hatte einen trockenen Mund und sein Herz klopfte; das Hurra-Gefühl, von dem er geglaubt hatte, er würde es nie mehr spüren. Daß die Untersuchungen, die er da vorhatte, vielleicht negative oder auch nur nicht signifikante Ergebnisse bringen könnten, kam ihm kaum in den Sinn, so absorbiert war er jetzt davon, den Aufbau seiner Studie zu entwerfen. Es war klar, daß es dazu einiger drastischer Änderungen in dem derzeit benutzten Fragebogen bedurfte, einschließlich wesentlicher Ergänzungen; außerdem bedeutete es, daß bei den vierundsechzig Interviews nicht nur eine Person befragt werden mußte, sondern jeweils zwei. In jedem Fall mußte nicht nur der Depressive selbst, sondern die in Frage kommende Parasitenperson einem Tiefeninterview unterzogen werden; und dazu kamen dann noch Rückfragen bei den vierzehn bereits Interviewten. Statt der ursprünglichen vierundsechzig, bedeutete das eine Gesamtzahl von einhundertachtundzwanzig Interviews, genau das Doppelte der ursprünglichen Arbeitsbelastung.

Einen Augenblick geriet er in Panik. Er war sowieso schon im Rückstand mit den Interviews, und nun die Vorstellung, sie auch noch zu verdoppeln ...!

Die Panik ging vorbei, fast noch bevor sie so recht zum Ausbruch gekommen war.

Denn hatte er jetzt nicht Ruth Ledbetter, die mit atemberaubender Quirligkeit seine Interviews anging? Fünf hatte sie gestern mitgebracht und am Tag davor vier, fast alle lang und sehr gründlich, voller intimer Enthüllungen, wie sie nur ein erstklassiger Interviewer herauszukitzeln weiß.

Neun in zwei Tagen – fast dreißig die Woche! Lange vor diesem Termin im Mai würde er den ganzen Krempel in der Tasche haben!

Noch nie hatte er einen derart phantastischen Interviewer gekannt – niemals! Und jeden Augenblick würde sie mit der heutigen Ausbeute da sein!

Kapitel 17

»Ach, der gute alte Parsons ist also auch nicht mehr!« sagte Miss Crane und deutete mit einem wohlgeformten, jedoch unlackierten Fingernagel auf die entsprechende Zeile der Rubrik: Geburten, Eheschließungen, Sterbefälle im Lokalteil der Tageszeitung. »Hier. Albert Vincent Parsons, 24 Lymington House – das muß er sein! Vierundneunzig – meine Güte! Daß er so alt war, hätte ich nicht gedacht. Da muß er ja schon über siebzig gewesen sein, als ich damals . . .!«

Ziemlich verständnislose Blicke waren alles, was sie daraufhin von den anderen Kollegen im Lehrerzimmer erntete, und sie mußte erklären.

»Ihr könnt euch natürlich nicht erinnern, ihr Jungen, aber er war hier Hausmeister – ach – bestimmt fünfzig Jahre lang. Er ging in den Ruhestand, kurz nachdem ich herkam, ich erinnere mich noch gut an die Abschiedsfeier, die halbe Schule war in Tränen aufgelöst, obwohl er nach allem, was ich gehört habe, ein rechter Horrorbrocken gewesen sein muß. Mit einer Fensterstange hat er die Kinder immer an ihren Gürteln vom Rektorsrasen geangelt und sie dann unter fürchterlichen Drohungen damit zum Spielplatz gescheucht. – Der Rektorsrasen«, so erklärte sie geduldig denen, die immer noch verständnislos dreinblickten, »war ganz am Ende des Spielplatzes, wißt ihr, dieses schlammige Stück, mit dem Schild RASEN NICHT BETRETEN. Also früher war da wirklich mal Gras. Und die Kinder sollten nicht darauf rumlaufen.« Sie seufzte. »Wahrscheinlich war Parsons der letzte Mensch, der tatsächlich gewußt hat, wie man Kinder davon abhält, etwas anzustellen; und jetzt ist er tot! Na, ja...!«

Sie seufzte wieder, legte die Zeitung beiseite und klaubte ihre Bücher für die nächste Stunde zusammen. Als sie gegangen war, griff Helen, die eine Freistunde hatte, lässig nach der Zeitung, um sie bei ihrem restlichen Kaffee durchzublättern.

Vierundneunzig! Und was für ein Original, dem Vernehmen nach. Ein bißchen neugierig geworden durch Gillian Cranes Erzählung, überflog Helen die übrigen Zeilen der Anzeige und stellte zufrieden fest, daß dieser streitbare und schillernde Alte immerhin einen guten Abgang gehabt hatte. Nicht das übliche einsame Ende, das so vielen beschieden ist, wenn sie die zugemessene Frist um so viele Jahre überleben; im Gegenteil, er wurde »zutiefst betrauert von seinem Sohn, seinen vier überlebenden Töchtern, neunzehn Enkeln und elf Urenkeln«.

Ein gutes Leben. Ein erfülltes Leben. Helens Blick wanderte ziellos weiter die Spalte hinunter, um zu sehen, wie die anderen gestorben waren und in welchem Alter.

»Friedlich und nach langer Krankheit in seinem Heim, Gordon White, 79, geliebter Ehemann von Maud...«

»Nach langer, mutig ertragener Krankheit, Doris, vielgeliebte Schwester von Gertie und Win, im Alter von 83 Jahren...«

Ja, die meisten wurden offenbar ehrlich von jemandem betrauert. Und die meisten hatten offenbar ein gutes, langes Leben hinter sich – und dann plötzlich erstarrte Helen.

Wäre noch jemand im Lehrerzimmer gewesen, so hätte er gesehen, wie ihre Hände zitterten, als sie die Zeitung hochhob, um genauer hinzuschauen ... um zu sehen, ob sie nicht vielleicht die kleine Schrift falsch gelesen hatte ...

Nein, es war noch da, genau, wie es ihr zuerst ins Auge gesprungen war:

»Plötzlich in seinem Heim, Mr. Clive Willes, Whitbread Mansions 17, im Alter von 59 ...«

Es konnte kein Irrtum sein. Gestern erst – heute nacht erst – hatte sie genau diesen Namen getippt, genau diese Adresse, am Anfang eines der neuen Interviews von Martin. Oder besser von Ruth, dieser Ruth Ledbetter, die (so hatte Martin erklärt) den Assistentenjob von dem inkompetenten Walter übernommen hatte. Ein langes Interview, erinnerte sich Helen, und außergewöhnlich interessant. Nachdem sie es, zusammen mit zwei oder drei anderen ebenso guten, abgetippt hatte, war sie völlig einer Meinung mit Martin gewesen, daß diese Ruth sich, trotz ihrer abstoßenden Art, als absolut erstklassige Interviewerin erwies, mit einer echten Gabe, ihre Gesprächspartner in eine entspannte Stimmung zu versetzen und ihnen überraschend detaillierte und persönliche Informationen zu entlocken. Dieser Clive Willis, erinnerte sie sich, hatte besonders offen über die Beziehung zu seiner Frau gesprochen, die sich ›wunderbar‹ verhalte, seit ihn die Depression zum ersten Mal heimgesucht hatte:

»Eine phantastische Frau ... so geduldig ... Ich weiß nicht, wie sie es mit mir aushält, wirklich nicht ... ich bin so ein schlechter Gesellschafter geworden ... Und dann hat sie auch noch ihre Arbeit ... ja, eine Teilzeitarbeit jeden Nachmittag, und es ist so schade, daß ich mich gerade nachmittags etwas besser fühle ... wissen Sie, da komme ich irgendwie in Gang ... und gerade dann ist sie nicht da und bekommt es nicht mit! Wirklich schade ...«

Und jetzt war er tot! Helen war geschockt, als hätte sie ihn tatsächlich gekannt, nachdem sie so viele seiner innersten Gedanken in die Maschine getippt hatte.

Wie traurig! Wirklich traurig! Und noch dazu erst neunundfünfzig.

»Plötzlich«, hieß es da: sollte das eine Verbrämung für Selbstmord sein? Bei Depressiven war das ein geringes, aber stets gegenwärtiges Risiko. Wenn man doch etwas tun könnte für diese Menschen, anstatt sie einfach nur zu interviewen; aber natürlich ging es bei Martins Untersuchung nicht darum. Schade.

Der Schock ebbte inzwischen ein bißchen ab, hinterließ aber so etwas wie das zwanghafte Bedürfnis, die Rubrik zu Ende zu lesen, als sei die Liste unbekannter Namen in gewisser Weise beruhigend.

Aber der erste Schock war nichts gegen den zweiten.

> *»Mrs. Claire Huntingdon, im Alter von 44 Jahren, Tewkesbury Avenue 11 ...«*

Auch das hatte sie getippt, Wort für Wort, erst heute morgen!

Es konnte nicht wahr sein! Es konnte einfach nicht wahr sein! Sie träumte! Sie hatte eine Halluzination!

Ja, das war es. Der Schock über die erste Notiz hatte bewirkt, daß sie nun eine ähnliche phantasierte. Schock konnte so etwas auslösen, das wußte sie, auch wenn es ein bißchen beunruhigend war, erkennen zu müssen, daß sie, die gesunde und ausgeglichene Helen, für solche Verirrungen empfänglich sein konnte, wenn auch nur für ein oder zwei Sekunden.

Sie schloß die Augen. Ganz sicher: die Notiz würde verschwunden sein, wenn sie wieder hinsah.

Aber sie war nicht verschwunden.

»Mrs. Claire Huntingdon, Tewkesbury Avenue 11...«

Es war unmöglich. Das konnte es gar nicht geben.

Aber das gab es.

Sie mußte nachdenken. Helen stützte den Kopf in die Hände und versuchte, sich eine glaubhafte Erklärung auszudenken, denn die mußte es natürlich geben. Ihr fiel aber nur wieder die recht unbefriedigende Antwort ein, daß etwas in ihrem Kopf Amok lief und nicht in der Welt draußen. Da sie sich die Zeitungsnotiz nicht einbildete – und sie hatte sie allzuoft angesehen, um ihre Realität noch anzuzweifeln – war vielleicht ihr Gedächtnis durcheinandergeraten? Womöglich hatte der Schock sie so mitgenommen, daß sie nur glaubte, den Namen und die Anschrift heute morgen geschrieben zu haben, und in Wirklichkeit hatte sie es gar nicht getan... so eine Art *déjà-vu*-Phänomen...?

Glücklicherweise war das Telefon frei – na ja, warum auch nicht, wo doch alle in ihren Klassen waren – und ebenfalls glücklicherweise kam niemand den Gang entlang an der Kabine vorbei und hörte die bizarre Konversation, die hier gleich stattfinden sollte.

»Martin Lockwood hier. Wer spricht?«

Seine Stimme, so kalt, so herrisch, machte sie beinahe sprachlos; doch dann sagte sie sich ganz schnell, daß er ja momentan beschäftigt war mit seiner Arbeit; und wie herrlich diese Tatsache doch war. Froh sollte sie sein, nicht gekränkt, wenn er sich derart in seine Arbeit vertiefte, daß Unterbrechungen ihm unerträglich waren.

»Liebster, ich bin's. Tut mit schrecklich leid, wenn ich dich störe, aber es dauert nicht lange. Dieses Interview, das ich heute morgen getippt habe – das ganz obenauf liegt, wie hieß die Frau noch genau? Und ihre Adresse ...?«

»Also – um Himmels willen!« Martins Stimme wurde, falls das überhaupt möglich war, noch ärgerlicher. »Mußt du mich jetzt damit belämmern? Hat das nicht Zeit, bis du nach Hause kommst?«

Es trat eine Pause ein, und während des kurzen Schweigens wurde Helen sich einer plötzlichen Anspannung bewußt, die ihr durch den Draht entgegenkam, ein wachsender Argwohn.

»Was soll das überhaupt alles?« bellte er. »Warum willst du das wissen?«

»Weil sie tot ist, deshalb«, schnauzte Helen, plötzlich ihrerseits ärgerlich, zurück. »Es steht in der Zeitung – bei den Todesanzeigen! ›Mrs. Claire Huntingdon, Tewkesbury Avenue 11 ...‹ Ich habe es direkt vor mir. Ich wollte mich nur vergewissern, ob es der gleiche Name ist wie auf dem Interview... Bitte, Liebling ... Ich meine, es ist ein bißchen beängstigend ... Es kommt mir so schrecklich vor ...«

Sie sprach ins Leere. Er hatte den Hörer hingelegt und war vom Telefon weggegangen, das merkte sie. Und jetzt suchte er wahrscheinlich nach dem fraglichen Interview. Nicht, daß man lange hätte suchen müssen – es lag ganz oben auf dem Stapel neben der Schreibmaschine.

Sie wartete. Sie wartete weiter. Ein Glück, daß wenigstens alle noch in ihren Klassenzimmern waren; sobald es zur Mittagspause klingelte, war hier der Teufel los, die Leute würden vor dem Telefon Schlange stehen, und eine weitere Unterhaltung wäre unmöglich.

Sie sah auf ihre Armbanduhr. Gut, noch volle zehn Minuten; zehn Minuten für sich, um die Sache in Ruhe auszufechten.

Neun Minuten ... acht Minuten ... Was machte er bloß die ganze Zeit? Hatte er das Interview verlegt, achtlos die neuen aufregenden Seiten seines Manuskriptes überall verstreut und dabei alles andere mit den nicht mehr zu bremsenden Produkten seiner Inspiration zugedeckt? Jenseits des Telefonkabäuschens hörte sie entfernt das gedämpfte Summen einer wohlgeordneten Schule zur Unterrichtszeit, während am anderen Ende der Leitung das Schweigen absolut war.

Fünf Minuten waren vergangen, sechs. Ihr an den Hörer gepreßtes Ohr pochte von der Anstrengung des Lauschens; ihre Wange schmerzte vom Druck des Hörers.

»Verpiß dich!« fauchte da plötzlich eine laute und unverkennbare Stimme direkt in ihr Ohr. »Verpiß dich bloß, ja?« und damit wurde der Hörer mit lautem Krachen auf die Gabel geworfen.

Also war Ruth da. Ruth Bloody-Leadswinger, wie Beatrice sie so passend genannt hatte. Helen stand einen Augenblick mit klingenden Ohren, und ihre Sorge machte rasch schierer Wut Platz.

Dieses verfluchte Weib! Sie hatte den Teufel im Leib, wirklich! Sie verbreitete nichts als Ärger! Ärger, Ärger und nochmals Ärger, wo immer sie auftauchte, und ihre Unverschämtheit war unerträglich! Warum um Himmels Willen mußte Martin ausgerechnet die als Assistentin auswählen, als Ersatz für Walter ...?

Weil sie so verdammt gut war, deshalb. Das war die Antwort, und sie war unwiderlegbar. Helen machte eine Riesenanstrengung, sich zu beruhigen und die Sache im rechten Licht zu sehen.

Hier stand Martin, der Mann, den sie liebte und der sozusagen ihr Ehemann war, hoffnungslos mit seiner Arbeit in Verzug, hoffnungslos verzweifelt darüber; und da kam nun aus heiterem Himmel wie von guten Geistern geschickt diese fantastisch kompetente, wunderbar enthusiastische Assistentin daher, die nicht nur eine riesige und gräßliche Arbeitslast von Martins Schultern nahm, sondern ihn auch noch auf irgendeine Weise zu dem außerordentlichen Kreativitätsausbruch inspiriert zu haben schien, auf den er seit Monaten und Jahren vergeblich wartete. Denn man kam nicht darum herum – Helen zwang sich, da absolut ehrlich zu sein – man kam um die Tatsache nicht herum, daß Martins plötzlicher Ausbruch kreativer Euphorie ziemlich genau mit Ruths Erscheinen auf der Bildfläche zusammenfiel; und für diesen unvergleichbaren Dienst, mit welchen Mitteln er auch erreicht worden war, mußte man der jungen Frau mit den schlechten Manieren und der rüden Ausdrucksweise alles nachsehen.

Ja, alles. Helen war sich im tiefsten Innern ziemlich sicher, daß nicht Sex die treibende Kraft dieser plötzlichen, Hals-über-Kopf-Partnerschaft zwischen ihrem Geliebten und diesem seltsamen Mädchen war; aber selbst wenn es so wäre, sagte Helen sich beherzt, es wäre die Sache wert. Ihren geliebten Martin endlich glücklich zu sehen, endlich beflügelt, endlich dabei, seine lange vergeblich gehegten Ambitionen zu befriedigen – dafür war kein Preis zu hoch. Keiner.

18

Zufall, Liebling«, versicherte Martin wegwerfend, als sie ihn endlich dazu gebracht hatte, die Anzeigen in der Zeitung selbst anzusehen und sie mit den Namen und Adressen auf den Interviews zu vergleichen. »So was passiert einfach gelegentlich, weißt du. Schließlich begehen Depressive ziemlich oft Selbstmord. Das gehört zu den Unwägbarkeiten unseres Berufs.«

Gar nicht »ziemlich oft«. Da sie sich Martin zuliebe eingehend mit dem Thema beschäftigt und infolgedessen vieles dazu gelesen hatte, wußte Helen sehr gut, daß Depressive, auch wenn sie vielleicht eher zum Selbstmord neigten als die Durchschnittsbevölkerung, nicht ganz so unbedingt auf diese Weise zu Tode kommen mußten. Daß zwei von neun Menschen, die Ruth interviewt hatte, innerhalb einer Woche gestorben sein sollten, lag in Helens Augen ziemlich weit außerhalb des Zufallsbereichs. Außerdem...

»Martin – bitte! In den Anzeigen steht nichts, woraus man entnehmen könnte, daß es wirklich Selbstmord war. Weder im einen noch im anderen Fall. ›Plötzlich‹ muß nicht unbedingt ein Euphemismus sein. Außerdem – zwei von neun in einer einzigen Woche! Das kann kein Zufall sein! Die Wahrscheinlichkeit spricht dagegen...«

»Sieh mal, Liebes, du bist ein kluges Mädchen, wir alle wissen das. Dein IQ liegt irgendwo in der Stratosphäre, daran zweifle ich nicht. Aber, mein Schatz, weißt du wirklich Bescheid über die Gesetze von Zufall und Wahrscheinlichkeit? Das ist ein hochspezielles Gebiet, weißt du; man muß schon so was wie ein Mathematiker sein, bevor man auch nur einen Bruchteil davon begreift. Ich maße mir nicht an, ein Experte zu sein, aber ich habe mich im Rahmen meines Studiums ein bißchen mit Wahrscheinlichkeitstheorie beschäftigt – und das hast du, meine Süße, nicht – da beißt die Maus keinen Faden ab! Und ich kann dir immerhin soviel sagen: es *gibt* manchmal Zufälle. Mathematisch gesehen muß es sie geben. Wenn es keine Zufälle mehr gäbe, müßten wir uns allmählich fragen, was mit dem Universum nicht stimmt!

Sieh es mal so: Angenommen, Ruth hätte statt neun Interviews eine Million gemacht. Würdest du es dann für einen so wahnsinnigen Zufall halten, wenn von dieser Million zwei Namen in den Todesanzeigen einer Woche erschienen? Na?«

»Natürlich nicht, nicht bei einer Million. Aber...«

»Kein aber, mein Schatz! Verstehst du das denn nicht? Diese beiden Zufälle müssen zwangsläufig irgendwo innerhalb der Million auftauchen, wenn es überhaupt welche geben soll, und jede Stelle, an der sie stehen könnten, ist ebenso unwahrscheinlich wie jede andere! Daß sie unter den ersten neun liegen, ist nicht unwahrscheinlicher als jede andere Stelle! Wenn du diese neun Interviews als die ersten neun von einer Million ansiehst – und wenn Ruth eine Million machen würde, dann wäre es so – dann würde sich das Zufallsproblem gar nicht stellen. Wo immer in der Million sie sich befänden, es wäre genauso ›Zufall‹, daß sie gerade an dieser Stelle sind. Verstehst du das nicht?«

Daß irgendwo in dieser Argumentation ein mordsmäßiger Fehlschluß lag, davon war Helen völlig überzeugt. Aber wo genau der Fehlschluß war, und wie man ihm begegnen konnte, wußte sie nicht. Er blendete sie mit Mathematik, so viel war ihr klar. Blieb nur die Frage, ob er sich selbst auch blendete?

Voller Unbehagen schaute sie vorsichtig zu ihm auf und sah sich unversehens seinem strahlenden, triumphierenden Gesicht gegenüber, in dem Erfolg und Erfüllung leuchteten.

Wie konnte sie solches Strahlen nur wegen eines logischen Fehlschlusses zerstören? Warum nicht darin baden? Es genießen? In der Tatsache schwelgen, daß die Hoffnungen und Kämpfe der letzten Monate endlich Früchte getragen hatten?

Und doch... und doch. Zwei Menschen waren gestorben. Keine alten Menschen; einer war erst vierundvierzig. Es war kein Zufall, es konnte keiner sein, alle Mathematiker der Welt konnten sie nicht vom Gegenteil überzeugen.

Etwas Ungutes, Finsteres steckte dahinter, mußte dahinterstecken, und wenn sie, Helen, jetzt nicht handelte, dann würde sie zeitlebens ein schlechtes Gewissen haben.

»Sieh mal, Liebster«, begann sie mit unendlicher Vorsicht und versuchte die Frage von einer anderen, völlig unmathematischen Seite anzugehen: »Dieses Mädchen – diese Ruth Ledbetter. Sicher ist sie eine hervorragende Interviewerin und alles, aber weißt du eigentlich etwas über sie? Ich meine...«

»Ich weiß, was du meinst!« Martins hübsches Gesicht war gerötet, seine Augen schossen Blitze, und trotzdem, trotz dieser offenen Zeichen des Ärgers, hatte Helen vorübergehend den Eindruck, daß er erleichtert sei, daß er jetzt eine Entschuldigung hatte, Streit mit ihr anzufangen und so die rationale Diskussion zu beenden.

»Ich weiß, was du meinst. Du meinst, du bist eifersüchtig«, beschuldigte er sie. »Du bist eifersüchtig, weil sie mir so hervorragend hilft – weil sie ihre Sache so verdammt gut macht! Weil sie – nun, weil sie mich inspiriert, wie noch nie jemand mich inspiriert hat!«

War sie eifersüchtig? War an diesen Beschuldigungen etwas Wahres? Hätte Martin es damit bewenden lassen, so hätte Helen vielleicht zugegeben, daß ein Körnchen Wahrheit in seinen Worten lag. Aber er ließ es nicht damit bewenden.

»Du konntest sie von Anfang an nicht leiden!« brauste er auf. »Du warst absolut biestig zu ihr, von Anfang an!«

Das war zu viel! Nach all der Toleranz und Nachsicht, nach all ihrer unerschöpflichen Höflichkeit angesichts der Unverschämtheit dieses Mädchens, die sich mit ihren unglaublichen Manieren frech anmaßte, in Helens Wohnung ein- und ausgehen zu können, wann immer es ihr einfiel, und dabei die Aufmerksamkeit von Helens Geliebtem für sich zu beanspruchen, solange sie wollte! Nach alledem gesagt zu bekommen...!

»Also, das finde ich ja wirklich hervorragend!« schoß Helen zurück. »Ich bin biestig zu ihr! Das ist großartig! Und wie behandelt sie mich? Was ist das denn, wenn sie mir heute morgen sagt, ich soll ›mich verpissen‹, wenn ich in meiner eigenen Wohnung anrufe?! ›Verpiß dich bloß, ja!‹ hat sie gesagt!«

Jetzt, wo er sie wütend gemacht hatte, schien Martin in gewisser Weise befriedigt. Sein eigener Ärger verpuffte.

»Ach komm schon, Liebling«, meinte er beruhigend. »So etwas hat sie ganz sicher nicht gesagt. Das mußt du falsch gehört haben. Sie hat wahrscheinlich gesagt: »Ich muß jetzt los« oder so was... Du weißt doch, wie das am

Telefon manchmal geht. Und bei eurem Schultelefon besonders – mit all dem Lärm draußen im Gang!«

Er hielt inne, und als Helen nichts sagte, gestattete er sich einen weinerlichen Unterton.

»Ich wünsche mir wirklich, du würdest versuchen, das Ganze ein bißchen aus meiner Sicht zu sehen. Gut, Ruth hat nicht die geschliffensten Manieren der Welt, aber schließlich ist sie jung, und du weißt, wie die Jugend heutzutage ist – du hast selbst oft davon gesprochen, das weißt du doch, wenn du einen scheußlichen Tag in der Schule hattest! Aber das sind ja alles Äußerlichkeiten – bleiben wir doch wenn es geht beim Wesentlichen. Und das Wesentliche ist, daß ich sie brauche. Ich brauche sie dringend für meine Arbeit. Versuch doch zu verstehen, Helen, daß mir das unheimlich wichtig ist. Es ist die Gelegenheit! Noch nie hatte ich so eine unglaublich brillante und hart arbeitende Interviewerin, noch nie! Es ist wie ein Wunder, wie sie diese Typen zum Reden bringt, daß sie sich wirklich offenbaren, ihre echten, tiefsten Gefühle, die sie noch nie jemandem offenbart haben! Es ist sagenhaft, was sie aus ihnen herausholt! So etwas ist mir überhaupt noch nie untergekommen!«

Helen auch nicht. Sie hatte inzwischen einige von Ruths Interviews abgetippt, und schon vor dem Schock bei der Entdeckung heute morgen hatte sie dabei ein zunehmend ungutes Gefühl beschlichen, wenngleich schwer zu sagen war, wo sie hätte ansetzen sollen. Es gab genau den zu erwartenden Prozentsatz von Langweilern, die sich nicht ausdrücken konnten, wie bei jeder solchen Erhebung, die kaum etwas über sich zu sagen wußten und kein Licht auf irgend etwas werfen konnten.

Aber die wortgewandteren – die waren es wahrhaftig!

So viele verblüffende Enthüllungen, so viele phantastische und bemerkenswerte Redewendungen. »Gute Zitate«, wie Martin sie frohlockend bezeichnete; er war absolut begeistert; und diese so aufrichtige und unverhüllte Begeisterung war es, die Helen bisher bewogen hatte, ihre Zweifel für sich zu behalten.

Zwei Menschen sind gestorben. Die Worte ließen sie nicht los, hämmerten in ihrem Kopf, ob sie wollte oder nicht. Zwei von Martins Forschungsobjekten, die zu interviewen allein seine, Martins, Verantwortung war, auch wenn er die Arbeit delegiert hatte. Zwei waren tot. Er und kein anderer würde – und das zu Recht – verantwortlich gemacht für jeden Mißbrauch, den es geben mochte.

Wie sehr Helen auch zögerte, den Streit von vorhin wiederzubeleben – Martin schien bereits über seine schlechte Laune hinweg zu sein und summte zufrieden vor sich hin, während er im Zimmer herumging und Gläser, Flaschen und Eis für ihren allabendlichen Drink zusammensuchte – sie wußte doch, daß sie miteinander darüber reden mußten. So konnte man es nicht stehenlassen. Es ging einfach nicht.

»Liebling«, fing sie an – und in ihrer Stimme lag schon so viel Nervosität, Zögern und pure Angst, daß dieses unschuldige kleine Wort ihn erstarren ließ. Er stand da, das beladene Tablett in der Hand, wie vor einer Kamera. »Liebling. Ich möchte keine Unruhe stiften, ich bin genauso begeistert wie du, daß alles so gut läuft, daß Ruth dir solche hervorragenden Interviews liefert. Aber hast du schon mal daran gedacht – ich meine, das ist doch wohl ganz normal bei solchen Untersuchungen, oder? –, hattest du schon mal an einen gelegentlichen Kontrollanruf bei den Leuten gedacht, die sie interviewt hat? Eine reine

Routinemaßnahme, meine ich, wie es bei Markterhebungen üblich ist – der Supervisor ruft, sagen wir mal eine von zehn Adressen, an, einfach um ...«

»Einfach um ... was?«

Martins Stimme klang so kalt und drohend, daß Helen sich unwillkürlich in ihre Sofaecke drückte und ihm nicht ins Gesicht sehen mochte.

»Und seit wann muß ich mir von einer kleinen Klippschulmamsell erklären lassen, wie man eine Erhebung ordentlich macht? Darf ich dich vielleicht daran erinnern, meine liebe Helen, daß ich schon an Meinungsumfragen und Marktforschungsprojekten gearbeitet habe, als du kaum aus der Grundschule warst! Wenn ich deine Instruktionen über die elementaren Prinzipien dieses Zweiges der Sozialwissenschaften brauche, dann werde ich dich darum bitten, vielen Dank!«

Helen schrumpfte physisch unter der Zurechtweisung. Ihr blondes Haar, goldglänzend im Lampenlicht, fiel wie ein Vorhang über ihr weißes Gesicht, während sie in ihren Schoß starrte und die Finger ineinanderflocht, bis die Knöchel weiß hervortraten.

Aber sie ließ nicht locker.

»Martin«, sagte sie leise, »ich finde, du solltest bei den beiden Adressen rückfragen, wo die Leute gestorben sind. Es ist mir egal, wie sehr ich mich einmische. Es ist mir egal, wie wütend du wirst. Aber ich glaube, du solltest es tun. So. Jetzt habe ich es gesagt. Und du hast mich gehört. Ich werde es nicht mehr erwähnen.«

Einen Augenblick dachte sie, er würde sie schlagen, aber als sie ihren Kopf vorsichtig eben weit genug hob, um durch den hellen Schleier ihres Haares zu blicken, sah sie, daß er sich nicht bewegt hatte. Er stand noch genau wie vorher da, und wenn auch die Gläser auf dem Tablett nicht einmal leise klirrten und seine Stimme so eisig-sarkastisch klang wie zuvor, so wußte sie, ohne zu wissen woher, daß sie ihm irgendwie angst gemacht hatte.

»Bei den beiden Adressen rückfragen, wo die Leute gestorben sind«, er wiederholte ihre Worte, genau wie in einem Tiefeninterview. »Und was für Enthüllungen versprichst du dir davon? Schlicht gesagt, was wirfst du Ruth vor? Mord? Totschlag? Siehst du sie als eine Art weiblichen ›Jack the Ripper‹? Oder was?«

19

Mr. Maynard (Mathe) sah zum ersten Mal seit Menschengedenken richtig glücklich aus. Unvollendet lag das Kreuzworträtsel neben ihm, und sein leicht froschähnliches Gesicht, das sonst von Sorge und Langeweile zerfurcht war, durchzogen heute ganz andere Linien, kreuz und quer verlaufende Fältchen des Vergnügens und der Erregung; und – ein noch nie dagewesenes Phänomen, das die anderen im Lehrerzimmer in verblüfftes Staunen versetzte – er redete wie aufgezogen.

Das Thema seiner Ausführungen waren Billardkugeln. Nicht die üblichen Wald- und Wiesenbillardkugeln, die nur zum Billardspielen geeignet sind, sondern *eine Million* Billardkugeln, von denen nur zwei schwarz waren, und die restlichen alle weiß. Angenommen, so hatte Helen ihn gefragt, – und sie wollte es wirklich selbst wissen (was schon an sich ein seltenes Ereignis im Alltag jeden Lehrers darstellt) angenommen, man warf alle diese Billardkugeln in einen Riesensack, und angenommen, man griff hinein und holte neun davon heraus – wie standen die Chancen dafür, daß die beiden schwarzen dabei waren?

Helen hatte lange überlegt, wie sie ihr Problem präsentieren sollte und sich dann entschlossen, es auf diese Weise zu enthumanisieren, um die versammelten Klatschtanten zu überlisten, sie glauben zu machen, daß sie über etwas wahrhaft Langweiliges rede, und sie so von der Fährte abzulenken.

Das erwies sich als sehr gute Idee. Mr. Maynard genoß es ausgiebig.

»Nur, um das Rechnen etwas zu vereinfachen«, schlug er entschuldigend vor, »wollen wir sagen, daß es zehn statt neun sind, die Sie mit einer Hand fassen können? Das Prinzip ist dasselbe; aber wenn natürlich die Zahl neun Ihnen wichtig ist, könnte ich ganz leicht ...«

Helen schüttelte hastig den Kopf. Die Rechnerei zu vereinfachen, erschien ihr eine durch und durch sinnvolle Sache.

»Gut. Also, dann wollen wir mal sehen ...« Mr. Maynard machte eine kleine zufriedene Geste, während die Kalkulation in seinem Kopf Gestalt annahm. »Zehn Billardkugeln von einer Million, ja? Dann lassen Sie uns diese Million zuerst einmal in Zehnerpäckchen unterteilen. Und davon ist eines das erste, das Sie herausholen, ja? Zusammengenommen sind also 100 000 solcher Päckchen in dem Sack – können Sie mir folgen?«

Helen nickte. Er erklärte es viel besser, als Martin das getan hatte.

»Und daraus folgt«, fuhr der entzückte Lehrer fort, »die Chance, daß irgendeine dieser schwarzen Kugeln sich in irgendeinem beliebigen dieser Päckchen befindet, ist 1 : 100 000. Richtig? Das gilt nur für *eine* der schwarzen Kugeln. Und nun passen Sie gut auf, denn viele Leute – selbst intelligente – stellen sich gern vor, daß die Chancen sich in diesem Fall, nämlich bei *zwei* Kugeln in einem Päckchen, lediglich verdoppeln – das wären also in unserem Fall nur 200 000.

Aber, du liebe Güte, wie sie sich aufs Glatteis führen lassen, diese Leute! Die Zahl muß in so einem Fall nicht nur einfach *mal* zwei, sondern *hoch* zwei genommen werden!« Er sah Helen mit erwartungsvollem Blick an, ob sie nicht beeindruckt war, und das war sie tatsächlich, wenn auch gleichzeitig etwas verwirrt. Netterweise übersetzte er für sie.

»100 000 hoch zwei«, sagte er, »ergibt zehn Milliarden. Das also sind Ihre Chancen, mein Kind. Zehn Milliarden dagegen.«

Er lachte sein trockenes, selten gehörtes Lachen.

»Wenn also jemand Sie überreden will, mit so einer Gewinnchance zu spielen, meine Liebe, dann müssen Sie auf jeden Fall Nein sagen, und zwar unverzüglich! Das müssen Sie wirklich!«

Helen bedankte sich überschwenglich für die Mühe, die er sich mit seiner Erklärung gemacht hatte, versprach getreulich, seinem klugen Rat zu folgen, und ging quer durchs Lehrerzimmer zurück zu ihrem üblichen Platz. Mr. Maynards Blick folgte ihr sehnsüchtig. Es kam nicht oft vor, daß ihm jemand eine auch nur annähernd interessante oder wichtige Frage stellte, und die kleine Episode war ihm ein Fest gewesen.

»Wozu war denn das alles gut?« flüsterte Wendy ziemlich laut und beugte sich nach vorne, ungeachtet der dazwischensitzenden Kollegin, die versuchte das morgendliche Milchgeld zu zählen. »Suchst du den Weg zu seinem Herzen durch Ketten von Nullen? Das könnte wirklich klappen.«

Sie kicherte, noch immer im schiefen Winkel vorgebeugt, und wartete, daß Helen einstimmte und etwas Witziges erwiderte; aber Helen lächelte nur unbestimmt und schüttelte den Kopf, womit sie der Konversation ein Ende bereitete. Sie wollte dieses Ende dringend, denn sie wußte genau, daß nur wenig geschicktes Nachbohren seitens Wendy ihre Widerstände rasch brechen würde. Außerdem kam es ihr der Milchrechnerin gegenüber ein bißchen unfreundlich vor, sich so vorzubeugen; ziemlich ungezogen eigentlich, da die arme Frau weder Lust hatte noch eingeladen war, an ihrer etwas idiotischen Konversation teilzunehmen.

Helen fand es heute vormittag schwierig, sich auf irgend etwas zu konzentrieren. Es war Donnerstag, da hatte sie ihren freien Nachmittag, und der hing drohend über ihr wie eine schwarze Wolke, weil sie so etwas Schreckliches tun mußte.

Die Möglichkeit eines Zufalls konnte man ausschließen. Eigentlich hatte Mr. Maynard ihr gar nicht erst erklären müssen, daß in Martins Ausführungen ein Denkfehler steckte, aber es war trotzdem eine Hilfe gewesen, ihn zu konsultieren. Seine freundlichen, aufmerksamen blauen Augen, die so ernsthaft auf ihr ruhten, und seine trockene Stimme, die ihr die Rechnung so präzise aufmachte, hatten ihr das Gefühl gegeben, nicht völlig allein zu ihrem schrecklichen Entschluß zu kommen.

Es war die einzig mögliche Entscheidung, das hatte sie seit gestern nacht schon gewußt. Irgend jemand mußte bei diesen beiden unheilvollen Adressen nachfragen, und da Martin sich weigerte, mußte sie, Helen, es tun.

Der Verrat schien grauenhaft, aber der Verrat, es nicht zu tun, wäre noch schlimmer. Wie konnte sie sehenden Auges zulassen, daß Martin in blinder, starrköpfiger Unschuld in eine bizarre und unbegreifliche Falle tappte?

In dem Vorort, wo Mrs. Claire Huntingdon zu Tode gekommen war, drängten schon die ersten Narzissen aus der schwarzen Erde, und entlang der ordentlichen Rasenflächen blühten die Krokusse in Lila und Goldgelb. Der Februar war endlich vorbei, und überall zeigte sich der

Frühling. Helen fühlte zum ersten Mal seit Monaten die Sonnenwärme durch ihren dicken Wintermantel dringen, und die Plötzlichkeit der Veränderung war überwältigend.

Es war jedes Jahr dasselbe. In all den langen, dunklen Tagen weiß man ganz genau, der Frühling wird kommen, und der Sommer auch. Es steht im Kalender, klar und deutlich wie auf dem Zifferblatt einer Uhr. Man trägt sogar Termine ein, in der festen Annahme, daß diese Tage kommen; daß auf den April der Mai folgt, daß es tatsächlich so etwas wie Juni geben wird, und daß am 19. Juli der letzte Schultag ist. Man stellt diese Daten nicht in Frage, keinen Augenblick. Niemand tut das.

Aber die ganze Zeit über glaubt irgend etwas tief drinnen kein einziges Wort von alldem. Etwas in einem ist völlig und ausschließlich dem Winter angepaßt und glaubt nur an den Winter, und ist dann Jahr für Jahr ganz erstaunt, wenn plötzlich der erste Frühlingstag hereinbricht.

Und in diesem Jahr mußte es für Helen ausgerechnet heute sein. Sie hatte den Kopf schon voll genug ohne diesen Orientierungsverlust durch die Neigung der Erde in ihrer Umlaufbahn. Wie betäubt ging sie die Tewkesbury Avenue entlang, ihr Körper jubelte der belebenden Sonne zu, ihre Seele war von Ängsten verdüstert.

Nummer elf sah nicht viel anders aus als die übrigen Häuser in der Straße; der Vorgarten genauso ordentlich, die Blütenknospen ebenso dick. Der einzige Unterschied war, daß bei den beiden Fenstern im oberen Stockwerk die Rollos heruntergelassen waren.

Und erst jetzt wurde Helen ganz plötzlich klar, wie unmöglich ihr Vorhaben war.

Weil man so etwas einfach nicht tun konnte. Es ging

wirklich nicht. Wie konnte man als völlig Fremde lässig ein Trauerhaus betreten und neugierige Fragen darüber loslassen, wie die geliebte Dahingegangene ihre letzten Tage – vielleicht sogar Stunden – auf dieser Welt verbracht hatte? Hatte sie Besuch gehabt, kurz bevor sie starb – jemand, den sie nie vorher gesehen hatte, der mit einem Notizbuch bewaffnet war und alle möglichen persönlichen Fragen stellte? Wie hatte die Verstorbene geantwortet? Hatte es womöglich so etwas wie eine unangenehme Szene gegeben? Und wenn nicht zu beweisen war, daß derartiges stattgefunden hatte, gab es dann andererseits Beweise, daß es nicht...?

Es war undenkbar. Helen betrachtete das stille Haus, stellte sich die leidgeprüfte Familie darin vor – eine ziemlich junge Familie wahrscheinlich, da Claire Huntingdon erst vierundvierzig gewesen war. Sie stellte sich vor, wie ihr ein verstörter Teenager mit rotgeweinten Augen die Tür aufmachte... und sie drehte um und rannte fast die Straße entlang, denselben Weg zurück, den sie gekommen war, nun voller Scham, daß sie eine solche Einmischung je überlegt hatte. Kein Wunder, daß ihr vor der Expedition derart gegraut hatte. Ihr Herz hatte sie die ganze Zeit warnen wollen, daß sie so etwas einfach nicht machen konnte.

Die Sonne schien immer noch. Der Frühlingsnachmittag war noch jung. Es mußte doch irgend etwas geben, was sie tun konnte, außer geschlagen nach Hause zu schleichen, die Dinge ihren Lauf nehmen zu lassen und zu riskieren, daß Martin in den Ruin, womöglich seiner ganzen Karriere, gezerrt wurde.

An der Bushaltestelle blieb sie stehen und zwang sich zum Nachdenken.

Wenn sie nur wüßte, wo Ruth wohnte! Dann könnte sie

direkt zu ihr gehen, jetzt gleich, das Mädchen ohne Umschweife zur Rede stellen, und damit Martins nur allzugut vorhersehbaren Ansichten über eine derartige Handlungsweise umgehen. Wenn sie miteinander allein wären, nur sie beide, ohne Martins Einmischung zu Ruths Verteidigung, würde Helen gewiß das Vertrauen des Mädchens gewinnen können, daran zweifelte sie kaum; wenigstens so weit, daß sie sich halbwegs eine Vorstellung machen konnte, worauf Ruth eigentlich hinauswollte. Ihre jahrelange Erfahrung mit Schulmädchen hatte sie gelehrt, daß man so ein junges Ding nur beiseite zu nehmen und ruhig unter vier Augen mit ihr zu reden braucht, dann ist es fast immer möglich, sich auch mit den hartnäckigsten Unruhestiftern zu einigen. Daß diese Methode auch bei Ruth Ledbetter Erfolg haben würde, bezweifelte sie nicht – schließlich war das Mädchen erst neunzehn, kaum älter als ein Schulmädchen – aber was nützte es, wenn sie nicht wußte, wo sie zu finden war? Ob Martin Ruths Adresse absichtlich geheimhielt, oder (und das wäre typisch für ihn) ob es ihn schlicht nicht kümmerte, sie herauszufinden, das Resultat war dasselbe: Patt.

Wer konnte es sonst noch wissen? Gemeinsame Freunde gab es, soweit Helen wußte, nicht. Es sei denn, man rechnete Walter dazu, aber der war laut Martin so unermeßlich nutzlos in allem, daß man ihn wohl vergessen konnte; und sowieso, wo er wohnte, wußte sie auch nicht.

Es sah alles ziemlich hoffnungslos aus.

Aber halt! Plötzlich fiel ihr ein, daß es doch einen gemeinsamen Freund gab – oder eher einen gemeinsamen Feind, gewiß nicht das Schlechteste, wenn man negative Informationen über jemanden sammeln wollte.

Beatrice. Erst vor ein paar Tagen hatte sie frühmorgens

ziemlich empört angerufen und sich in eindeutigen Worten über Ruths Unverschämtheit und schlechte Manieren beschwert.

Warum nicht hinfahren und mit Beatrice reden? Gleich jetzt, wo sie den ganzen freien Nachmittag noch vor sich hatte? Es konnte durchaus sein, daß Beatrice im Verlauf ihrer Auseinandersetzung mit Ruth die verschiedensten Dinge über ihre unwillkommene Besucherin aufgeschnappt hatte und sie nur zu gern an eine mitfühlende Zuhörerin weitergeben würde.

Die Tatsache, daß Beatrice die ›gekränkte Ehefrau‹ war und sie, Helen, ›die Hure‹, schien im Augenblick wenig bedeutungsvoll. Neugier ist einer der stärksten menschlichen Antriebe – wenn auch merkwürdig vernachlässigt von Politikern und Wirtschaftlern, die in die Vorstellung verliebt sind, das einzig ausbeutenswerte Laster sei Habgier – und Helen hatte kaum Zweifel, daß sie in Hadley Gardens Nummer 16 willkommen war, wenn sie ein so faszinierendes Rätsel als Gesprächsthema mitbrachte.

Sie klingelte zweimal, bevor sie notgedrungen der Tatsache ins Auge sehen mußte, daß Beatrice wohl ausgegangen war. Nach Martins Auszug hatte Beatrice ein Glokkenspiel installieren lassen, und während Helen lauschte, wie es zum zweiten Mal sanft gongte, konnte sie nicht umhin, mit einer gewissen Genugtuung festzustellen, wie gräßlich Martin so etwas gefunden hätte. Frei von seiner unnachsichtig auf Niveau bedachten Gegenwart, wurde Beatrice rasch zu der, die sie wirklich war, mit Glockenspiel und allem. Zweifellos würden Gartenzwerge noch vor Ende der Saison den Vorgarten zieren, mutmaßte Helen selbstgefällig. Nicht, daß sie selbst etwas gegen

Gartenzwerge hatte; sie konnten manchmal ganz lustig aussehen, aber sie hatte inzwischen lange genug mit Martin zusammengelebt, um sie mit seinen Augen zu sehen und zu wissen, daß sie etwas Scheußliches waren, und daß nur die verachtenswertesten Leute ihnen etwas abgewinnen konnten. Bei Anzeichen von Verachtungswürdigkeit in Beatrice regte sich immer noch eine gewisse Genugtuung in ihr, obwohl sie diese Angewohnheit nun langsam ablegen sollte. Besonders wenn sie Beatrice immer dann wie eine Vertraute behandeln wollte, wenn ihr Leben mit Martin in eine schwierige Phase geriet wie diese jetzt...

Vielleicht arbeitete Beatrice hinten im Garten? Der erste richtige Frühlingstag lockte die Leute immer in ihre Gärten, wo sie dann wild irgend etwas taten, und sei es nur, daß sie Schaden am frischen Wachstum anrichteten.

Sie ging also ums Haus herum, vorbei an den Mülltonnen – neue, eine scharlachrot, eine himmelblau. Auch das nicht Martins Geschmack, aber sie setzten einen fröhlichen Akzent in dem feuchten, sonnenlosen Durchgang, soviel stand fest.

Keine Spur von Beatrice im Garten, gar keine Spuren, auch nicht die einer gärtnerischen Betätigung. Keine Geräte, keine Schubkarre drückte dem stillen Kreislauf der Natur, die sich von Zaun zu Zaun in alle Richtungen ausbreitete, den Stempel menschlicher Unrast auf.

Lohnte es sich zu warten, bis Beatrice nach Hause kam? Möglicherweise war sie den ganzen Tag weg – oder sogar überhaupt weg, in Ferien oder so etwas? Von einer unbestimmten Neugier getrieben ging Helen um die nächste Ecke und stellte sich auf die Zehenspitzen, um durchs Küchenfenster zu schauen.

Zuerst konnte sie so gut wie nichts erkennen, so sehr

hatten sich ihre Augen der gleißenden Helligkeit draußen angepaßt; aber allmählich klärte sich die Sicht, und sie sah, daß die Küche wahrhaftig derzeit benutzt wurde; sie wirkte überhaupt nicht wie eine Küche, deren Besitzer die Koffer gepackt hat und in Ferien gefahren ist. Eine halbleere Flasche mit Milch, die noch recht frisch aussah, stand auf dem Kühlschrank; und auf dem Spültisch in einem Stieltopf mit kaltem Wasser, warteten frischgeschälte Kartoffeln auf den Moment, wo es jemandem einfallen würde, sie zu kochen. So etwas sollte man natürlich nicht machen, es ist schlecht für die Kartoffeln, wenn sie sich so vollsaugen können, es nimmt ihnen den ganzen Geschmack; aber das war typisch Beatrice. Auf dem Küchentisch lag eine hellblaue Plastikdecke, die verschwommene Bilder von Messern und Gabeln und Hummern und Ähnlichem zierten. Momentan war sie voller Krümel, und am einen Ende lagen Überreste von einem Salatimbiß, rote Beete und Kopfsalat, zusammen mit einem aufgerissenen Päckchen Brotscheiben und einer Butterdose ohne Deckel. Inmitten dieses Stillebens saß die Lockwoodsche Tigerkatze und leckte sich zufrieden, wie sie zweifellos an ihrem Anteil von der Butter geleckt hatte. Daß Beatrice dieser Katze keine Manieren beibrachte, hatte zu Martins frühen Kümmernissen gehört, wie Helen sich erinnerte; und damals, im Überschwang ihre selbstauferlegten Mission, all die Bereiche triumphierend zu bewältigen, in denen Beatrice versagte, hätte das durchaus zum Problem werden können, denn sie war nicht besser als andere imstande, einer Katze, die sich etwas in den Kopf gesetzt hat, Manieren beizubringen. Gnädigerweise jedoch folgte auf dem Fuße gleich Martins nächstes Ärgernis, nämlich daß Beatrice überhaupt eine

Katze halten wollte; und hier hatte Helen ohne Anstrengung glänzen können. Nichts ist einfacher, als keine Katze zu halten, besonders, wenn man im dritten Stock wohnt, wo es Menschenkräfte praktisch übersteigt, ihr auch noch Manieren beizubringen.

Es war ganz still da drin. Die Katze leckte sich weiter, die Sonne bewegte sich Zentimeter für Zentimeter auf die Butter zu, die bald weich und gelb sein würde und auf diese eigene Weise die Wiederkehr des Frühlings beging. Ganz hinten über der Spüle tropfte gleichmäßig ein Wasserhahn, der eine neue Dichtung brauchte. Wieder etwas, das Martin nicht hätte ausstehen können. Und der Fleischwolf, an dem noch rohe Fleischstückchen hingen, er stand auf der heutigen Zeitung. Auch so eine Sache, die er moniert hatte, die Zeitung vom selben Tag bei der Hausarbeit zu benutzen; ganz abgesehen davon hatte die Katze den Fleischwolf bestimmt nicht ausgelassen.

Die Küche wirkte unordentlich, sicher; in gewisser Weise sogar vernachlässigt; aber nicht so wie es aussieht, wenn der Bewohner tatsächlich verreist ist. Das hier war normale, tägliche Vernachlässigung, eher Schlamperei, eine generelle Beatrice-spezifische Lässigkeit, die Dinge zu handhaben. Bald würden Überreste vom Abendessen den Überresten vom Mittag Gesellschaft leisten, und zweifellos würde Beatrice den Abwasch in Angriff nehmen, sobald nirgends mehr Platz war etwas hinzustellen, außer auf dem Fußboden.

Und dann sah sie – hervorstehend unter der Tischdecke, den einen verschlissenen Hausschuh abgestreift, den anderen noch an den löchrigen Zehen der Strumpfhose – Beatrices Füße. Man hätte sie für Attrappen halten können, ein Bühnenrequisit, nur daß sie das ganz gewiß nicht sein konnten.

Helens erster Impuls war zu schreien. Ihr zweiter, mit dem nächstbesten harten Gegenstand – notfalls mit der Faust – die Scheibe einzuschlagen, und zu Hilfe zu eilen.

Hilfe? Aber es war zu spät für Hilfe. Diese Füße ... so still ... so leblos ... so unempfänglich für den scharfen, kurzen Schreckenslaut, den Helen, wie sie wußte, von sich gegeben hatte ... Beatrice mußte schon tot sein.

Ruths drittes Opfer? Denn war es nicht so eine Art ›Interview‹ gewesen, was Beatrice in so scharfen Worten beschrieben hatte, kurz bevor das Telefongespräch unterbrochen wurde?

Tot. Helen erschauerte, und obwohl die Sonne ihr noch immer auf den Rücken brannte, war ihr eiskalt.

War es genau in dem Moment passiert? War sie, Helen, tatsächlich Zeuge eines Mordes geworden, wenn auch am anderen Ende einer Telefonleitung? Und hatte, in der Annahme, es sei ein Fehler vom Amt, nur die Achseln gezuckt und sich nicht weiter darum gekümmert?

In ihren Ohren sauste es, sie hatte das Gefühl zu erstikken, doch Helen zwang sich, ihre Panik niederzukämpfen, sich aus dem Schock herauszureißen und logisch zu denken.

Was sie sich da vorstellte, war unmöglich. Was auch geschehen sein mochte, so viele Tage konnte es nicht her sein. Man sah doch die Reste einer offenbar vor kurzem erfolgten Mahlzeit; man sah die offene Milch, die noch gar nicht gelb und geronnen aussah. Und was war mit der zufriedenen Katze, die sich putzte? Sicher würde eine Katze nicht dasitzen und sich so genüßlich lecken, wenn keinen Meter entfernt ihre Herrin läge, seit einer Woche tot.

Oder doch? Helen wußte so wenig über Katzen. Verband sie mit ihren Besitzern mehr als eine Freßnapfliebe? Waren sie echter Zuneigung fähig?

Und selbst wenn, würden sie ihre Zuneigung zeigen, indem sie nicht auf den Tisch sprangen, um sich zu putzen, oder indem sie es unterließen, an der Butter zu lecken?

»Bea! Alles klar, Bea, du kannst jetzt rauskommen!«

Die kreischende Stimme aus einem der oberen Fenster erschreckte Helen fast zu Tode, obwohl sie sogar im ersten Schock in der Lage war, sie einzuordnen: es war die Stimme dieser Pocock-Tante von gegenüber, Beatrices Busenfreundin und Martins *bête noir* Nummer eins. Die dunkel glänzenden Haarlocken hüpften und zitterten über dem Fensterbrett da oben, und das Gesicht war vor lauter Aufregung und Jubel so rot, daß die knallig geschminkten Wangen fast natürlich aussahen.

»Es ist alles in Ordnung, Bea!« jaulte die Stimme wieder, und dann, voll aufklärerischer Lust:

»Diesmal isses nich *die*, Bea! Es is bloß *die*!«

Kapitel 20

Beim zweiten Ruf – »Du kannst jetzt rauskommen, Bea« – kam beruhigende Bewegung in die unter dem Tisch hervorragenden Füße, einer angelte erfolglos nach dem verlorenen Hausschuh, der andere entschwand dem Blick, als seine Besitzerin sich wie ein gestrandetes Seeungeheuer herumwarf und sich daran machte, ans Tageslicht zu kriechen. Die Krise war offenbar vorüber. Beatrice krabbelte, ein bißchen verdattert und zerzaust, aber nicht mehr verängstigt, aus ihrem Versteck und kam mühsam auf die Beine. Sie drehte sich zu Helen um und blinzelte dabei ins Sonnenlicht.

»Ach, Sie sind es«, sagte sie, noch immer ein bißchen benommen; und dann mit einem Anflug von Gastfreundlichkeit: »Kommen Sie doch rein.«

Durchs Fenster? Oder um die Ecke und durch die Hintertür? Beatrice, noch immer blinzelnd und offenbar blind für das Problem, sah Helen nur erwartungsvoll an, ob sie nicht gleich auf wundersame Weise drin erscheinen werde. Aber da wurde das Problem von Marjorie Pocock gelöst, die durch die Hintertür hereinstürmte, berstend vor nachbarlicher Freude, daß etwas passierte, nur nicht ihr.

»*Sie* ist es!« frohlockte sie zum dritten Mal, wenn sie auch diesmal, mit Rücksicht auf Helens unmittelbare Nähe, ihre Stimme ein bißchen dämpfte. »Martins Maitresse! Willst du sie reinlassen?«

Inzwischen hatte Beatrice sich abgeklopft, hatte beide Hausschuhe an, und tappte schon zur Hintertür.

»Ach, da sind Sie«, meinte sie relativ freundlich, als

Hellen um die Ecke kam. »Komisch, daß Sie gerade jetzt kommen, wir haben eben von Ihnen gesprochen.«

Da die beiden in den letzten achtzehn Monaten wohl kaum von etwas anderem gesprochen hatten, war der Zufall nicht so überraschend, aber Helen nahm die Bemerkung, wie sie gemeint war, als eine Art Einladung, ein ›Willkommen-in-unserem-Club‹, und bald saßen sie alle drei um den Küchentisch und tranken aus Bechern unmäßig starken Tee. Die Krümel waren immer noch da, und die zerlaufende Butter auch, aber die Katze hatte sich rar gemacht, zweifellos nach der universellen Katzenweisheit, daß Besucher fast immer eine Bedrohung bedeuten und schrecklich unkätzische Hygienemaßstäbe mitbringen, mit denen sie den sonst so ungezwungenen Besitzer einschüchtern. »Runter mit dir, Pussi!« ruft er dann mit ganz und gar gekünsteltem Entsetzen in der Stimme und stößt einen sogar ziemlich unsanft vom Tisch, in dieser ekelhaft demonstrativen Art, die den Besucher glauben machen soll, so sei es üblich. Ehrlich, diese Menschen! Wie schnell sie eine reibungslos funktionierende Beziehung verrieten, sobald ein anderer Mensch in der Nähe war.

Helen nippte an dem scheußlichen, nicht sonderlich heißen Tee, nahm dankend ein Stück Biskuitrolle aus einer Pappschachtel und wünschte sehnlichst, daß Marjorie ging, damit sie mit Beatrice ihr privates Gespräch über Ruth Ledbetter führen konnte. Deswegen war sie gekommen, und sie hatte keine Lust, ihre Zeit mit Klatsch zu verschwenden.

Sie hätte sich nicht zu sorgen brauchen. Auch Marjorie wollte keine Zeit mit Geplauder verschwenden, sie kam direkt zur Sache.

»Sie haben sich sicher gewundert«, sagte sie zu Helen,

noch bevor sie von ihrem Stück Biskuitrolle abgebissen hatte, »warum Beatrice unter dem Tisch lag, als Sie kamen? Ein bißchen ulkig, fanden Sie nicht?«

»Na ja, ein bißchen schon«, stimmte Helen vorsichtig bei und fügte hinzu: »Aber natürlich geht es mich nichts an...«

»Geht Sie nichts an?« kreischte Marjorie und knallte ihren Becher so hart auf den Tisch, daß der Tee über das Plastiktischtuch schwappte. »Natürlich geht es Sie was an! Also, ich würde, verdammt noch eins, schon finden, daß es mich was angeht, wenn sich die Exfrau meines Partners unter dem Küchentisch versteckt, wenn ich komme! Aber das würde sie natürlich nie... so eine ist sie nicht...«

Sie seufzte, als gehöre es zu den kleinen Enttäuschungen des Lebens, eine Rivalin in der Liebe zu haben, die sich nicht unter Tischen versteckt, wenn man kommt. Dann erhellte sich ihre Miene, und sie fuhr fort.

»Sie hat sich nicht vor Ihnen versteckt, Helen, glauben Sie das bloß nicht. Hast du doch nicht, Bea, oder?« und Beatrice, den Mund voller Biskuitrolle, schüttelte bestätigend den Kopf. »Sie hat sich vor der *anderen* versteckt. Dieser Leadswinger. Stimmt's, Bea? Die ständig mit Beschuldigungen hier ankommt. Ein dutzendmal war sie bestimmt schon da. Erzähl doch mal, Bea. Los.«

Beatrice nickte, schluckte Krümel hinunter, und nahm den Faden auf.

»Stimmt genau. Na ja, vielleicht nicht gerade ein dutzendmal, aber mindestens zweimal. Ich habe Ihnen ja schon erzählt, Helen, wie frech sie das eine Mal war, wissen Sie noch? Mich hier wegen Martins Arbeit zu belästigen, als wenn ich irgendwas darüber wüßte, warum sollte ich denn? Seine *Arbeit*! – das bringt mich immer zum

Lachen, Martin und arbeiten! Tut mir leid, Helen, aber so ist es. Ich kenne ihn länger als Sie.

Aber egal, zurück zu diesem schrecklichen Mädchen. Ich bin sie ja damals losgeworden und dachte, damit sei es erledigt. Aber nein, keine zwei Tage später – ungefähr jedenfalls – steht sie wieder auf der Matte. Die hat vielleicht Nerven! In aller Herrgottsfrühe diesmal, ich war noch nicht mal auf. Da habe ich Sie angerufen, Helen. Was zuviel ist, ist zuviel, hab ich gedacht – und ich glaube, das hat sie ein bißchen erschreckt, als sie gehört hat, wie ich Ihnen oben am zweiten Apparat alles erzähle. Vielleicht dachte sie, Martin hört zu, ich weiß es nicht, jedenfalls hat sie uns mitten im Satz getrennt, und als ich runtergelaufen bin, um zu sehen, was zum Teufel los ist, da war sie weg. Seitdem habe ich sie nicht mehr reingelassen, und ich glaube, sie hat's jetzt aufgegeben. Gott sei Dank. Auf Nimmerwiedersehen, das ist mein sehnlichster Wunsch.«

Alldem konnte Helen nicht viel Neues entnehmen, und die Fragen, die ihr noch einfielen, förderten auch nicht viel mehr zutage. Nein, Beatrice wußte nicht, wo das Mädchen wohnte, woher denn auch? Und weiteres über sie schon gar nicht, schließlich war ihre Unterhaltung nicht gerade eine freundschaftliche Plauderei gewesen, oder? Nur jede Menge naseweise Fragen über Martin und den Kram, an dem er zur Zeit arbeitete ...

Und wenn sie schon von Martin und seinem Kram sprachen, fuhr sie etwas säuerlich fort, was sollte mit dem ganzen Krempel im Gästezimmer werden? Wann kam er zum Ausräumen? Wo sie doch jetzt bloß das Haus und keine müde Mark von ihm kriegte, mußte sie ja langsam mal überlegen, wie sie davon ihren Lebensunterhalt bestreiten konnte, oder? Sie hatte vor zu vermieten; dreißig Pfund die Woche waren allemal drin für das Gästezimmer, wenn Martins Zeug erst raus war.

»Vierzig Pfund«, mischte Marjorie sich ein, die eine Meinungsverschiedenheit gern eskalieren sah.

»Und so«, folgerte Beatrice, »kostet mich jede Woche, die er sein verdammtes Gerümpel nicht rausholt, dreißig Pfund.«

»Vierzig Pfund«, sagte Marjorie.

»Also schuldet er mir«, fuhr Beatrice fort, »genaugenommen schon neunzig Pfund –«

Hastig, bevor Marjorie ausrechnen konnte, was drei mal vierzig ergab, warf Helen ein:

»Es tut mir leid, Beatrice, wirklich. Ich verstehe sehr gut, wie lästig das alles für Sie sein muß; aber das Entscheidende ist, daß meine Wohnung nicht allzu groß ist, und ich habe ja schon einiges von seinen Sachen genommen. Den Schreibtisch zum Beispiel, und die Stapeltische. Im Grunde brauchen wir eigentlich keine Möbel mehr.«

Die Rivalität, zwischenzeitlich außer Kraft gesetzt, regte sich wieder. So sehr sie einmal darum gekämpft hatten, den Menschen Martin zu beherbergen, so kämpften sie nun darum, seine Aktenschränke, seine überquellenden Kartons, seine Berge überholter Notizen zu längst aufgegebenen Projekten nicht beherbergen zu müssen.

»Sie könnten die Sachen irgendwo einlagern«, schlug Helen vor, wie sie es immer tat, wenn das Thema aufkam, »und uns die Rechnung schicken.«

»Er soll sie *selber* einlagern!« brauste Beatrice auf, wieder mit genau denselben Worten, die sie bei früheren Gelegenheiten benutzt hatte. »Es sind *seine* verdammten Sachen!« – und wieder einmal blieb es dabei. Da sie alle beide das Gefühl hatten, in dieser Schlacht Verliererinnen zu sein, durfte sie nie allzulange andauern.

So oder so, es schien langsam Zeit für Helen, sich auf den Weg zu machen. Es war inzwischen klar, daß Beatrice nichts Wesentliches zur Lösung des Problems beizutragen hatte; außerdem bemerkte Helen schon seit einigen Minuten eine zunehmende Unruhe bei ihren beiden Genossinnen. Sie lechzten danach, sie aus dem Haus zu kriegen, damit sie wieder über sie reden konnten; und da sie die Gastfreundschaft nicht überbeanspruchen wollte, erbarmte sich Helen ihrer Ungeduld und ging.

Kapitel 21

Die beiden Todesanzeigen hatten Martin mehr beunruhigt, als er sich gegenüber Helen anmerken ließ. Er wußte so gut wie sie, daß es kein Zufall sein konnte. Aber der Grund für seine Sorge war ein ganz anderer als ihrer. Nicht eine Sekunde verdächtigte er Ruth, auf irgendeine Weise den Tod dieser beiden Leute herbeigeführt zu haben; er hatte sogar allen Grund zu der Annahme, daß es nicht so war. Seine Befürchtungen bezogen sich auf eine ganz andere Möglichkeit.

Er hatte nämlich selbst während des Studiums hin und wieder stundenweise als angelernter Interviewer an verschiedenen Projekten mitgearbeitet. Er kannte alle Kniffe, und dies war einer davon; er bot sich bei solchen Erhebungen an, wo ein Name und eine Anschrift wie auch eine komplette Liste mit Antworten gefordert waren. Grund für diese Forderung war natürlich, eine Überprüfung zu ermöglichen und so zu verhindern, daß der skrupellose Interviewer die ganze Sache gemütlich zu Hause im Sessel ausfüllte und die Antworten frei erfand.

Eine vernünftige Vorsichtsmaßnahme, ging man von der bunten Mischung aus, die sich gewöhnlich als Interviewer anheuern ließ. Dennoch versagte das System vor der Genialität einiger dieser erfinderischen jungen Leute, besonders wenn sie im Team arbeiteten und sich gegenseitig anstachelten, nach dem Motto: *Wir* gegen *die*. Jedes neue Hindernis, das *die* aufstellten, um das Schummeln zu verhindern, wurde als Herausforderung betrachtet. Und dieser besonders bösartige Kniff, daß man den Leuten, die man auf der Straße ansprach, Namen und Adressen entlocken mußte, damit der Supervisor bei einem von zehn nachfragen konnte (Helen hatte völlig recht gehabt, wie gewöhnlich), ob das Interview wirklich stattgefunden hatte – dieser Kniff hatte den Erfindungsgeist des Teams immer wieder bis an seine Grenzen gefordert.

Die verschiedensten Tricks waren im Umlauf; und jener, sich aus den Todesanzeigen in der Lokalzeitung Namen herauszusuchen, hatte sich als erstaunlich erfolgreich erwiesen, solange man ihn zurückhaltend einsetzte. Kein Supervisor würde je so unverfroren sein, angesichts eines Trauerhauses – das Befragungsobjekt kaum unter der Erde – der Sache weiter nachzugehen; er oder sie (normalerweise war es eine sie, der diese Aufgabe zufiel) würde höchstens einen Knoten in die Zunge kriegen vor lauter Entschuldigungen und sich so schnell es ging zurückziehen.

Natürlich durfte man es nicht zu häufig machen, oder zu regelmäßig, sonst fiel es auf. Ruth hatte ihr Glück etwas herausgefordert mit zwei von neun. Es war auch dumm von ihr, sich nicht klarzumachen, daß zwar bei einer großangelegten, unpersönlichen Marktforschungserhebung die Gefahr überaus gering war, daß irgendwer in der fernen Zentrale regelmäßig das Lokalblatt ihres jeweiligen Arbeitsreviers las, dieses jedoch bei Martins kleiner Erhebung im nächsten Umkreis des Campus mit hoher Wahrscheinlichkeit der Fall war.

Es war beunruhigend. Und nicht nur das, es warf auch die Frage auf, was das unartige Mädchen noch alles angestellt hatte.

Er versuchte sich der anderen Tricks zu erinnern, mit denen sie gearbeitet hatten, und während er sich einen nach dem anderen aus diesen goldenen Draufgängerjahren ins Gedächtnis rief, konnte er ein Grinsen nicht unterdrücken.

Zum Beispiel der mit dem ›Fünften Mädchen‹. Hatte man ein w 25 c zu wenig, um seine Quote zu erfüllen, suchte man sich einfach in der Spalte ›Zimmer frei‹ eine Anzeige heraus, in der ein ›fünftes Mädchen‹ für eine Wohngemeinschaft gesucht wurde. Dann schrieb man sich die Adresse ab (oder fand sie durch einen Anruf heraus, wenn es unter Chiffre lief), erfand irgendeinen Namen und füllte dann problemlos den Fragebogen aus, im Vertrauen darauf, daß es, falls der Supervisor tatsächlich diese Adresse als eine der zehn aussuchte, keine Mitbewohner gab, die mit Sicherheit sagen konnten, ob diese oder jene zu einer bestimmten Zeit vorübergehend dort gewohnt hatte, und noch weniger, ob unter den unendlich vielen Besuchern einer von einem Marktforschungsinstitut gewesen war.

Umzugswagen waren auch gut. Das Team hielt sich gegenseitig auf dem laufenden über entlegene Adressen, wo man Umzugsleute beim Möbelschleppen beobachtet hatte. Bis dann der Supervisor seine Runden machte, waren die neuen Bewohner schon eingezogen, und man konnte natürlich nicht erwarten, daß sie über Tun und Lassen ihrer Vorgänger viel wußten.

Selbstverständlich konnte man nicht alle seine Interviews auf diese Weise machen, es herrschte stillschweigende Übereinkunft im Team, daß mindestens fünfzig Prozent echt sein mußten. Wie sonst gelangte man zu einer Basis, von der aus man eine plausible Proportionierung der ›Jas‹, ›Neins‹ und ›Weiß-nichts‹ in den verschiedenen Kategorien errechnen konnte? Abgesehen davon, bei jedem einigermaßen kurzen, direkten und nicht zu peinlichen Fragebogen lohnte sich die Mühe einfach nicht, da war es einfacher und schneller, die Sache ordentlich zu machen. Wo diese Tricks wirklich zum Tragen kamen, das war bei solchen Gelegenheiten, wo einem ein langer und komplizierter Fragebogen aufgehalst worden war, der nach der Quotenmethode bearbeitet werden mußte – so und so viele unter fünfunddreißigjährige Frauen der Kategorie C so und so viele über sechzigjährige Männer der Kategorie D und so weiter, die man alle auf der Straße ansprechen mußte, ohne einen anderen Anhaltspunkt zu haben als ihre äußere Erscheinung. Da konnte man sich oft ziemlich vertun und ganz schön in Verzweiflung geraten, wenn man kecke junge Mädchen herauspickte, die dann über fünfzig waren, oder abgewrackte Greise, die sich als Direktoren von Privatschulen oder Mitglieder des Oberhauses entpuppten.

Andererseits, wenn man Direktoren von Privatschulen oder Mitglieder des Oberhauses (A-Klasse Männer) zur Vervollständigung seiner Quote suchte, konnte man natürlich tagelang die Straßen abklappern, ohne einen einzigen zu treffen: und in diesen Fällen kamen einem dann die ›Kreuzfahrten rund um die Welt‹ so sehr zupaß. Man besorgte sich eines der feinen Klatschmagazine, sah nach, wer gerade auf einer dreimonatigen Kreuzfahrt war, und schon hatte man einen Namen für seine ›Kategorie A über fünfzig‹. Der Supervisor, der geduldig seine Kontrollen machte, sah sich dann mit einem Butler konfrontiert, der selbstverständlich nicht wissen konnte, ob jemand von seiner Herrschaft letztens auf der Straße über Zahnpasta oder was immer interviewt worden war; und bis der oder die Gnädige zurückwaren, war die ganze Geschichte schon Schnee von gestern, spurlos untergegangen.

Wieviel Spaß das gemacht hatte! Und wie gut es fast immer geklappt hatte!

Seltsamerweise war es einem nie wirklich wie Betrügen vorgekommen – eher als hätte man in einem Spiel, bei dem es auf Geschicklichkeit und Mut ankam, den Sieg über einen würdigen Gegner errungen. Oder anders betrachtet, kam es dem Ersinnen einer arbeitssparenden Vorrichtung gleich, die dazu angetan war, die Produktivität per Arbeitsstunde zu erhöhen. Und für so etwas sollte jeder einsichtige Arbeitgeber doch im Grunde dankbar sein.

Und natürlich hatte man stets die handfeste, beruhigende Tatsache in petto, daß fünfzig Prozent echt waren. Die Endergebnisse konnten gar nicht völlig verkehrt sein, solange man sich daran hielt, immer vorausgesetzt, man berechnete seine ›Jas‹ und ›Neins‹ richtig. Normalerweise ging das einfach so, daß man seine echte Zahl in jeder Kategorie verdoppelte, selbst der größte Trottel konnte das kaum falsch machen.

Auch die Arbeit in einem Team half. Es war ungeheuer wichtig, daß alle ungefähr auf die gleichen Zahlenverhältnisse kamen – wenn man Resultate lieferte, die sich um zehn Prozent oder mehr von denen der Kollegen unterschieden, dann war man tatsächlich geliefert, weshalb das Team alle Vorsichtsmaßnahmen traf, um sicherzustellen, daß so etwas nicht passierte.

Und so tat es im großen und ganzen niemandem weh, ganz sicher nicht dem Fortschritt menschlichen Wissens. Abgesehen von allem anderen waren die Themen gewöhnlich von derart läppischer Idiotie – ob ›Bananeneis‹ dem Konsumenten eher zusagte als ›Das Eis mit dem Bananengeschmack‹; oder ob Waschpulver mit blauen Bildern auf dem Karton sich besser verkaufen ließ als mit rosaroten –

so daß der Gedanke, den Vormarsch der Wissenschaft zu beschleunigen (oder genaugenommen zu verlangsamen) schlicht lachhaft war.

Und genau hier lag der Unterschied. Das machte Martin so ärgerlich und bekümmert. Seine Sorge, Ruth könnte auf dieselbe Weise geschummelt haben wie er damals, hatte nicht nur mit dem Maultier zu tun, das den Esel Langohr schilt; denn dies war etwas völlig anderes. Diese Untersuchung war eine wichtige, wissenschaftliche Untersuchung: es war *Martin Lockwoods* Untersuchung, und die Ergebnisse waren von höchster Bedeutung, nicht nur für ihn, sondern für die gesamte Zukunft der Forschung auf diesem Gebiet. Seine Theorie von der Parasitenperson (er hatte inzwischen beinah vergessen, daß die Bezeichnung ursprünglich von Ruth stammte, aber natürlich würde er sie in seinem Vorwort gebührend würdigen) – seine Theorie mußte von einer Masse an Beweismaterial gestützt sein, das stichhaltig genug war, sich gegen den Widerstand des Establishments zu behaupten, auf den sie mit Sicherheit stoßen würde. Und es *war* stichhaltig genug, immer mehr ergab sich tagtäglich aus den Antworten in dem abgeänderten Fragebogen, den Ruth jetzt benutzte.

Er griff sich eines ihrer letzten Interviews heraus und sah es durch. Ein M 45 B, ehemals ein erfolgreicher Geschäftsmann, dessen Depression sich über Monate ständig verschlimmert hatte, bis die Firma darunter zu leiden begann. Inzwischen wäre sie ganz herunter, so berichtete er, wäre nicht seine Frau ›zu Hochform aufgelaufen‹, als ihn die Depression ereilte. Früher eine ziemlich schwache, unscheinbare Person, hätte sie sogleich Kraftreserven mobilisiert, die er nie bei ihr vermutet hatte.

»Sie hat es wunderbar gemacht – wirklich wunderbar! So fröhlich, so geduldig, so mutig! Ich weiß gar nicht, wie es mir ohne sie ergangen wäre!«

Besser wäre es dir ergangen, Mr. M 45 B, viel besser. Ausgelassen blätterte Martin das Interview durch – es war lang und wimmelte von hochsignifikanten Zitaten. Das würde er garantiert benutzen, vielleicht bei den Fall-Geschichten.

Und dann kamen die Zweifel wieder hoch. Konnte Ruth das tatsächlich alles erfunden haben? Und würde sie so etwas tun? Wozu? Sie hatte nichts von der Doktorarbeit, nicht mal ein anständiges Honorar. Gar kein Honorar, genaugenommen, und als er sich das überlegte, fühlte Martin eine Welle der Erleichterung über sich hinweggehen. Denn diese Tatsache machte doch sicher jedes mögliche Motiv für krumme Touren null und nichtig? Warum um alles sollte sie überhaupt für ihn arbeiten, wenn nicht (wie sie selbst behauptet hatte) aus ehrlichem Interesse an dem Projekt, aus einem echten Wunsch, die Wahrheit herauszufinden?

Es konnte nicht sein, daß sie geschummelt hatte, es konnte einfach nicht sein. Während er den Stapel mit ihren letzten Interviews durchsah, so detailliert und sorgfältig, die teils wörtlichen Antworten so natürlich und überzeugend, schämte Martin sich, daß er je an seiner fähigen und eifrigen Assistentin gezweifelt hatte.

Aber dennoch, er mußte mit ihr über die beiden Namen in den Todesanzeigen reden. Das durfte er ihr nicht durchgehen lassen, auch wenn sie wahrscheinlich nicht direkt schummelte. Er konnte sich genau vorstellen, was passiert war, denn es war ihm in seinen Interviewertagen oft genug selbst so ergangen.

Das ging so vor sich: Man bekam mit absolut ehrlichen Mitteln ein hervorragendes und ganz sauberes Interview von jemandem, und dann, ganz zum Schluß, wenn man das Ding buchstäblich schon in der Tasche hatte, änderte dieser Jemand seine Meinung und weigerte sich plötzlich, Namen und Adresse anzugeben: vielleicht hatte er kalte Füße bekommen, oder es war ein illegaler Einwanderer oder sonstwas. In solchen Fällen mußte man eigentlich das ganze Interview vernichten; eine absurde Prozedur in Martins Augen. Abgesehen von der schrecklichen Verschwendung von Arbeitszeit, konnte man dieser Praxis geradezu anlasten, daß sie die Ergebnisse verzerrte, indem sie eine Diskriminierung derer bedeutete, die lieber anonym blieben. Wenn also die vollständige Anschrift auf dem Formular eine *sine qua non* war, dann war es doch nur ein Gebot der Vernunft (oder jedenfalls hatte es Martin immer so gesehen), eine zu liefern.

Ja, genau das war Ruth wahrscheinlich passiert. Begeistert, wie sie offensichtlich war, daß die Untersuchung so gut lief, und mit zwei auf ehrliche Weise erworbenen Interviews in der Hand, die so hervorragend geeignet waren, die These zu unterstützen, hatte sie es nicht ertragen, sie wegen einer bloßen Formalität wie Name und Adresse zu vernichten. Und so hatte sie (genau wie er es an ihrer Stelle auch gemacht hätte) zu dem altehrwürdigen Mittel gegriffen und Personen passenden Alters und Geschlechts aus den Todesanzeigen herausgesucht ...

Aber so unnötig alles! Das dumme Mädchen! Glaubte sie wirklich, er sei so ein Cheftyp, der ihr gleich die Haut in Streifen abzog, wenn sie hin und wieder ein anonymes Interview ablieferte? Er mußte ihr sagen, daß sie nächstesmal einfach nur ›Name und Anschrift vorenthalten‹

obendrüber schreiben mußte, und er würde es vorbehaltlos akzeptieren. Sobald sie kam – und das müßte eigentlich bald sein, es war schon nach drei – wollte er das Thema anschneiden, natürlich ganz freundschaftlich, sogar mit einem kleinen Schmunzeln, und ihr klarmachen, daß er sie nicht des Betrugs anklagte.

Immer sachte mit den jungen Pferden!

Aber das junge Pferd ließ sich nicht so einfach einfangen.

»Was für 'ne Todesanzeige? Was meinen Sie?« wollte sie wissen; und als Martin es erklärte – ganz vorsichtig, und die ganze Zeit über lächelte, um ihr zu zeigen, wie leicht er das Ganze nahm – reagierte sie mit einer dieser schrecklichen Verdrehungen weiblicher Logik, schob ihm den Schwarzen Peter zu und trieb ihn in die Defensive.

»Wo soll das stehen? In was für einem verdammten Käseblatt? Also, los, dann zeigen Sie's mir!« und natürlich konnte er ihr nichts zeigen, weil Helen die Seite wieder mit in die Schule genommen hatte, um sie der Kollegin zurückzugeben, von der sie die Zeitung hatte.

»Helen!« Sie sprach den Namen aus wie ein Schimpfwort. »Hätt ich mir ja denken können, daß Miss Scheißnaseweis dahintersteckt! Von Anfang an hat sie was gegen mich gehabt! Hören Sie mal zu, Prof, ich dulde nicht, daß Ihre gottverdammte Nutte sich in meine Arbeit mischt! Wenn sie das noch einmal macht, bring ich sie um! Kapiert? Meinetwegen bumsen Sie mit ihr soviel Sie wollen, aber wenn sie ihre dreckigen Pfoten je wieder an eins von meinen Interviews legt, dann seil ich mich ab! Schluß! Aus! – Und den Rest von Ihren blöden Interviews können Sie allein machen. Okay? Es sind mindestens noch vierzig«, fügte sie hämisch hinzu, um ihm Angst einzujagen;

das gelang ihr auch, und sie sah es. Sie ließ sich auf der Couch nieder, der kurze Rock rutschte über die Knie hoch wie immer, und die dünnen marmorierten Beine ragten vor ihr ins Zimmer, fast wie Waffen.

»Kapiert?« wiederholte sie und ließ ihn nicht aus den Augen. »Dieses verdammte Weib tippt meine Interviews nicht mehr ab, ist das klar? Kein einziges Wort davon mehr. Jemals. Okay?«

Martin stimmte sofort zu, weil ihm im Augenblick nichts anderes einfiel, was er hätte tun können. Dann fing er an zu überlegen, worauf er sich da eingelassen hatte.

»Soll das heißen, daß *ich* sie tippen muß? Eigenhändig?« fragte er entsetzt; und Ruth – wie eine kleine frischgekrönte Kaiserin auf dem Thron, die sich in der plötzlichen Macht sonnt, sagen zu können: ›Herunter mit seinem Kopf‹, wann immer es ihr einfiel – nickte.

»Wer sonst? *Ich* kann nicht maschineschreiben. Ich habe Ihnen doch erzählt von dieser Berufsberatungstussi, die wir in der Schule hatten, und die sagte immer: ›Was ihr auch tut, Mädchen, lernt nie maschineschreiben, sonst tut ihr nichts anderes mehr.‹«

Das wirst du sowieso müssen, hätte Martin ihr sagen können, ob du es gelernt hast oder nicht; aber es schien nicht ganz der geeignete Moment.

»Also ... na gut«, lenkte er widerstrebend und im Vertrauen darauf ein, daß sich der Sturm sowieso bald legen würde: »Aber ein bißchen hart ist es schon, in diesem Stadium. Ich habe mich immer darauf verlassen, daß Helen –«

»Natürlich haben Sie das! Natürlich haben Sie sich bei ihr angelehnt ... mir erzählt, wie wunderbar sie ist ... die ganze Ohne-sie-geht's-nicht-Chose! Erkennen Sie es wieder? – ›Wüßte gar nicht, was ich ohne sie machen sollte?‹ Das Opfer redet über die Parasitenperson!

Und wissen Sie, Prof, es paßt. Was glauben Sie wohl, warum Sie so depressiv sind, seit Sie hier wohnen? Was glauben Sie wohl, warum Sie sich nicht besser fühlen, obwohl Sie doch Ihre Frau verlassen haben? Weil Beatrice nicht Ihre Parasitenperson war, sie war nur eklig zu Ihnen, und das ist was anderes. Sobald ich ein bißchen mit ihr geredet hatte, war mir klar, daß sie keine Parasitenperson ist, sondern nur ein Biest. Aber Helen, verdammte Heilige Helen...«

Martin war eher verärgert als beunruhigt durch die Tirade. Frauen waren nun mal so: laß zwei von ihnen in dein Leben, auf welch unschuldiger Basis auch immer, und früher oder später fangen die Eifersuchtsszenen an, und die Wutanfälle. Da gab es nur eins: Kopf einziehen und keine Versprechungen.

»Okay, okay«, sagte er, sehr darauf bedacht, nicht genau festzulegen, was genau nun okay oder nicht okay war. »Beruhigen Sie sich. Keiner zwingt Sie, etwas zu tun, was Sie nicht wollen.«

Er spürte, wie Ruths Zorn, zumal er so gar keinen Widerstand fand, langsam abflaute, und hielt die Zeit für reif, das Thema zu wechseln und gleichzeitig seine Rolle als Boß wiederherzustellen.

»Übrigens, dieses Timberley-Interview, Ruth. Sind Sie noch mal hingegangen, wie ich Ihnen gesagt hatte?«

Es klappte. Gleich sah sie viel weniger aus wie die böse Königin und viel eher wie eine junge wissenschaftliche Assistentin – eine sehr junge.

»Ach, Prof, das wollte ich Ihnen eigentlich als erstes erzählen, hätt ich auch getan, wenn Sie nicht gleich so auf mich losgegangen wären. Es ist toll, wirklich toll, die Timberley-Kiste! Es bestätigt alles, was wir beweisen wollten, es ist die Fallgeschichte der Fallgeschichten! Also passen Sie auf: der alte Mr. Timberley hat 'nen Herzanfall gehabt – wahrscheinlich beim Rumschleppen von dieser alten Qualle – und wurde ruck-zuck ins Krankenhaus abtransportiert. Und die alte Qualle? – was hab ich Ihnen gesagt? Keine zwei Stunden nachdem ihn der Krankenwagen geholt hatte, war sie auf den Beinen, und am nächsten Tag hat sie Hausputz gemacht, ist einkaufen gegangen, hat mit den Nachbarn geschwatzt. Das sei wie ein Wunder, hat einer von ihnen gemeint, sie so zu sehen ... sie nach all den Monaten wieder in eine ganz normale Frau verwandelt zu sehen.

Und ich habe ein Super-Interview von ihr, Prof. Als Sie bei ihr waren, das hat sich ja angehört, als wenn sie kein Wort geredet hätte, aber bei mir redete sie – und wie! Sie hat mir erzählt, wie ihre ganze Depression angefangen hat, nämlich genau zu dem Zeitpunkt, als Mr. Timberley in den Ruhestand ging und den ganzen Tag zu Hause war. Sie sagt, daß sie ihn haßt. Das hat sie erst gemerkt, als sie ihn im Krankenwagen davonfahren sah, da ist es ihr plötzlich gekommen, was für eine Angst sie all die Jahre vor ihm hatte. Echte Enthüllungen! So was haben Sie noch nie gehört – der Archetyp einer Parasitenperson muß er gewesen sein! Hören Sie sich bloß mal das hier an ...!«

Kapitel 22

Trotz Martins kluger Politik, den Kopf einzuziehen, wenn eifersüchtige Frauen über ihn stritten, verging doch beinahe eine Woche, bevor die Sache langsam abklang.

In gewisser Weise lag die Schuld eher bei Helen als bei Ruth, entschied Martin widerstrebend, denn wenn Ruth auch ausgerastet war (wie sie es wohl genannt hätte), geschrieen und gewütet und abscheuliche Dinge über Helen gesagt hatte, so wußte Helen davon ja nichts, und es erschien ihm ein bißchen unfair, daß sie so verstimmt reagierte, als wisse sie es doch.

Martin hatte das Ganze so freundlich und taktvoll angefangen, wie er nur konnte. Er war nicht so unklug gewesen, Helen zu sagen, Ruth wolle nicht, daß sie die Interviews weiter abtippte. Er stellte es im Gegenteil als seine eigene Idee hin, die nur der Sorge um ihr Wohlergehen entsprungen war.

»Es erscheint mir irgendwie unfair dir gegenüber, Schatz, wo du doch sowieso schon so viel zu tun hast – die ganze Hausarbeit, die wunderbaren Mahlzeiten, die du mir immer kochst, und das alles neben einem Vollzeitjob. Es ist einfach nicht richtig.«

Eine charmante kleine Rede; aber diese unheimliche Fürsorglichkeit so ganz plötzlich überraschte Helen natürlich.

»Aber Martin, Liebster, ich schreibe sehr gern für dich, das weißt du doch! Ich habe dir ja gesagt: es ist ein schönes Gefühl für mich, an deiner Arbeit teilzuhaben. Außerdem sind jetzt die Prüfungen vorbei, weißt du, und bis zu den

Ferien ist es nur noch eine gute Woche... alles läuft allmählich ein bißchen friedlicher. Ich habe massenhaft Zeit, wirklich.«

Also mußte Martin noch einmal von vorn anfangen.

»Das ist lieb von dir, mein Schatz. Ich weiß es wirklich zu schätzen, und glaube bitte nicht, ich sei nicht dankbar für all die fantastische Arbeit, die du bis jetzt für mich geleistet hast. Aber weißt du, Liebes, die Sache ist die...«

Was er um alles in der Welt weiter sagen sollte, würde Martin nie erfahren: er hatte wohl gehofft, daß der Satz sich irgendwie von selbst beendete. Aber dem war nicht so. Helen war zu schnell für ihn.

»Du meinst, *Ruth* möchte nicht, daß ich ihre Interviews abtippe! Das ist es doch, oder? Sie hat dir gesagt, du sollst mich davon abbringen...«

Die Geschwindigkeit, mit der Frauen denken! Grauenvoller als jede ferngesteuerte Rakete!

»Tja...« Martin sah hierhin und dahin, überallhin, nur nicht auf seine Liebste, und suchte nach Worten.

»Also gut, Martin. Wenn du es so haben willst«, und obwohl sie ganz ruhig sprach, wußte er, daß sie zutiefst gekränkt war. »Das einzige ist, wer wird sie dann abtippen? Sie kommen jetzt so schnell, daß du es gar nicht schaffen wirst, sie alle selbst zu schreiben.«

»Oh, das macht Ruth«, warf Martin eifrig ein, voller Erleichterung, daß sich das Problem von der emotionalen zur rein praktischen Seite zu verlagern schien. »Sie sagt, das könne sie nebenbei erledigen. Sie meint, es sei einfacher so...«

»Aber hast du nicht gesagt, sie kann nicht maschineschreiben?«

Helen schien ehrlich verwirrt, und Martin verfluchte

heimlich – und nicht zum ersten Mal – die engagierte und liebevolle Aufmerksamkeit, mit der Helen jede Einzelheit aufnahm, die er ihr erzählte. Da blieb ihm nie ein Schlupfloch.

Zum Schluß löste sich natürlich doch alles in Wohlgefallen auf. Helen war nicht nachtragend und fand sich bald ganz gut mit ihrem neuen tippfreien Tageslauf ab. Es blieb wirklich noch genug zu tun für sie, denn neben der ganzen Hausarbeit mußte sie ja auch noch Martin vor Besuchern, Telefonaten und sonstigen Ärgernissen bewahren, die seinen Schaffensfluß hätten stören können.

Es lief fantastisch, wirklich fantastisch. »Interessant«, hatte sein Supervisor vorsichtig gemeint und dabei unsicher an seinem Schnauzbart gezupft, um zu verbergen (falls die Katze in die falsche Richtung sprang), daß er tatsächlich ganz schön beeindruckt war.

Inzwischen kümmerte Martin allerdings die Meinung seines Supervisors viel weniger, als er je geglaubt hätte; denn inzwischen passierten alle möglichen anderen Dinge. Er hatte mit Höchstgeschwindigkeit, und in einem schon an Panik grenzenden Zustand, damit ihm nur keiner mit derselben Idee zuvorkam, eine kurze Zusammenfassung seiner Erkenntnisse für eine Fachzeitschrift geschrieben, und sie hatten beinah postwendend akzeptiert, mit einem netten Brief des Redakteurs dabei, der prophezeite, daß seine Leser Martins Ideen sicher ›stimulierend und provokativ‹ finden würden.

Und das war noch nicht alles. Irgendwie war die Presse aufmerksam geworden, und zwei Reporter, einer von einer überregionalen Zeitung, hatten angerufen und ihn um Interviews gebeten. Nachher war dann keiner aufgekreuzt, trotz Martins beflissener Zusage: aber offenbar waren Presseleute eben so, er hatte noch nie mit ihnen zu tun gehabt; jedenfalls war es trotz allem sehr aufregend. Selbst von einem hochkarätigen Journalisten versetzt zu werden, war schon ein Erlebnis, wenn man bisher sein Leben in quälender Bedeutungslosigkeit verbracht hatte.

Die Lokalzeitung hatte ihm alle Ehre erwiesen.

LEBT UNTER IHNEN EINE PARASITENPERSON? war die Überschrift, gefolgt von einer nicht allzu ungenauen Zusammenfassung von Martins Theorie und einem schmeichelhaften Foto: er an seinem Schreibtisch, die Fingerspitzen zusammengelegt, auf den Lippen ein geheimnisvolles Lächeln. Es kam nicht oft vor, daß Fotos so genau richtig herauskamen, gleichzeitig schmeichelhaft und doch ganz man selbst. Martin saß stundenlang davor und betrachtete es.

Oder er hätte es getan, wenn nicht der Druck von allen Seiten sich so verstärkt hätte. Wie er gleich zu Anfang vorhergesagt hatte, brachte der Gedanke von der Parasitenperson, die ihrem Wirt Talente und Energien aussaugt und sich gierig über seine außerordentlichen Gaben und seinen unzweifelhaften Genius hermacht, bei allen möglichen Leuten eine Saite zum Schwingen. Es war für jeden etwas drin; und ganz obenauf, voll beschäftigt, bekräftigende Beweise auszuspucken, wie eine Fabrik Katzenfutter in Dosen ausspuckt, saß Martin Lockwood.

Schritt halten, das war jetzt das Problem. Das berauschende Gefühl des Erfolges – die Hochstimmung, die unglaubliche Freude – von alledem hatte er immer geträumt. Was er sich nicht ganz so vorgestellt hatte, war die Art und Weise, wie man am Ball bleiben mußte, um den ständig steigenden, ständig schmeichelnden Anforderungen nachzukommen, zu denen er in seiner Euphorie ›ja‹ sagte … und ›ja‹, und noch einmal ›ja‹. Schon war ihm ein Artikel über *Parapsychologie und die Parasitenperson* angetragen worden; und ein anderer für eine Wirtschaftszeitschrift über *Parasitenpersonen im Management*. Am dringlichsten war ein Beitrag für *Readers Roundabout* über *Die Parasitenperson in Märchen und Legende*. Sie wollten ihm tatsächlich ein Honorar dafür zahlen, und in seiner ungestümen Begeisterung hatte er gesagt, er könne ihn zum Wochenende liefern.

Märchen. Es mußte Hunderte von Märchen geben, die sein Thema illustrierten … Tausende. Warum Stunden – Tage – Wochen damit verbringen, über all den schwergewichtigen alten Folianten zu hocken, die im Flügel für Geisteswissenschaften der Bibliothek die Regale füllten? Ein Märchen ist so gut wie das andere. Jeder kann ein Märchen erfinden. Er spannte einen neuen Bogen in die Maschine, und seine Finger schrieben fast wie von allein:

> »*Es gibt eine Geschichte*« – (gut, jetzt gibt es sie) – »*von zwei Ochsen, die hatten sich im Schlachthof losgerissen und machten nun, sehr zum Schrecken der Bewohner, die Stadt unsicher. Keiner getraute sich, sie einzufangen, alle rannten in ihre Häuser und verriegelten die Türen.*
> *Nach einer halben Stunde standen beide Ochsen wieder vor dem Schlachthof und brüllten um Einlaß …*«

Was sage ich denn, woher ich die Geschichte habe? Teufel, warum soll ich überhaupt etwas sagen? So eine Geschichte hätte ja kein Copyright, selbst wenn sie echt wäre. Und wenn einer darauf besteht, dann sage ich einfach aus Venezuela. Wer will schon nach Venezuela? Auf der Hut sein sollte man eher bei so erquicklichen Ländern wie Jugoslawien, wo einer den Nachweis, daß du unrecht hast, gleich mit einem schönen Urlaub verbinden kann: Baden und Tauchen und alles, was dazugehört.

Für die Doktorarbeit selbst mußte er natürlich Referenzen einsetzen, Fußnoten über Quellen und so fort. Bei *Readers Roundabout* war man da vielleicht nicht so pingelig, aber bei den Fachzeitschriften sicher, und wenn der Name Martin Lockwood in beiden Bereichen, den akademischen Gefilden wie auch dem der Bestsellerlisten anerkannt werden sollte, dann mußte er auf seine Referenzen achten.

Referenzen ... Referenzen ... Waren es wirklich solche Stolpersteine? Wird in den Redaktionen, selbst denen der Fachzeitschriften, wirklich jede Quellenangabe nachgeprüft? Auch dann, wenn diese Angaben zufällig aus älteren Jahrgängen einer kleinen und inzwischen eingestellten Zeitschrift stammen?

Am nächsten Nachmittag – und es war ein sinnvoll verbrachter Nachmittag – konnte man Martin wieder in der Bibliothek finden, wo er eine Liste von Zeitschriften zusammenstellte, die in den letzten zehn Jahren eingegangen waren.

Es schien Dutzende davon zu geben! Entzückt notierte er sich die Titel; und dann widmete er seine Aufmerksamkeit den Autoren. Was für Namen hatten denn wohl Autoren obskurer psychologischer Artikel? Beim Durchblättern der noch bestehenden Zeitschriften sah er – wieder zu seinem Entzücken – daß unglaublich viele Namen auf dem Gebiet nicht nur ausländisch, sondern praktisch unaussprechbar und unbuchstabierbar waren – Odajnyk,

Wiesniowicki und so ähnlich. Wer würde schon den Nerv besitzen, bei seiner mündlichen Doktorprüfung oder am Redaktionsschreibtisch mit solchen Namen herumzuwerfen?

Er hätte am liebsten laut gekräht in seiner stillen Nische zwischen den Bibliotheksregalen. Jeder konnte solche Namen erfinden, und er wollte den sehen – selbst den größten Experten – der ihm nachwies, daß der Typ *nicht* existierte und *nicht* irgendwann in den sechziger Jahren diesen oder jenen Artikel in dieser oder jener, inzwischen eingestellten, Zeitschrift veröffentlicht hatte.

Er hatte schon gedacht, daß es einfach sein würde, aber selbst er hatte nicht geahnt, daß es *so* einfach sein würde. Am Abend flossen ihm die Zitate nur so aus den Fingern, und es machte Spaß, richtig ausgelassenen Spaß, den richtigen unaussprechbaren Namen mit der richtigen Art von Zitat zu verknüpfen. So beschäftigt war er mit dieser faszinierenden Aufgabe, daß er kaum merkte, wie das Telefon klingelte und Helen abnahm (wie sie es zur Zeit natürlich immer tat). Aber nach einer Weile wurde er durch irgend etwas in ihrer Stimme aufmerksam und hörte unwillkürlich zu.

»Ja, das ist richtig«, sagte sie gerade; und dann: »Vor sechs oder sieben Wochen, glaube ich ... Ja, er hat sie interviewt. Ja ... ja.«

Dann kam eine Pause, eine ziemlich lange. Und dann:

»Mein Gott! Oh, das tut mir aber leid! Ja ... ja, das stimmt wohl, in gewisser Weise ist es ein Segen, sie wäre ohne ihn völlig hilflos gewesen ...«

Dann, nach einer weiteren Pause und in etwas anderem Tonfall: »Oh! Also ... tja ... Einen Augenblick bitte ...«

Hier drehte sich Helen zu ihm um.

»Ich muß dich leider mal unterbrechen, Schatz«, sagte sie, »aber es geht um die Timberleys ... Eine traurige Nachricht. Mr. Timberley hatte einen Herzinfarkt, und –«

Martin war ungeduldig. Das kannte er schon alles.

»Ja, ja«, unterbrach er. »Ruth hat es mir erzählt. Sie sagt, Mrs. Timberley ...«

»Hat ihn nur ein paar Stunden überlebt«, beendete Helen den Satz. »Natürlich in gewisser Weise ein Segen, denn –«

Sie hatte alles falsch verstanden, irgendwie durcheinandergebracht, oder die Frau, mit der sie da redete; aber was zum Teufel? Ihn drängte es wieder zu seiner Arbeit.

»Und?« fragte er in jenem Ton, der andere in kürzester Zeit mundtot macht.

»Und deshalb«, sagte Helen mit dem trockenen Unterton, den sie manchmal annahm, wenn sie fand, daß er ein bißchen herzlos reagierte, »und deshalb möchte Mrs. Hobbs – die Nachbarin – wissen, was sie mit dem Wellensittich machen soll? Es gibt offenbar keine Angehörigen, und nun ruft sie bei uns an, weil deine Visitenkarte, Martin, für sie der einzige Hinweis auf irgendwen war, der sie vielleicht gekannt hat. Aber das Problem – das dringende Problem – ist dieser Wellensittich. Sie sagt, sie selbst kann ihn nicht nehmen, weil sie zwei Katzen hat, und da wollte sie nur mal hören – wenn es dir nichts ausmacht natürlich – ob wir ihn nicht erstmal nehmen können? Ich könnte ihn morgen nach der Schule holen, das wäre keine Mühe. Es wäre doch schön, findest du nicht, wenn man das Gefühl haben könnte, wenigstens etwas für diese armen Leutchen zu tun ...?«

Martin konnte daran überhaupt nichts Schönes finden. Und er glaubte Helen auch nicht, als sie sagte, der Vogel mache keine Umstände. Haustiere machten immer Umstände, und sich etwas anderes einreden zu wollen, war einfach dumm.

»Er heißt Tweetie«, bettelte Helen, als wenn das etwas an dem Problem ändern würde; aber als er hochsah, um zu protestieren, und ihrem flehenden Blick begegnete, besann er sich anders. Nach all dem Tamtam mit Ruth und der Tipperei, das sich eben erst aufgelöst hatte, wollte er nicht schon wieder ein Tamtam, diesmal um einen Wellensittich, Himmeldonnerwetter.

»Ich mache auch den Käfig sauber – und füttere ihn – und alles«, bat Helen; und unter dieser Bedingung erlaubte sich Martin ein unwilliges Nicken des Einverständnisses.

Und beim nächsten Telefonklingeln war es, als rufe Gott persönlich an, um Martins Großzügigkeit und Nachsicht zu belohnen.

Es war das Fernsehen. Sie wollten eine Sendung über die Parasitenperson machen, und er, Martin Lockwood, sollte im Mittelpunkt stehen.

Es war soweit! Dies war der Moment, auf den sein ganzes Leben zugesteuert war. Er hatte es geschafft!

23

Ruth war, als sie am Montag vormittag kam, nicht ganz so begeistert von der Neuigkeit, wie er erwartet hatte. Ja, zuerst war sie sogar ein bißchen eingeschnappt.

»Ich will auch dabeisein«, sagte sie. »Es ist nicht fair! Es war meine Idee. Ich bin diejenige, die praktisch die ganze Arbeit gemacht hat!«

Das klang so nach einem kleinen Kind, dem man ein Vergnügen verwehrt, daß er lächeln mußte.

»Aber natürlich, Ruth! Sie waren mir die wunderbarste Hilfe, und natürlich werde ich mich erkenntlich zeigen, Ehre, wem Ehre gebührt! Sie kommen in mein Vorwort, in goldenen Lettern praktisch! Sie werden der Star sein! Aber diese Fernsehsache – das müssen Sie verstehen, meine liebe Ruth, da ist es ein bißchen anders. Ich habe keinen Einfluß darauf, wer in die Sendung kommt und wer nicht, wissen Sie. Es ist eine großartige Sache für mich, daß man mich überhaupt gebeten hat: ich kann – jedenfalls zu diesem Zeitpunkt – keinen Gefallen erbitten, oder? Nicht gleich beim ersten Mal«, fügte er hastig hinzu, als er ihren Gesichtsausdruck sah. »Aber ein andermal... später... wenn ich erst in der Position bin, Fäden zu ziehen, vielleicht...«

Die Unverbindlichkeit dieser Versprechungen war nur allzu deutlich. Er legte ihr die Hand auf die Schulter.

»Kommen Sie schon, Ruth! Regen Sie sich ab! Je mehr Erfolg ich diesmal habe, desto eher kann ich Einfluß geltend machen, um Sie auch reinzubringen! Also lassen Sie uns anfangen. Ich möchte System in die Papiere bringen.

Ich will auf alle nur möglichen Fragen vorbereitet sein... Ich möchte ganz genau wissen, was Sache ist...«

Ob es nun die Übernahme eines ihrer legeren Ausdrücke war, oder der generelle Tenor seiner herzlichen kleinen Rede, wußte Martin nicht zu sagen, auf jeden Fall hellte sich ihr Gesicht auf, und sie war bald wieder ihr altes enthusiastisches Selbst.

»Träume... Sie müssen sehen, daß die Sie nach Träumen fragen, Prof, da haben wir nämlich ein paar echt gute... Erinnern Sie sich an den von den Ratten...? Wo die Frau ständig darüber redet, wie hilfreich und toll ihr Mann immer ist, und dann jede Nacht dieser Traum, daß Ratten bei ihr im Bett sind und an ihrem Fleisch nagen? Hier – hier haben wir's – W 55 C...« Während sie sprach, hatte Ruth die ganze Zeit mit geschickten Fingern die Stapel von Interviews durchgeblättert – nicht wenige warteten noch darauf, getippt zu werden. Wie er vorausgesagt hatte, war das Abtippen ohne Helen in traurigen Rückstand geraten. Aber da sie einigermaßen leserlich waren, fand Ruth schnell, wonach sie suchte: weitere Träume ähnlicher Art. Nicht ganz so eingängig wie der mit den Ratten, aber von ähnlicher Brisanz. Sie legte sie getrennt auf einen kleinen Stapel.

»Gute Idee«, meinte Martin und beobachtete sie wohlwollend. »Wir ordnen sie in Kategorien ein, je nach Aussagekraft, ungeachtet von Alter und Geschlecht... und markieren Sie die wirklich guten Zitate mit einem Stern, Ruth. Hier – schauen Sie sich mal dieses an! Dieser Buchhaltertyp – wissen Sie noch? – der ganz versessen darauf war, Sie zu überzeugen, daß seine Mutter es tatsächlich genoß, Depressionen zu haben! Hören Sie mal – wie finden Sie das als Zitat? –

Meiner Ansicht nach wollen sich die Leute generell elend fühlen. Sie suchen das Unglücklichsein wie einen goldenen Topf, dessen Besitz sie, wenn sie ihn erst gefunden haben, von allen weiteren Bemühungen entbindet. Das Unglücklichsein ist der große weiche Lehnstuhl im Leben – sitzt man erst mal drin, kann einen niemand mehr dazu bewegen, sich je wieder anzustrengen. Es ist die Stufe, unter die man nicht fallen kann, das Gut, dessen Verlust man nie zu fürchten braucht …

Schauen Sie doch mal nach, Ruth, ob Sie noch andere in der Art finden können. Das ist etwas, wo ich in großem Stil einsteigen muß – die Parasitenperson versucht sich einzureden, daß sie ihrem Opfer einen Gefallen tut … sie versucht, ihre Schuldgefühle zu beruhigen, während sie ihr Mahl fortsetzt …«

Gemeinsam fanden sie noch einige Beiträge, um das Thema zu veranschaulichen, dann gingen sie weiter zu Beispielen – und es gab deren viele – wo die Opfer selbst sich in kriecherischer Dankbarkeit gegenüber ihren Peinigern äußerten: die ›Ich-weiß-nicht-was-ich-ohne-ihn-täte‹-Brigade, wie Ruth sie nannte.

Es war faszinierend. Die beiden arbeiteten zusammen wie Tennisprofis, vollkommen aufeinander abgestimmt, einander ergänzend und jeden Schritt des anderen vorausahnend.

Wieder einmal hatte Martin das Gefühl, da sei etwas beinah Übernatürliches am Werk. Alles, was er versuchte einzupassen, das paßte auch … es waren also doch nicht nur diese Atomphysiker und ihre Teilchen, sondern auch das Martin-Lockwood-Projekt, das gesamte Universum tat mit, er schwamm auf der Welle. Wie sonst konnten sich Fakten, Zitate, alles, derart einfügen, genau wie er es wollte? Es war, als kämen sie auf sein Kommando gerannt und scharten sich um ihn wie guterzogene Hunde beim Pfiff ihres Herrn. Seinem Verstand schien eine neue Dimension gewachsen zu sein, er konnte sich vor Licht kaum retten.

Bei seinem Material, das wußte er, gab es noch immer sehr viel Hypothetisches, dennoch hatte er nicht das Gefühl, einer Versuchung nachzugeben, wenn er das als gesicherte Tatsache präsentierte; er sah es eher so, daß er, indem er seinen Instinkten den Vorzug vor der kalten Vernunft gegeben hatte, auf dem Königsweg zur Wahrheit gelandet war und jeder Schritt ihn nun dem Ziel näher brachte.

Als sie endlich eine Pause mit Brot und Käse einlegten, goß Martin jedem einen großen Drink ein.

»Das haben wir verdient!« sagte er, und sie hoben die Gläser.

»Auf Ihren Bestseller, mit meinem Namen in Goldbuchstaben drauf!« rief Ruth und fügte hinzu:

»Was wetten Sie, Prof, daß innerhalb eines Jahres *Action Man* in allen Spielzeugläden rausgeflogen und durch *Parasitenperson* ersetzt ist?

Und in den Geschenkläden türmen sich *Parasitenbecher* und *Parasitensets*...!«

Sie lachten übermütig, stießen an, und dann mischte sich plötzlich eine schrille Stimme aus der Küche in die Feier:

»Pretty Tweetie!« kreischte es, »Pretty Tweetie, pretty Tweetie!« Tweetie war begeistert von seinem neuen Dasein voll klarer Geräusche, hellem Tageslicht und pulsierendem Leben ringsumher. So etwas hatte er nie gekannt:

»Pretty Tweetie! Pretty Tweetie! Pretty Tweetie!«

»Was ist das?« fragte Ruth scharf und setzte ihr Glas so abrupt ab, daß etwas auf die polierte Tischplatte überschwappte. Aus irgendeinem Grund dachte Martin nicht daran zu lügen.

»Ach, das ist der Timberley-Wellensittich«, erklärte er lässig. »Helen hat ihn hergebracht.«

»Helen hat ihn hergebracht? Warum hat sie das gemacht?« Und nun dämmerte es Martin, daß er einen Fehler begangen hatte.

»Also, weil ...«

Er hielt inne, nicht so sehr aus Nervosität – obwohl er mittlerweile tatsächlich nervös war – als vielmehr deshalb, weil er sich ehrlich nicht mehr erinnern konnte. Irgendein fürchterlich langweiliger Grund war es gewesen, ein Nachbar und irgendwelche Katzen oder so was; ganz und gar nichts, was er sich normalerweise anhören, geschweige denn im Gedächtnis behalten würde. Er wußte über diesen unglückseligen Vogel nur noch, daß er dagegen gewesen war und Helen ihm die Zustimmung abgeschmeichelt hatte.

»Also ...« fing er wieder an, immer noch unsicher, wie der Satz weitergehen sollte; doch Ruth bestand glücklicherweise nicht auf einer Antwort. Sie ging leise in die Küche, wo sie lange stand und das Tier anstarrte, ihre Augen waren so weit aufgerissen, so dunkel, daß Martin sich schon fragte, ob sie vielleicht eine Vogel-Phobie hatte. So etwas gab es, wie er wußte, aber irgendwie schien Ruth nicht der Typ, der unter so etwas litt.

Und das tat sie auch nicht. Kaum hatte er die Möglichkeit in Erwägung gezogen, da ließ sie ein kurzes Lachen hören.

»Ganz schön seltsam von ihr!« war ihr Kommentar. »Wozu wollte sie den bloß?«

Martin entging die verdeckte Drohung in der Frage.

»Na ja, es war keiner da, der sich darum kümmerte, wissen Sie«, erklärte er leichthin. »Wo jetzt beide Timberleys tot sind, da dachte sie...«

»Tot?«

Schon vor Ruths Einwurf hatte Martin seinen Fehler bemerkt, aber es war zu spät.

»Das hat sie Ihnen also erzählt, was?« explodierte Ruth. »Daß beide tot sind? Sie hat mir also nachspioniert, was, diese Nutte?! Sie hat meine Interviews überprüft! Und Sie haben sie dazu aufgehetzt, müssen Sie ja wohl!«

»Das habe ich nicht!« Martins Wut war echt; niemals hätte er Helen in etwas derartiges verwickelt. »Sowas würde ich mir nicht im Traum einfallen lassen! Wann habe ich je eines Ihrer Interviews nachgeprüft? Genaugenommen fand ich das Timberley-Interview hervorragend – das habe ich Ihnen ja gleich gesagt. Ich habe überhaupt nicht daran gedacht, es in Frage zu stellen, das wissen Sie sehr gut. Und was Helen angeht – sie hat einfach etwas in den falschen Hals gekriegt, das ist alles... hat sich Gerede angehört... eine wirre Geschichte von einem klatschsüchtigen Nachbarn... sie hat eben nicht die Vorbildung für solche Aufgaben, wie Sie und ich zum Beispiel...«

Als er merkte, daß er Ruth mit dem eingeschlossenen Kompliment etwas besänftigt hatte, machte Martin sich daran, diesen kleinen Erfolg mit weiteren Schmeicheleien auszubauen. Er versicherte ihr immer wieder, daß sein Vertrauen in ihre Integrität absolut sei und versuchte auch, sie davon zu überzeugen, daß Helens Besuch bei den Timberleys völlig unschuldiger Natur gewesen sei, ein schlichter Akt des Mitleids, entstanden aus einem Mißverständnis.

»Sie hat nicht mal gewußt, daß Sie dort überhaupt ein Interview gemacht haben«, beteuerte er in der irrwitzigen Hoffnung, daß es stimmte – da das fragliche Interview tagelang auf seinem Schreibtisch gelegen hatte, konnte er nicht sicher sein – »also hören Sie bitte auf, sich Gedanken darüber zu machen, meine Liebe.«

Ob Ruth tatsächlich aufgehört hatte, sich Gedanken zu machen, konnte man schlecht sagen, immerhin hörte sie auf, darüber zu reden: in Martins Augen ein riesiger Fortschritt, der es ihnen ermöglichte, den Rest des Nachmittags wenigstens einigermaßen gewinnbringend zu nutzen.

Als Ruth gegangen war, arbeitete Martin noch den ganzen Abend und bis tief in die Nacht hinein weiter. Die Sonne der Inspiration schien ihm noch immer, und als alle nur möglichen Vorbereitungen für das Fernsehinterview fertig waren, stürzte er sich auf die Beendigung von Kapitel 1 seines Bestsellers. Es sollte, zusammen mit dem nun vervollständigten Exposé, noch diese Woche an den glücklichen Verleger gehen, den er aus dem *Writers' and Artists' Yearbook* herausgesucht hatte. Das Exposé war etwas anders, als er es seinem Supervisor vorgelegt hatte, aber was zum Teufel? Es kümmerte ihn nicht länger, was sein Supervisor dachte oder nicht dachte, der Ruhm lag zum Greifen nah, ob mit oder ohne Dissertation. Er war auf dem richtigen Weg.

24

Nach der dummen Panne mit den Timberleys, hatte Martin Sorge gehabt, Ruth könne am nächsten Morgen schlechter Laune sein, und er müßte womöglich kostbare Zeit damit zubringen, sie wieder aufzumöbeln. So war er sehr erleichtert, als sie hereinkam und wirkte wie immer.

»Ich bin gekommen, um Sie zu erpressen«, sagte sie. »Ich will 55 000 Pfund haben.«

Martin starrte sie an. Sie machte natürlich nur einen Witz.

»Sonst«, fuhr sie fort und ließ sich bequem in ihrer gewohnten Ecke des Sofas nieder, »sonst erzähle ich denen alles. Dem ganzen Scheißverein. Ihrem Supervisor – Ihrem Verleger – all den Redakteuren – allen erzähle ich, daß die ganze Sache ein Schwindel ist. Daß Sie Ihre Beweise getürkt haben ... daß Ihre Interviews allesamt Fälschungen sind ...«

Martin war zu erschlagen, um die volle Bedeutung ihrer Rede zu begreifen, und stürzte sich auf das, was eindeutig angreifbar war.

»Fälschungen? Was soll das heißen? Sie haben doch alle selbst gemacht, zum Donner, fast alle ...«

»Eben. Deswegen weiß ich es ja«, erklärte sie, zufrieden mit ihrer eigenen Logik. »Ich habe sie alle erfunden, verstehn Sie, jedes einzelne. Deshalb kann ich ja mit solch absoluter Sicherheit sagen, daß es Fälschungen sind ...«

»Aber ... Donnerwetter!« In Martin drehte sich alles, er rang nach Worten. »In dem Fall würden Sie sich ja selbst verurteilen!«

»Durchaus nicht, Prof, und das wissen Sie auch! Es gehört zu *Ihren* Aufgaben, darauf zu achten, daß Ihre Assistenten nicht schummeln. Sie hätten mich überprüfen sollen. Sie hätten Kontrollanrufe machen sollen. Sie wissen sehr gut, daß Sie es hätten tun sollen; dann wäre nichts von alledem passiert.«

Der selbstgerechte Ton, in dem sie diese Rüge aussprach, war unerträglich. Martin stand sprachlos, gelähmt vor Schock, nicht in der Lage, seinen Verstand zu gebrauchen. Sie machte Witze. Es mußte ein Witz sein.

»Und auch alle die gefälschten Quellenangaben«, fuhr sie im selben, ganz freundlichen Ton fort. »Sie denken wohl, ich wüßte das nicht? Sie denken, so eine arme, blöde Aussteigerin wie ich, die würde das nicht merken? Glauben Sie mir, Prof, ich habe schon oft genug in Bibliotheken rumgewühlt, um zu wissen, daß Sie an einem einzigen Nachmittag gar nicht so viel recherchiert haben können – und auch noch in einem Dutzend verschiedener Disziplinen! Das würde ein halbes Jahr dauern. Soweit kennt selbst eine doofe Aussteigerin den Laden.

Außerdem habe ich mal einige nachgeprüft. Komisch, habe ich gedacht, so viele Artikel aus Zeitschriften, die gar nicht mehr erscheinen? Und das wird auch Ihr Supervisor denken, wenn ich ihn drauf stoße. Komisch, wird er denken ...«

»Mein Supervisor...« Martin hielt inne. Sein Herz raste, aber es gelang ihm, eine gewisse Ruhe, ja sogar Autorität in seine Stimme zu legen. »Wenn ich Sie wäre, Ruth, würde ich den heraushalten. Es gibt so etwas wie Vertrauen, wissen Sie – oder vielleicht wissen Sie es auch nicht, aber es ist so. Vertrauen unter Kollegen. Er würde nicht auf Sie hören. Er würde nicht im Traum daran denken, jede Einzelheit meiner Arbeit nachzuprüfen, nur weil Sie es sagen! Noch dazu bei einem Mann in meiner Position! Es wäre... nun... unwürdig!«

»Und wie er das wird! Daran hab ich schon gedacht! Aber wissen Sie, Prof, es muß ja nicht passieren. Nichts von allem muß passieren. Wenn ich erst mal meine 55 000 Pfund habe, dann werde ich nicht nur Stillschweigen über den ganzen Schwindel bewahren, sondern Sie auch bei allen weiteren Lügen, die Sie erzählen wollen, ausdrücklich unterstützen. Und das ist ein Versprechen. Ich bin ein guter Lügner, wie Sie wohl gemerkt haben. Ein hochrangiger, erfahrener, schamloser Lügner, und ein süßes, unschuldiges junges Mädchen dazu; mich wird keiner verdächtigen. Wir können gar nicht verlieren. – Kommen Sie schon, Prof, das Geld bitte.«

Sie streckte ihre kleine, braune Hand mit den kindlich abgekauten Nägeln aus, zog die dritte Schublade seines Schreibtischs auf und reichte ihm sein Scheckheft.

Witz oder nicht, das war zuviel. Woher zum Teufel wußte sie überhaupt, in welcher Schublade sie nachsehen mußte?

»Lassen Sie die Finger von meinen Sachen!« befahl er. »Machen Sie auf der Stelle die Schublade zu!«

Sie gehorchte sofort; dadurch etwas sicherer geworden – es gab ihm das Gefühl, wieder die Oberhand gewonnen zu haben – fuhr er fort:

»Wie zum Henker kommen Sie darauf, daß ich 55 000 Pfund haben könnte? Was haben Sie denn für Vorstellungen, was so ein armer, verfluchter Dozent...?«

»Was Sie verdienen, weiß ich nicht, ist mir auch egal, meinetwegen können Sie verhungern. Aber Ihr Haus. Ich rede von Ihrem Haus. Ihre Hälfte vom ›ehelichen Heim‹ –

ich hab die Briefe von den Juratypen im Schreibtisch Ihrer Exfrau gesehen; ein kurzer Check, solange sie oben am Telefon rumgekeift hat. Auf 110 000 Pfund ist es geschätzt worden, und Sie kriegen die Hälfte, stimmt's? 55 000 macht das. Sie kann rechnen, die dumme kleine Aussteigerin, sie kann tatsächlich durch zwei teilen, würden Sie's glauben?«

Da hatte er wieder etwas, wo er widersprechen konnte.

»Es tut mir leid, mein gutes Kind, aber da sind Sie völlig auf dem falschen Dampfer«, sagte er. »Das kommt davon, wenn man in anderer Leute Schreibtisch herumschnüffelt, dann kriegt man alles in den falschen Hals. Lassen Sie mich mal ein paar Dinge richtigstellen. In den Briefen, die Sie gefunden haben, ging es nur um vorläufige Überlegungen. In der Zwischenzeit haben wir – Beatrice und ich – beschlossen, daß es viel einfacher ist, wenn sie das ganze Haus behält und dafür keinen Unterhalt bekommt. Sie will nämlich nicht ausziehen, und ich habe keine Lust, gutes Geld zu zahlen, um sie für den Rest ihres Lebens zu unterhalten, also scheint es so für alle Teile eine gute Lösung. Sie glaubt, sie kann davon leben, wenn sie Mieter aufnimmt – Mieter, du lieber Himmel, sie konnte nicht mal für uns beide ordentlich haushalten, und dann noch Mieter – aber das ist ihr Problem. Und natürlich das Problem dieser Leute, arme Teufel, meins jedenfalls nicht...«

Er hielt inne. Warum vertraute er seine Privatangelegenheiten dieser verräterischen kleinen Hexe an, die ihn mit großen Vogelaugen ansah und nur darauf wartete, ihm eins auszuwischen?

Er würde sich nicht einschüchtern lassen. Es war lächerlich. Sie konnte nicht ernsthaft geglaubt haben, daß sie damit durchkam.

»Sie sehen also, ich habe keine 55 000 Pfund«, schloß er vorsichtig, und beobachtete ihre Reaktion.

»So? Na, Ihr Pech, Prof, oder? Schade, aber das wär's dann. Dann muß ich's ihnen erzählen. Hat Ihr Verleger das Manuskript schon? – Oh, schade, ich wollte mit ihm anfangen, aber es wäre nett für ihn, wenn er es zuerst lesen könnte, oder? Also gut, dann fange ich bei *Psychology for Everyone* an und dem Schwachsinn über ›Parasiteneltern‹, den Sie für die geschrieben haben. Die Zeitschrift ist schon im Druck, und das wird sie zum Gespött der Leute machen, die werden sich freuen, was? Und dann diese Parapsychologie Irgendwas, die so begeistert waren von Ihrem Beitrag – ich frage mich, wie begeistert die jetzt sein werden? Sie wissen ja, wie hypersensibel man in der Branche bei Schwindel ist, die müssen geradezu ...

Ich glaube, Ihren Supervisor hebe ich mir bis zuletzt auf; *das* Gesicht, wenn der es erfährt, das möchte ich genüßlich erleben ...«

Sie meinte es also ernst. Tatsächlich. Martins Herz klopfte so, daß es beinahe wehtat; er merkte, wie ihm der Schweiß auf der Stirn ausbrach. Er mußte sich mühsam beherrschen.

»Ist Ihnen klar, daß dies eine Erpressung ist?« fragte er kalt. »Und daß Erpressung ein krimineller Akt ist, fast so wie Mord? Sie könnten dafür zwölf oder vierzehn Jahre Gefängnis kriegen ...«

Sie lachte, ehrlich belustigt.

»Wieso ich? Sie machen wohl Witze, Prof! Ich bin doch nur eine Jugendliche, kaum mehr als ein Kind. Was ich tue, ist alles nicht meine Schuld, es ist die Schuld meiner Mutter ... oder meines Vaters ... oder der Gesellschaft! Irgendwer hat die verdammte Schuld, ich jedenfalls nicht.

Man hätte mich nicht so erziehen dürfen, oder? Damals schien es vielleicht in Ordnung. Eine echt gute Sache, war's aber wohl doch nicht, oder? Sonst wäre ich ja nicht so geworden.

Sie sehen also, Prof, für mich gibt's nichts zu verlieren und alles zu gewinnen. Ich kann Sie bis zum Äußersten treiben – ich könnte sogar echt fies sein und es noch weiter treiben, wann immer ich wollte. Werde ich aber nicht, ich werde mich mit einer einmaligen Zahlung hier und jetzt begnügen, und das ist alles. Fünfundfünfzig Riesen, und wir reden nicht mehr davon, okay?«

»Ich sage doch, ich habe keine –«

»Ach, das sagen sie alle! Ich habe schon andere erpreßt, Prof, wissen Sie, und meiner Erfahrung nach finden sie irgendwie immer das Geld. Besonders die blasierten, arroganten, angerosteten Versager, die nicht zugeben können, daß sie Versager sind. Und auch nicht, daß sie angerostet sind ...«

»Dann haben Sie offenbar diesmal Pech gehabt«, entgegnete er bitter. »Nicht alle ›angerosteten Versager‹ sind gleich. Dieser hier jedenfalls schon mal nicht. Dieser hier geht schnurstracks zur Polizei.«

Sie lachte wieder begeistert.

»Und erzählt – was? Ich kann alles leugnen, wissen Sie. Ich kann sagen, daß ich überhaupt nie für Sie gearbeitet habe – nie auch nur ein Interview für Sie gemacht habe. Es gibt keinen, der es bestätigen könnte. Da ich nie eine Bezahlung bekommen habe, hat von Ihren Geldgebern keiner je von mir gehört, und sie werden hinter mir stehen, wenn ich sage, daß ich nie was damit zu tun hatte.

Tut mir leid, Prof, aber ich habe Sie in der Hand. Sie können nichts beweisen.«

Es war lächerlich. Es mußte einen Ausweg geben.

»Gut, diese Leute wissen also nicht, daß Sie an der Erhebung beteiligt sind; aber viele Leute wissen es. Helen zum Beispiel. Sie war von Anfang an...«

»Wenn Helen sich einmischt, bringe ich sie um! Ich hab die Nase voll von den Einmischungen dieser Hexe! Das betrifft nur Sie und mich, Prof. Keinen sonst, okay?«

»Das können Sie gern sagen, aber wissen Sie, Ruth, damit werden Sie schlicht nicht durchkommen. Gut, lassen wir Helen aus dem Spiel – mir liegt weiß Gott nichts ferner, als sie in so eine dreckige Angelegenheit mit hineinzuziehen – aber es gibt jede Menge anderer Leute, die inzwischen wissen müssen, daß wir zusammengearbeitet haben. Nachbarn. Die Leute unter uns. Seit Wochen konnten sie sehen, wie Sie hier zu jeder Tages- und Nachtzeit ein und aus gehen...«

»...immer dann, wenn Ihre Freundin ganz bestimmt zur Arbeit ist! Seien Sie doch realistisch, Prof! Glauben Sie wirklich, die erzählen sich gegenseitig, daß wir hier arbeiten? Oder erzählen der Polizei so was? Ehrlich, Prof, bei Ihnen stimmt's doch nicht ganz!«

Martin saß in der Falle, und er wußte es. Er sah nur noch einen – sehr verabscheuungswürdigen – Ausweg.

»Walter«, murmelte er, und verschluckte sich beinah an dem verhaßten Namen, »Walter weiß, daß...«

»Ach, Walter! Keine Sorge, Prof, der sagt alles, worum ich ihn bitte. Und als erstes kann er denen gleich mal erzählen, daß Sie auch seine Interviews nie überprüft haben. Echt gefällig ist Walter, echt cool. Mit seinem dicken, fetten Grinsen würde er eine perfekte Parasitenperson abgeben, wenn es sowas bloß gäbe. Schade! Überlassen Sie Walter mir, Prof, er will keinen Ärger. Außerdem mag er mich. Das hätten Sie wohl nicht für möglich gehalten, was?«

Martin verfluchte sich, daß er den Namen des unseligen Kerls überhaupt in die Diskussion gebracht hatte, besonders in der Rolle eines potentiellen Retters. Die Demütigung war schrecklich. Er hatte noch nie eine Frau geschlagen, hatte nie das Bedürfnis gehabt, aber jetzt hätte er am liebsten mit der Faust auf dieses kühl lächelnde kleine Gesicht eingedroschen und dabei nichts als Freude empfunden.

Wut allerdings würde ihm nichts einbringen, außer vielleicht ein Gerichtsverfahren. Noch konnte er sich länger auf seine Autorität berufen. Ihm blieb nur zu bitten. Die Demütigung konnte weitergehen.

»Hören Sie, Ruth«, fing er an und zwang sich, besänftigend und vernünftig zu reden. »Hören Sie, wir haben bisher so gut zusammengearbeitet... das sollten wir doch nicht so enden lassen, oder? Wir haben die gleiche Wellenlänge, irgendwie... es gibt einen derartigen Gleichklang zwischen uns... das haben Sie doch sicher auch gemerkt...?«

»Natürlich habe ich das gemerkt! Aber Sie wissen doch auch, was es ist, oder? Sie wissen doch, warum wir so gut zusammenarbeiten? Weil wir die gleiche kriminelle Mentalität haben. Keiner von uns hat so was wie ein Gewissen. Ich kann meine liebenden Eltern mit unechten Selbstmordversuchen dazu nötigen, mir einen netten, beachtlichen Monatswechsel zukommen zu lassen, so daß ich nicht arbeiten muß; Sie können einen schamlosen Schwindel an Kollegen begehen, die Ihnen vertrauen. Keiner von uns interessiert sich auch nur die Bohne für irgend jemanden auf der Welt, außer für sich selbst, und das ist es, was uns zusammengehalten hat. Die Gangsterbraut in mir ruft nach dem Gangster in Ihnen und bekommt jedes Mal Antwort, ist Ihnen das noch nicht aufgefallen?

Das ist es, was uns verbindet, Prof; und wenn Sie mir die 55 000 geben, kann es so bleiben. Wir könnten wirklich was erreichen, Sie und ich. Beide herzlos, skrupellos, ohne jede Prinzipien; beides Menschen, die vor nichts haltmachen, die ohne Zögern ihre besten Freunde erpressen ...«

Sie wartete und beobachtete, wie es wirkte.

»Na, was ist, Prof? Wenn Sie nicht mitspielen wollen, müssen Sie's nur sagen, dann rufe ich diese Leute an und decke auf, was Sie für eine Fälschung sind. Das wird lustig – besonders bei den Fernsehfritzen, über die Sie so in Ekstase geraten. Das wird überhaupt der größte Spaß. Ihr Glück, daß Sie die nicht gebeten haben, mich auch in die Sendung zu nehmen, wie ich wollte, was? Wenn Sie's getan hätten, dann hätte ich das alles nicht machen können, oder?«

So ein kleines Biest! Das war es also, worum es die ganze Zeit ging! Gar keine echte Erpressung, nur ein ungezogener Trick, um ihn fast zu Tode zu erschrecken, als Strafe dafür, daß er sie nicht in die Sendung gebracht hatte!

Er hätte laut lachen können in seiner Erleichterung. So eine Frechheit! Und sie hatte ihn tatsächlich fast zu Tode erschreckt, das mußte er ihr lassen. Teufel noch eins, er hätte einen Herzinfarkt kriegen können, einmal hatte es sich wirklich so angefühlt.

Dennoch konnte er sich nicht überwinden, mit ihr zu schimpfen. Er spürte (bei Opfern nicht ungewöhnlich) eine so überströmende Dankbarkeit für das Ende der Folter, daß er ganz vergaß, Groll gegenüber seinem Folterer zu empfinden.

»Sie kleines Biest«, sagte er laut. »Sie haben mich doch tatsächlich für eine Minute oder zwei drangekriegt, das will ich gern zugeben. Ich habe wirklich gedacht, Sie meinen es ernst! Also, mit der Fernsehsendung, das tut mir wirklich leid, meine Liebe. Ich für meinen Teil fände es prima, wenn Sie dabeisein könnten, das wissen Sie doch. Wenn die mich wieder anrufen, dann bringe ich Sie mal ins Gespräch. Ich verspreche Ihnen, daß ich tun werde, was ich kann.«

Was er tun konnte, war natürlich gleich Null; aber wie man weiß, ist es ja der Gedanke, der zählt.

25

Er hatte schon immer gewußt, daß er liebend gern im Fernsehen auftreten würde. Es war sein heimlicher Traum gewesen, solange er denken konnte, und nun sollte dieser Traum in Erfüllung gehen.

Er war lächerlich früh in den Studios erschienen, so sehr hatte ihn die Unruhe geplagt, womöglich zu spät zu kommen; und dann hatte er über eine Stunde in der Eingangshalle gesessen, die Berühmtheiten beim Ein- und Ausgehen beobachtet, und sich an dem Gedanken ergötzt, daß er nun endlich einer von ihnen war. Oder beinahe. Oder es zumindest sein würde, noch bevor der Abend um war.

Natürlich waren sie vielleicht nicht alle Berühmtheiten, diese mehr oder weniger eindrucksvollen Vorübergehenden. Manche waren vielleicht Elektriker und Boten und dergleichen. Aber irgendwie machte es kaum einen Unterschied. Jedenfalls waren sie alle hier, mitten im glitzernden Zentrum der Dinge, und er, Martin Lockwood, war unter ihnen.

Hier gehörte er hin, hier hatte er immer hingehört. Er kam endlich zu seinem Recht.

Alle waren reizend zu ihm. Mit breitem Willkommenslächeln suchten sie auf ihren Listen seinen Namen, zeigten ihm, wo er warten sollte, brachten ihm Kaffee in einem Plastikbecher. Gut, er hatte ja schließlich keinen goldenen Kelch erwartet. Und es war auch gar nicht nötig, denn der Kaffee war ihm sowieso Nektar von der Göttertafel. Das war *Fernsehen*, oder, und hier war er, Martin Lockwood, der seinen Platz unter den Großen einnahm. Da brauchte es schon mehr als einen Plastikbecher Kaffee mit Milchpulverklümpchen obendrauf, um diese ganze Herrlichkeit zu zerstören.

Auch der Schminkraum war wunderbar. Zuerst war er erstaunt, daß ein braungebranntes, gestandenes Mannsbild wie er so eine Bemalung nötig haben sollte, aber die Maskenbildnerin war, wie alle anderen, sehr liebenswürdig.

»Das sagt jeder«, versicherte sie ihm. »Aber Sie werden erstaunt sein, wie natürlich es auf dem Bildschirm wirkt. Ihre Freunde werden es Ihnen bestätigen – und wahrscheinlich können Sie es selber sehen, wenn die Sendung wiederholt wird. Und ich nehme an, das wird sie.«

Sie lachte ein herzliches kleines Lachen, während sie sich geschickt ihrer Aufgabe widmete, und Martin fühlte seine Brust schwellen von einer Mischung aus Nervosität und Stolz. »Ich nehme an, das wird sie«, hatte sie gesagt – war das nur Höflichkeit, oder wußte sie tatsächlich etwas? Es gehörte wohl kaum zu ihrem Aufgabenbereich, aber zweifellos funktionierten die Buschtrommeln hier ebensogut wie überall, und er war ihr schließlich mit Namen vorgestellt worden.

Sein Gesicht im Spiegel schien erleuchtet von einem neuen Selbstvertrauen, einer Sicherheit, die nichts mit dem Make-up zu tun hatte. Er sah bereits aus wie eine Berühmtheit, und er überlegte, ob das Mädchen es wohl bemerkt hatte.

Egal. Beim nächsten Mal bestimmt. »*Der* Martin Lockwood?« würde sie aufgeregt fragen, wenn man sie das nächste Mal vorstellte.

Das Studio war so voll von Scheinwerfern und Kabeln und herumhastenden jungen Männern, daß Martin die Orientierung zuerst schwerfiel. Er wurde den übrigen Teilnehmern der Gesprächsrunde vorgestellt – das heißt, den beiden, die schon da waren. Der eine war Psychologieprofessor an einer Universität irgendwo im Norden, die andere eine korpulente, weißhaarige Dame im scharlachroten Hosenanzug, die ein Buch über irgend etwas geschrieben hatte, worüber, hatte er nicht die leiseste Ahnung, aber es spielte keine Rolle, er lächelte begeistert und sagte: »Wie interessant!« Und dann plauderte man etwas gestelzt miteinander, ›um sich kennenzulernen‹, bis der vierte Teilnehmer kam und zu ihnen gebracht wurde.

Im ersten Moment erkannte er sie nicht. In einem hautengen silbrigen Abendkleid, ihre fettigen Elfenlöckchen zu einer glänzenden Hochfrisur aufgesteckt, wirkte Ruth Ledbetter wie eine völlig Fremde, und dazu noch eine äußerst bemerkenswerte. Bis ihm aufgegangen war, um wen es sich handelte, saß sie bereits auf ihrem Platz, zwei Stühle von ihm entfernt, und plauderte mit ihrem Nachbarn, dem Professor, als gehöre so etwas für sie zum Alltag.

So ein Teufelchen! Er konnte nicht umhin, das Ganze zu bewundern. Wie um Himmels willen hatte sie sich in diese Sendung gemogelt? Dreistigkeit, natürlich, schiere schamlose Dreistigkeit – damit kam man überall durch, besonders, wenn man ein schönes junges Mädchen war. Er hatte Ruth Ledbetter nie als schön gesehen – eher als das Gegenteil – aber heute abend, in dieser Aufmachung, so perfekt frisiert und mit diesem ungewohnten Flair aristokratischer Eleganz – war schön das einzige Wort. Ihre Augen, die er vorher nie richtig wahrgenommen hatte, schimmerten unter den Lichtern grün wie die einer Katze.

Der Moderator, ein gutaussehender junger Mann, der kaum älter als dreißig sein konnte, war ebenso charmant wie alle anderen, wenn möglich noch charmanter. Die Sendung begann damit, daß er Martin ungezwungen und mit echtem Interesse über die Natur seines faszinierenden neuen Projekts befragte: ihn aus der Reserve lockte, ihn ermunterte und ihm genau die Fragen stellte, auf die Martin gehofft hatte. Unter dieser kundigen und einfühlsamen Führung konnte Martin unversehens fließend und leicht antworten. Seine Nervosität war ganz verflogen, jetzt, da die Sendung richtig angefangen hatte, und er stellte mit Vergnügen fest, daß er für so etwas wie geschaffen war. Insgeheim hatte er das schon immer gewußt, aber wie wunderbar, es nun vor aller Welt bestätigt zu finden! Alle seine Freunde sahen zu, alle Kollegen, alle die Leute, die ihn in der akademischen Hackordnung unter sich gelassen hatten – *das* würde es ihnen zeigen! *Das* ließe sie aufhorchen und endlich Notiz von ihm nehmen! Diese Augenblicke des absoluten Triumphes, des totalen uneingeschränkten Erfolges, waren Augenblicke eines nie gekannten Glücks.

Es konnte nicht ewig währen, das war klar. Andere Teilnehmer der Runde mußten ja auch mal zu Wort kommen. Unverändert lächelnd und zuvorkommend wandte der Moderator sich an Ruth.

»Und nun, Miss Ledbetter, könnten Sie uns ein bißchen über *Ihren* Anteil an diesem aufregenden Unternehmen erzählen? Sie sind ja, wenn ich recht informiert bin, schon einige Zeit als Mr. Lockwoods Assistentin tätig – sammeln für ihn Informationen und helfen ihm ganz allgemein bei der großen Arbeit?«

Es entstand eine winzige Pause. Ruth hatte während der

Anrede auf ihren Schoß geblickt. Nun hob sie den Kopf und sah dem Frager voll ins Gesicht.

»Nein, ich habe keine Informationen für ihn gesammelt«, antwortete sie. »Das war nicht nötig. Er erfindet nämlich alles selbst. Jedes einzelne Interview – alle Fallgeschichten, überhaupt alles – ist von vorn bis hinten gefälscht. Er hat die ganze Sache erfunden, damit es in seine verrückte Hypothese paßt. Es ist alles von Anfang bis Ende ein einziger Schwindel, ein totaler und völliger...«

Was dann geschah, und was sie unternahmen, um die Sendung abzubrechen, würde Martin nie erfahren. Der Augenblick war so entsetzlich, so schockierend, so rundum unerträglich, daß er überhaupt nichts mehr davon mitbekam. Er erinnerte sich nur noch eines scharf konturierten kleinen Portraits des freundlich lächelnden Gesichtes, das wie vereist war vor Schock... eines verblüfften Schweigens... und dann einer kalten Stimme, die sagte: »Es tut mir leid, Mr. Lockwood, aber das ist wirklich unentschuldbar... So eine Enttäuschung haben wir überhaupt noch nie erlebt...«

Danach kamen die endlosen Korridore... gehen, gehen, wie in einem Alptraum... und nun war er irgendwie hier in diesem Taxi gelandet, die Straßenlaternen glitten vorbei wie die Jahre seines Lebens, und seltsamerweise saß neben ihm in dem Wagen auch Ruth.

Sie sagte etwas. Was es war, hörte er nicht, noch interessierte es ihn. Sie hätte ebensogut gerade sagen können, daß es ihr leid tat.

»Halten Sie den Mund!« zischte er. »Ich will nie wieder auch nur ein Wort von Ihnen hören. Ich will nur nach Hause zu Helen.«

Helen. Irgendwie würde Helen einen Weg finden, die Qual zu lindern. Sie hatte sicher von jemandem gehört, dem auch so etwas passiert war, und würde ihm das Gefühl geben, nicht völlig allein zu sein in seiner Schande. Nein, würde sie sagen, natürlich hatte er nicht sein ganzes Leben ruiniert! Kein Leben wird von einer einzigen Katastrophe ruiniert – ja, eine Katastrophe kann sogar manchmal auf irgendeine völlig unerwartete Weise das Sprungbrett zu etwas Neuem und Wunderbarem sein.

Jeder Mensch macht Fehler, würde sie sagen, auch schreckliche Fehler, aber ein tapferer Mann kann vorwärtsgehen und sie wiedergutmachen. Und Martin war ein tapferer Mann, würde sie ihm versichern; und wenn sie ihm das alles mit ihrer liebevollen Stimme sagte, dann würde er es auch glauben können.

Das Gespött der Kollegen für den Rest seines Lebens? – Ach, Liebster, denk doch nur an diese berühmte Schauspielerin, die wir mal im Radio gehört haben, und die gefragt wurde, was in ihren Augen das Wichtigste sei, das sie in ihrer langen Karriere gelernt hat. Und weißt du noch, was sie geantwortet hat? »*Alle* vergessen *alles*!«

Sein wissenschaftlicher Ruf dahin? Nicht unbedingt, würde sie sagen, und ihre grauen Augen würden ernst und nachdenklich dreinschauen. Manchmal helfen die falschen Hypothesen der Wissenschaft ebenso weiter wie die richtigen. Denk nur an Semmelweis, der die Theorie aufgestellt hat, böse Geister aus den Leichen verursachten das Kindbettfieber in der Entbindungsstation gleich neben dem Leichenschauhaus. Die Hypothese war natürlich völlig falsch, eigentlich ziemlich lächerlich, und doch hat sie den Weg geebnet für die bakterielle Infektionstheorie und all die fantastischen medizinischen Fortschritte danach ...

Ja, das waren genau die Dinge, die Helen sagen würde. In ein paar Minuten schon würde sie das alles sagen und es mit ihrer süßen Stimme für ihn wahr sein lassen, die Arme um ihn geschlungen, ihre Liebe und Loyalität ungebrochen.

»Helen? Aber die wird nicht da sein.« Ruth klang etwas überrascht. »Ich habe sie doch umgebracht.«

Sie wartete einen Moment, und als Martin nicht antwortete, redete sie ein bißchen gekränkt weiter:

»Ich habe Ihnen doch gesagt, daß ich es tun würde. Ich habe gesagt, ich bringe sie um, wenn sie sich wieder einmischt – und sie hat sich eingemischt. Sie hat mein Timberley-Interview gefunden, wissen Sie, und dann stand sie da und hat gesagt, es sei alles Lüge und wollte es mir nicht zurückgeben. Ich wollte auch meine anderen Interviews haben, die in meiner eigenen Handschrift, die man womöglich wiedererkennt, aber sie hat nur dagestanden und mir den Weg versperrt und mich nicht an Ihren Schreibtisch lassen wollen.

Ich hab sie gewarnt. Zweimal hab ich sie gewarnt. ›Lassen Sie mich an den Schreibtisch!‹ hab ich gesagt. Ich hab ihr gesagt, daß ich ein Messer habe; und ich hatte eins. Ich hab ihr gesagt, ich bringe sie um, wenn sie mir nicht aus dem Weg geht; und das hab ich dann getan. – Das war fair, oder? Sie war gewarnt.«

Im schwankenden Licht des Taxis wandte sie sich Martin zu, wie um seine Zustimmung für ihre Worte einzuholen, und als er weder anwortete noch sich rührte, sprach sie weiter.

»Also gut, dann eben nicht! Aber glauben Sie bloß nicht, Sie würden irgendwas erreichen, wenn Sie die Polizei auf mich hetzen, das werden Sie nämlich nicht. Wie ich Ihnen schon gesagt habe, ich bin bloß eine Jugendliche, und wenn die hören, wie ich erst verführt und dann herzlos verlassen wurde von einem Mann, der doppelt so alt ist wie ich ... Und verschwenden Sie keinen Gedanken daran zu behaupten, Sie hätten mich *nicht* verführt, denn wer wird das schon glauben? *Ich* bleibe jedenfalls dabei, daß Sie's getan haben, und in Anbetracht meiner Jugend und Unerfahrenheit, und dann so ein geiler Bock, der innerhalb von drei Wochen drei Frauen hintereinander verraten hat, angefangen mit der eigenen Frau ... Na, was erwarten Sie denn, was die Leute da denken? Wen wundert es da noch, daß mein unschuldiges kleines Herz gebrochen ist? Daß ich total daneben bin vor nicht zu bremsender Eifersucht?

Ein ›Verbrechen aus Leidenschaft‹, so wird man es sehen, Prof, weil ich so rührend jung bin, fast noch ein Kind. Ich mache jede Wette, daß ich überhaupt keine Gefängnisstrafe kriege, höchstens Resozialisierung und den ganzen Klimbim, und glauben Sie mir, ich weiß genau, wie man die Typen einwickelt.

Ehrlich, Prof, es ist herrlich, ein Teenager zu sein! Vielleicht erinnern Sie sich? Man ist ganz auf der Höhe seiner Kräfte, geistig und körperlich, und trotzdem ist man für nichts, was man tut, verantwortlich! Es ist das Schlaraffenland aller Schlaraffenländer, in dem man seinen Kuchen essen kann und ihn trotzdem noch hat; ich hole alles raus, solange ich kann! Selbstmord – Betrug – Erpressung – und jetzt Mord! Ich komme mit allem durch – Sie werden schon sehen!«

Im dunklen Innenraum des Taxis hüpfte sie buchstäblich auf ihrem Sitz herum vor Begeisterung, und die vorbeihuschenden Lichter flackerten über ihr spitzes Gesicht wie Irrlichter.

Gleich darauf waren sie vor der Wohnung. Das Taxi war zum Stehen gekommen, und Geld – wahrscheinlich Martins, obwohl er sich nicht erinnern konnte, sein Portemonnaie herausgenommen zu haben – war durch die Trennscheibe gereicht worden. Der Wagen war schon wieder unterwegs, die Mörderin saß offensichtlich noch drin, denn Martin merkte, daß er allein auf dem nassen Bürgersteig vor dem Haus stand. Die Schlüssel hielt er durch einen automatischen Vorgang, an den er keine Erinnerung mehr hatte, schon in der Hand.

Die Tür fiel hinter ihm zu, und dann erklommen seine Füße in lastender Dunkelheit entsetzlich langsam Schritt um Schritt die Stufen zur Wohnung.

Helen ist tot. Die Worte kamen langsam, eins-zwei-drei, gleichzeitig mit seinen Schritten, und sie hatten keinerlei Bedeutung.

»Pretty Tweetie! Pretty Tweetie! Pretty Tweetie!«

Bei den schrillen kurzen Rufen verfehlte er vor Schreck eine Stufe und klammerte sich zitternd ans Geländer. Dieser vermaledeite Vogel, dachte er, Helen muß ihn wirklich...

Aber Helen war tot. Sie würde nichts mit dem Vogel unternehmen, nie wieder. Was für lästige Probleme auch immer auftauchen mochten, es würden Martins Probleme sein.

Jetzt stand er vor der Tür, fummelte mit seinen Schlüsseln wie ein alter Mann. Es dauerte Ewigkeiten, bis er aufgeschlossen hatte.

Was *mußte* man eigentlich tun, wenn jemand tot war? Helen würde das wissen oder es bald herausgefunden haben. Sie konnte gut Dinge für ihn herausfinden. Sie würde wissen, wen man anrufen mußte und was man zu sagen hatte.

Aber es war ja Helen, die tot war. Sie würde nichts für ihn herausfinden, nie wieder.

Er konnte es nicht begreifen, der Schock war zu groß. Ich brauche einen kräftigen Schluck, Liebling. Ich habe eben einen entsetzlichen Schock bekommen; und im Dunkel sitzend wartete er darauf, daß sie ihm einen brachte.

Sie würde ihm nie wieder einen Drink bringen. Sie würde ihm überhaupt nichts mehr bringen.

Helen ist tot, sagte er sich zum wiederholten Male, aber es schien immer noch jenseits seines Begriffsvermögens. Sie mußte es ihm erklären, in einfachen Worten, so daß er es verstehen konnte. Sie mußte ihn trösten.

Er lag bäuchlings ausgestreckt im Dunkeln auf der Couch und wartete, daß ihre Arme ihn umfingen.

Es war nach Mitternacht gewesen, als Martin im Krankenhaus ankam, und sie hatten ihm gleich gesagt, daß sie vielleicht mit knapper Not durchkäme, aber durchaus noch Lebensgefahr bestände. Die Stichwunde sei gefährlich dicht am Herzen, und sie habe entsetzlich viel Blut verloren, weshalb sie die Operation womöglich nicht überstehen werde, obwohl diese (hatten sie ihm versichert) relativ problemlos sei.

»Warum gehen Sie nicht nach Hause und schlafen ein bißchen?« schlug der übermüdete diensthabende junge Arzt vor. »Wir benachrichtigen Sie unverzüglich, wenn – wenn es etwas Neues gibt.«

Martin hatte das Zögern gehört. »Wenn wir sehen, daß

sie stirbt«, hatte er sagen wollen, aber dann hatte er sich gerade noch rechtzeitig korrigiert.

»Es wird alles getan, was getan werden kann«, fuhr der junge Arzt fort. »Wirklich, Mr. Lockwood, es wäre am besten, wenn Sie jetzt nach Hause gingen. Wir könnten einen Wagen . . .«

Aber Martin saß nur einfach da. Dieses kleine, kahle Wartezimmer, wo man ihn zuerst informiert hatte, erschien ihm jetzt wie das einzige Heim, das er je gekannt hatte. Er konnte sich nicht überwinden, woanders hinzugehen. Zwei- oder dreimal im Laufe der langen Nacht kamen Leute und drängten ihn, zu gehen und etwas zu schlafen, aber er saß weiter da.

Helen konnte tot sein. Es war inzwischen lange her, seit jemand gekommen war, um ihm irgend etwas zu sagen, und diesmal hatten die Worte eine Bedeutung. Die gnädige Betäubung durch den Schock ließ langsam nach, und er wußte jetzt genau, was womöglich auf ihn zukam.

Trauer. Verlust. Liebe. Er hatte die Wörter oft gehört und sie natürlich auch benutzt. Leichthin hatte er sie benutzt, anmaßend und zu den passenden Gelegenheiten, sein ganzes Leben lang, wie ein Blinder die Verben des Sehens benutzt. Nun wußte er zum ersten Mal, wofür diese Wörter wirklich standen.

»Sie können jetzt mitkommen, Mr. Lockwood.« Die Schwester stand in der Tür, fest und unerschütterlich. »Hier entlang bitte«, und sie ging ihm voraus durch die Gänge, vorbei an geschlossenen Türen, in Fahrstühle und wieder heraus.

Sie brachte ihn zu Helen, und es gab nur zwei Gründe, warum sie in der tiefen Dunkelheit vor dem Morgengrauen so etwas tun würde. Entweder war die Operation gelungen, und Helen kam zu sich, fragte vielleicht nach ihm, oder aber sie lag im Sterben, und man erlaubte ihm, Abschied zu nehmen.

Die Kabine am Ende der Station war dicht verhängt. Die Schwester stand da, eine Hand am Vorhang, und wartete, daß er sie einholte.

Was kam auf ihn zu? Unaussprechliche Freude und Erleichterung, oder Trauer jenseits allen Begreifens?

Doch eines war sicher: Was es auch war, er würde es bis an die letzten, alles übersteigenden Grenzen fühlen: denn in diesen letzten Stunden hatte er sich zu einem Menschen gewandelt, der fühlen konnte, wie andere Menschen es schon immer konnten.